決戰王妃 2

背叛之吻 THE ELITE

綺拉・凱斯 Kiera Cass 著
賴婷婷 譯

1

安傑拉斯的空氣中瀰漫著一股靜謐的感覺，我已經躺著好一會兒，聽著麥克森的呼吸聲。平靜、快樂的時刻似乎變得越來越奢侈了。我浸淫在這段時光裡。看起來，他的狀態和我單獨相處時似乎是最好的，對此我心懷感謝。

相較於三十五名女孩初抵皇宮時，競選人數篩減至六名女孩之後，麥克森顯得較爲焦慮、憂心。他應該希望做選擇前有更多時間準備吧？我很清楚，自己正是他想爭取更多時間的理由，這令我有種罪惡感。

伊利亞王儲麥克森王子傾心愛慕的對象，不是別人，正是我。就在一個星期前，他告訴我：只要我在乎他的程度如同他對我一樣，他願意放手一搏，那麼這場競選就能結束了。我時常反覆揣測，不知道成爲麥克森的唯一是什麼感覺？

但是說眞的，麥克森打從一開始就不屬於我一個人。這裡還有另外五位女孩，他和她們約會、和她們低聲耳語……我不知該對這種事情如何反應。而且，接受麥克森的感情或許就代表接受王冠，我試著忽略這點，因爲我並不確定它對我來說意義爲何。

艾斯本當然也是一個原因。

事實上，他已經不是我的男朋友。早在王妃競選抽籤結果公布之前，我們就分手了。但是當他以衛兵身分出現在皇宮時，所有曾經試圖忘記的感覺再次填滿我的心。艾斯本是我的初戀對象，看著他的時候……我感覺自己仍然是屬於他的。

麥克森知道家鄉有個我奮力想遺忘的人，但他不知道艾斯本就在宮裡。麥克森很仁慈，給我時間忘記舊愛，繼續我的生活。同時他也試著從候選人中尋找能夠快樂相處的女孩，以免最後無法得到我的心。

他的頭游移著，在我的髮際吸了一口氣。我試著想像，如果我只是單純地愛上麥克森，情況又會如何呢？

「妳知道，我上次看星星是爲了什麼嗎？」他問道。

我們併肩坐在毯子上。我靠他更近，好在安傑拉斯冷冷的夜裡，維持一點溫暖的感覺。「不知道。」

「是在幾年前，宮廷教師要我讀天文學的時候。如果妳更靠近一點看，妳會發現，星星其實是有不同顏色的。」

「等等，你說你上次看星星是因爲要上課？不是因爲興趣嗎？」

他暗自發笑。「興趣。我得在預算諮詢和基礎建設委員會會議上，擬定這方面的規定。喔，還有戰爭策略發想會議。說到這個，戰爭策略正好是我最不擅長的領域。」

「那你還有什麼事情不擅長呢？」我問，雙手撫著他上過漿的襯衫。麥克森似乎被這樣的動作鼓舞，他的手原本放在我的背上，現在正在我肩膀上畫圓。

「妳爲什麼問這個問題？」他假裝惱怒地說。

「因爲我還不是很了解你。你看起來總是那麼完美，如果有什麼證據證明你沒有那麼完美，我會很高興。」

他用一隻手肘撐起身體，專注地看著我的臉說：「妳知道我不完美。」

「很接近完美了，」我回應他的話。我們輕輕地、有意無意地碰觸彼此，膝蓋、手臂、手指。

他搖搖頭，莞爾一笑。「好，那我就告訴妳我不擅長什麼吧！我不會策動戰爭，我這方面的能力極差。然後我猜我的廚藝也不好，這輩子從沒試過，所以——」

「從來沒有？」

「妳可能已經注意到，宮中有一群人，總是爲妳製作令人引頸期盼的甜點？他們正好也負責做菜給我吃。」

我咯咯笑出聲。我在家裡得幫忙準備每一餐。「還有呢？」我逼問他說。「還有什麼你不擅長的事？」

他把我抱得更近，咖啡色的雙眼閃爍著神秘光芒。「最近，我發現一件事情……」

「說吧。」

「我發現，我最不擅長的是遠離妳。這眞是個很嚴重的問題。」

我微笑著說：「你眞的有試過嗎？」

他假裝思考這個問題。「嗯，是沒有，別期望我會眞的這麼做。」

我們安靜地笑著，握著彼此的手。像這種時候，我輕易就能想像往後人生的畫面——就像這樣子。

葉子和小草沙沙作響，有人過來了。雖然我們約會是天經地義的事，但我還是覺得有點不好意思，於是趕緊坐起，麥克森也挺起身子。一名衛兵繞過籬笆，朝我們走過來。

「王子殿下，」他彎腰鞠躬說。「抱歉打擾，但這麼晚待在外頭這麼長的時間，可能不是很恰當。叛軍可能會——」

「知道了，」麥克森說完嘆了口氣。「我們很快就會進去。」

那名衛兵話說完便離開了。麥克森轉過來面對著我。「我的另一個錯誤是，我對叛軍已經越來越沒耐心了，和他們打交道好累。」

他站起來，向我伸出手。我搭上他的手，看見他的眼底充滿挫折。王妃競選開始後，我們遭受過兩次攻擊——有次是騷擾性質的北方叛軍，另一次是毀滅性的南方叛軍。雖然我的經驗不多，卻能理解為何他會感到身心俱疲。

麥克森拾起毛毯，裡裡外外抖一抖，顯然不大開心我們的夜晚被打擾，相處時間變短。

「嘿，」我說，並催促他面對我。「別這樣嘛，我很開心。」

他點點頭。

我走向他。他把毯子換到另一隻手，空出一條手臂環抱著我。「我們應該再找個時間，你可以告訴我哪顆星星是什麼顏色，因為我真的看不出來。」

麥克森對我露出一抹哀傷的微笑。「我真希望有些事情能在正常的情況下進行，像普通人一樣。」

我移動身體，雙臂環抱住他，就在我這麼做的時候，麥克森也伸手抱住我，手裡的毯子因此掉到地上。「我不想否定你的話，但是，王子殿下，就算身邊沒有那些衛兵，你還是離普通人很遙遠啊。」

他的表情瞬間放鬆了一點，但仍然稱得上嚴肅。「如果我普通一點，妳就會更喜歡我？」

「我知道你可能不大相信，但我眞的喜歡這樣的你，我只是需要更多——」

「時間。我知道，而且我也決定給妳更多時間。我只希望末日來臨的時候，妳是眞心想和我在一起。」

我看向遠方。這並不是我能給出的承諾。我在心裡反覆衡量麥克森和艾斯本，但是發現兩人一樣重要，沒有誰比較占優勢。大概只有我和其中一人單獨相處的時候例外。就像現在，我幾乎想答應麥克森一輩子和他在一起。

但是我不能。

「麥克森，」我低聲說。他露出受傷的表情，因爲我沒有回答他的問題。「我無法告訴你答案。我唯一可以告訴你的是，我想待在這裡。我想知道是不是……有可能……」我結結巴巴，不知道該怎麼說明這一切。

「我們兩個嗎？」麥克森試圖猜測我的意思。

我露出微笑，眞高興他輕而易舉就明白我的心。「是的，我想知道我們是否有可能結合，成爲人生伴侶。」

他幫我把一綹頭髮撥到肩膀後面。「看來機會很大。」他仔細思量後說。「我也這麼想，只是……給我一點時間，好嗎？」

他點點頭，看起來比剛才愉悅，這正是我想結束今晚的方式，以懷抱希望的感覺結束。嗯，也許還少了另一件事。我咬緊雙唇，身體傾向麥克森，用眼神試探他。

他一秒鐘都不遲疑，立刻彎下身來親吻我，那是個溫暖而柔情的吻，讓我更喜愛他。不知爲何，卻也讓我更加心痛。我可以維持這樣好幾個小時，看這種感覺會不會消失，但很快地麥克森便往後退。

「走吧，」他的語氣愉悅，拉著我邁向皇宮。「趁衛兵還沒騎著馬、拿著矛出來找，我們最好趕快打道回府。」

麥克森送我到階梯邊，疲累感像堵牆般襲來，我眞的是拖著腳步上二樓，繞過轉角回到我的房間。突然間，我嚇得睡意全消。

「喔！」艾斯本說，他也很驚訝看見我。「我以爲妳整個晚上都在房間，我大概是全世界最糟糕的守衛了。」

我咯咯笑了。菁英候選人每晚必須在至少一名侍女的看守下入睡。我眞的不喜歡這樣，所以麥克森堅持我房間外要安排一名衛兵，預防任何緊急狀況。事實上，大多時候我的守衛就是艾斯本。知道他每天晚上就在我房門外守著，我既高興又害怕，那是一種詭異又五味雜陳的感受。

我們之間輕鬆的氛圍很快就消失了，因爲艾斯本知道我沒有好好待在床上，代表著什麼意思。他清清喉嚨，氣氛有點尷尬。

「你們相處愉快嗎？」

「艾斯本，」我低聲說，環顧四周以確認沒有人在附近。「你別生氣。我是參加王妃競選的一分子，競賽就是這樣。」

「亞美，這樣我還有什麼機會可言？妳只和我們其中一個人說話，這樣我要怎麼贏得妳的心？」他說得很對，但我能怎麼辦？

「艾斯本，請別對我生氣，我正在努力把一切想清楚。」

「不，亞美，」他說，他的聲音恢復了以往的溫柔。「我不是在生妳的氣。我想念妳。」他不敢大聲說出那幾個字，但是他做出「我愛妳」的嘴形。

我整顆心都要融化了。

「我知道，」我回答，並把手放在他的胸膛上。這一刻就暫時忘記，我們正冒著多大的風險。「即使我現在是個菁英候選者，並不會改變我們之間的關係。艾斯本，我需要時間。」

他握住我的手，然後點點頭。「我可以給妳時間。只是……妳也得為我空出一點時間。」

我並不想跟他說這件事有多複雜，所以我只是對他淺淺一笑，然後輕輕地把我的手抽出來。

「我得走了。」

他看著我走進房間，並為我關上門。

時間，這段日子以來我已經向人索求了好多時間。我希望有足夠的時間思考，然後每件事都會塵埃落定。

2

「沒有，沒有啦。」安柏莉王后笑著回答。「我只有三名伴娘。克拉克森的母親建議我找更多伴娘，但是我只想要姊妹和最好的朋友作伴。那位最好的朋友，正是我在王妃競選中遇見的女孩。」

我偷瞄瑪琳一眼，很高興地發現她也在看我。抵達皇宮之前，我以爲在這場獎金豐厚的競選中，參選的女孩們肯定不會對彼此太友善。但是第一次見到瑪琳，她便給我一個擁抱。從那時候起，我們便相互扶持至今，除了某一次事件之外，我們再也沒吵過架。眞的只有那次例外。

幾個星期以前，瑪琳提到她不覺得自己想跟麥克森在一起。後來我追問原因，她卻緘默不語。我知道她並沒有對我生氣，但是在我們忘記這份尷尬之前的沉默，令人感覺度日如年。

「我想要七位伴娘，」克莉絲說。「如果麥克森選了我，可得辦場盛大的婚禮才行。」

「嗯，如果是我，我不想要任何伴娘，」賽勒絲提出相反意見。「伴娘只會分散焦點。婚禮肯定會電視轉播，我希望所有人的注意力都在我身上。」

她的話讓我有點惱怒。我們難得有機會全部人坐在一起，和安柏莉王后聊天，賽勒絲這沒禮貌的傢伙卻破壞了一切。

「我想在婚禮中融入我們的傳統文化元素，」愛禮絲文靜地說。「新亞細亞的女孩在婚禮中大量使用紅色，新郎必須餽贈新娘親友禮品，感謝他們同意新娘下嫁。」

克莉絲尖聲歡呼：「記得邀我去參加妳的婚禮！」

「我也要！」瑪琳尖叫道。

「亞美利加小姐，妳從剛剛到現在都沒說什麼話，」安柏莉王后說。「妳希望辦場怎麼樣的婚禮呢？」

我的臉頰馬上轉紅，因爲我完全沒準備該怎麼回答。

從小到大，我只想像過一種婚禮：地點在卡洛林納省民眾服務辦公室，伴隨著一大堆累死人的文書流程。

「嗯，我想的是父親會陪我走紅毯。就是他拉著我的手，把我交付給未來的丈夫，這是我一直以來的期望。」雖然很不好意思，但這是我的眞心話。

「但是，這是基本的啊！」賽勒絲埋怨道，「眞沒創意。」

我理應生氣她如此針對我，但我只是聳聳肩。「我想在人生中最重要的一天，確定父親完全贊成我的選擇。」

「眞棒的想法！」娜塔莉一邊說，一邊啜飲著茶，看向窗外。

安柏莉王后輕笑：「希望他會贊同啊。」說完又趕緊加了句：「不管那個人是誰。」似乎很篤定我的選擇是麥克森。

我納悶她是否眞的那樣想？麥克森告訴過她我們的事情嗎？

不久之後，婚禮話題便悄悄結束。王后離開，回到寢室。賽勒絲在鑲有大電視的牆前休息，其他人開始玩牌。

「眞有趣，」瑪琳說。我們在桌子前面坐下。「我可能從來沒聽過王后講這麼多話。」

「我猜她很開心吧！」王后的姊姊愛黛兒提過，王后曾經想再懷個小孩，但是沒有成功。等女孩的人數減少，她就會對我們比較熱情。果然沒錯。

「好吧，妳得告訴我一件事：對於妳的婚禮，妳眞的沒有其他計畫嗎？或者只是不想說？」

「眞的沒有，」我向她保證，「我很難想像盛大婚禮的畫面，畢竟我是第五階級。」

瑪琳搖搖頭說：「妳以前是第五階級，但現在是第三階級了。」

「沒錯。」我想起自己已經換上了新標籤。

我出生於第五階級的家庭。藝術家和音樂家們的薪水通常很微薄。雖然我討厭整個階級制度，但我很喜歡自己賴以爲生的技能。所以，要習慣自己變成第三階級、以教學或寫作爲業，眞的很困難。

「別緊張，」瑪琳仔細看著我的臉說。「妳現在什麼都不需要擔心。」

就在我想反駁時，賽勒絲大吼的聲音打斷了我。

「怎麼壞掉了！」她大叫著，把搖控器往沙發上用力摔，然後又拿它指向電視螢幕。

「她的狀況也不好嗎？」我對瑪琳低語。我們看著賽勒絲一再重複摔搖控器，最後放棄，親手去轉頻道。如果我生來就是第二階級，也許這種事情也會讓我暴跳如雷吧。

「我想是壓力使然。」瑪琳評論道。「妳有沒有注意到，娜塔莉她……不知道該怎麼說……越來越冷漠了？」

我點點頭，然後我們看向三位正在玩牌的女孩。克莉絲邊微笑邊洗牌，娜塔莉正在檢查髮梢，偶爾拉出一撮似乎覺得不滿意的頭髮，表情有點失神。

「或許我們都開始感覺到了，」我坦白說。「已經很難輕鬆享受住在皇宮這件事，畢竟現在剩下的人數很少。」

賽勒絲發出咕噥聲，我們看她一眼，被她發現時立刻將視線轉回。

「我想去洗手間，要一起嗎？」我提議。

瑪琳微笑並搖搖頭。「妳先去吧，我把茶喝完。」

「好，我等等回來。」

我離開仕女房，慢慢地走在華美的走廊上。我不確定自己是否能忘記這裡有多美。由於我心不在焉，轉彎的時候撞上一名衛兵。

「抱歉，小姐。希望我沒嚇到您。」他扶著我的手肘，讓我站穩腳步。

「沒關係的，」我笑著說。「我走路應該要更當心才對。謝謝你扶住我，請問你是……」

「伍德沃克。」他回答，並對我行個簡單的禮。

「我是亞美利加。」

「我知道。」

我微笑並翻個白眼，他當然知道。

「嗯，希望下次再碰到你，當然不是像這樣眞的碰到啦，」我開玩笑說。

他發出笑聲。「是啊，小姐，祝您有美好的一天。」

「你也是。」

回去房間後，我告訴瑪琳剛剛撞上伍德沃克軍官的糗事，她笑了笑，然後搖搖頭。

接下來整個下午，我們都坐在窗邊，在陽光下喝著茶，聊家鄉、聊其他女孩的事。

我光是想到未來就有點傷心。王妃競選最後會結束，不過我知道我和瑪琳會一直是好朋友，我會想念每天和她說話的日子。她是我第一個眞正的朋友，如果她能永遠在我身邊該多好。

我試著專注在當下。瑪琳恍恍惚惚地看著窗外，不知道在想些什麼。一切看起來如此平靜，所以我也沒多問。

3

寬敞的陽台和連接走廊的門都開著，因此房內充滿從花園吹進的、溫暖香甜的空氣。以前我工作忙得不可開交時，總希望至少有溫柔微風的慰藉，但現在微風只會讓我更加胡思亂想。我想離開，只要別困在書桌前就好。

我嘆口氣，往後躺在椅背上。「安。」我呼喚侍女。

「是的，小姐，請問有什麼事？」我的侍女總管回答。她坐在角落縫紉，沒有抬頭看我。我知道另外兩名侍女瑪莉和露西也注意著我，觀望是否能幫上什麼忙。

「我命令妳弄清楚這份報告是什麼意思。」我的一隻手慵懶地指著眼前一大堆軍事數據。所有菁英候選者都必須接受這個測試，但我就是打不起精神專心讀書。

三名侍女都笑了出來，也許是因爲我的要求太荒謬，也許是因爲我竟然對她們下令，畢竟我絕對不具備領導者的威嚴。

「小姐，眞抱歉，但這可能超出我的專業範圍。」安回答我。雖然我只是開玩笑，她的回答也不是認眞的，但是她的聲音裡仍舊充滿愛莫能助的歉意。

「好吧。」我哀怨地說，再次專注在那些數字上。我大概知道這份報告不樂觀，但不確定究竟是什麼狀況。我再次詳讀文字和圖表，皺眉、咬著筆端試著專心。

然後，我聽見露西的輕笑聲。我抬頭看她究竟在開心什麼，我的視線隨著她飄到門邊，發現了麥克森的身影。

「妳洩漏了我的行蹤。」他向露西抱怨，而她還是竊笑不止。

我把椅子往後推，衝進他懷裡。「你聽見我內心的呼喚了！」

「是嗎？」

「拜託你答應我去外面走走，一下下就好了，可以嗎？」

他露出微笑。「我有二十分鐘的時間可以給妳。」

我拉著他到走廊上，侍女們嘰嘰喳喳的興奮聲漸漸消失在身後。

毫無疑問，花園已經變成我們的固定場所。只要一有機會單獨相處，我們就會到這裡來。與以前我和艾斯本相處的時光相比，眞是天壤之別。我們以前唯一的選擇是躲在我家後院小小的樹屋上，因爲那是唯一能夠安全獨處的地方。

我突然想起，不知道艾斯本是不是也在這裡？皇宮裡的衛兵何其多，外表又都很像，不知道他是否正看著麥克森緊握我的手？

我們一邊走著，麥克森的手一邊撫過我的手指關節。「這些是什麼？」麥克森問。

「是繭。因爲我每天練琴四個小時，手指必須不停地壓在小提琴弦上。」

「我以前從來沒有注意到。」

「會讓你覺得不舒服嗎？」在六名剩下來的女孩當中，我的出身階級最低，我很納悶她們的雙手會像我這樣嗎？

麥克森停下動作，將我的手指舉高至他的唇邊，親吻我那小小的、粗糙的手指關節。

「正好相反，我覺得這樣很美。」我忍不住臉頰泛紅。「我看過這世界，雖然大多是透過防彈玻璃，或是放在古老堡塔內。只要我要求，千千萬萬的問題都能獲得答案，但這雙小手呢？」他深深凝望我的雙眼。「這雙手拉奏出我聽過最美妙的音樂。有時我會覺得，聽妳拉琴是不是一場夢？因爲那是如此美妙。而這些繭，證明了那些音樂都是真的。」

他說話的方式浪漫得令人無法置信。即便如此，我還是珍惜這番話，儘管我從未打從心底相信。畢竟，我怎麼知道他是否也這樣對待其他女孩呢？還是換個話題好了。

「無論什麼問題，你都能知道答案嗎？」

「當然，儘管問。就算不知道答案，我也知道上哪兒找得到。」

「任何問題嗎？」

「任何問題。」

我想問那種讓他必須傷點腦筋的問題。我花了一點時間，回想在成長過程中最令我好奇、不解的問題。飛機的原理是什麼？以前的美國是什麼樣子？上層階級的小型音樂播放器是怎麼運作的？

想到了。

「什麼是萬聖節？」

「萬聖節？」他顯然從沒聽過。我並不驚訝，因爲我也只在爸媽那本古老的歷史書上看過一次。那本書的某些部分已經腐爛得無法辨識，好幾頁都掉落了。即使如此，書裡面提及某些我們一無所知的節日，仍然令我相當著迷。

「聰明的王子殿下，您現在也沒那麼有自信了吧？」我調侃他。

他對我做個鬼臉，不過顯然並不是眞的動氣。他看了一下手錶，並深吸一口氣。

「跟我來，我們得快一點！」他說完便抓起我的手，拔腿奔跑。

我的腳跟有點絆到，但還算跟得上。他的臉上露出大大的笑容，帶著我回去皇宮。我喜歡看麥克森露出無拘無束的一面，他平常太嚴肅、拘謹了。

「紳士們！」我們經過門口的衛兵時，他這麼說。

到走廊的一半時，我停下來想調整鞋子，讓腳更舒服些。「麥克森，別走！」我喘著氣說。「我跟不上你了！」

「快點，妳會愛死那裡的！」他催促說。他先是拖著我的手臂，接著稍微放鬆一點，配合我的速度，但是我看得出來他非常迫不及待。

我們往北邊迴廊前進，靠近《報導》錄影現場，但還沒走那麼遠便迅速轉進樓梯。我們往上爬、再往上爬，我無法止住自己的好奇心。

「我們究竟要去哪兒？」

他轉過來面對我，態度立刻轉爲嚴肅。「妳得發誓，永遠不告訴別人這個小密室的存在。宮中上下，甚至只有少數家庭成員和幾名衛兵知道這間密室。」

這時好奇心大過一切，於是我說：「當然。」

我們到達階梯頂端，麥克森爲我開門。他拉著我的手，引我穿過走廊，最後我們停在一面牆的前面，壯麗動人的大幅畫作覆蓋了整面牆。麥克森看看我們身後確定沒有人，他的手才伸至遠端，一聲微弱的喀啦聲後，那幅畫朝我們揮了過來。

我倒抽一口氣，麥克森則露齒一笑。

畫後面有扇小門，上頭有個小型鍵盤，像某種電話裝置。麥克森輸入幾個號碼，發出嗶嗶聲，接著他轉動把手，回頭看著我說：

「我幫妳，這門挺高的。」他示意我先爬進去裡面。

我好震驚。

這個沒有窗戶的房間裡，擺滿好幾排書架，上頭放的顯然都是些古老書籍。其中有兩個書架上的書，裝訂處全都有紅色斜線，令人相當疑惑。我看見一面牆上放著巨大的地圖集，隨手翻開某一頁，我甚至認不出是哪個國家的領土。

房間正中央有張桌子，上頭放了一些書，好像是最近才拿出來處理過的，等待歸位。最後，有面牆上嵌著一個寬螢幕，看起來就像電視。

「紅色斜線代表什麼意思？」

「禁書。就我所知，伊利亞王國內可能只有這裡還有那些書。」

我轉向他，不敢大聲問，只好以眼神詢問。

「嗯，妳可以看看那些書。」他的語氣似乎暗示這不是很妥當，但他臉上的表情也顯露出希望我主動提起。

我小心翼翼地拿起一本書，深怕自己不小心毀了這獨一無二的珍寶。我翻閱著那本書，但害怕得幾乎馬上又放回去。

我轉過去，麥克森正在一台像是平面打字機的東西上面打字，那個裝置還連著一個電視螢幕。

「那是什麼？」我問。

「是電腦。妳從來沒看過嗎？」我搖搖頭，麥克森看起來一點都不驚訝。「現在已經沒多少人有這玩意了。這台電腦記錄了這個房間裡的所有資訊，如果有任何關於妳說的萬聖節的書籍，電腦會告訴我們放在哪裡的。」

我不是很了解他的話，但我沒有請他解釋。幾秒鐘之後，搜尋結果出來了，螢幕上的清單顯示三筆資料。

「喔，太好了！」他大聲說道，「在這裡等我。」

我站在桌邊，等麥克森找出三本能告訴我們什麼是萬聖節的書。希望那不是什麼愚蠢節日，免得讓他所有的努力白費。

第一本書上寫了萬聖節的定義：那是一個塞爾特克人的節日，時間在夏末。我不想拖慢速度，所以我甚至沒提起自己根本不知道什麼是塞爾特克人。書上說，塞爾特克人相信萬聖節這天靈魂會進入人世，所以人們會藉由特殊的穿著來避開鬼魂。之後它成爲世俗的節日，主要是屬於孩子的節日。孩子們會精心打扮，在鎮上邊唱歌邊到處遊蕩，然後大人就會給他們糖果。他們會說：「不給糖，就搗蛋。」

第二本書寫的定義也差不多，但特別提到南瓜和基督教。

「這點很有趣。」麥克森大聲說，他正翻著一本比其他書都薄的手寫書。

「怎麼說？」我問，一邊走過來好看得更清楚些。

「亞美利加小姐，這本書是葛雷格利．伊利亞的私人日記的其中一冊。」

「什麼?!」我大叫道。「我可以看嗎？」

「讓我先找到我們要找的內容。看，還有附圖呢！」

那畫面彷彿來自未知過往的特異景象，圖中的葛雷格利．伊利亞表情僵硬、西裝筆挺，看起來身材高大。伊利亞的旁邊有位女士，她對著相機露出心不在焉的微笑。看得出來她曾經是個美麗的女子，但是雙眼已經沒有光采，看起來疲憊萬分。

有三個人環繞著這對夫婦。首先是一位美麗且充滿朝氣的青少女，露出開朗的笑容，戴著皇冠，穿著褶邊的袍服。多有趣啊！她把自己打扮得像個公主。然後還有兩名男孩，一高一矮，但差距不大，兩個人都裝扮成我認不出來的角色，看起來好像馬上就要起爭執。圖片下方是一段開場文，令人十分驚訝的是，這是葛雷格利．伊利亞親手書寫的文字。

今年孩子們為了慶祝萬聖節而舉辦派對，我想這麼做能讓他們忘記身邊發生的事情，但是在我看來，這種行為相當不識大體。在倖存的家庭之中，我們是少數還有些餘錢能過節的，但這種小孩子的嬉戲玩耍，看起來只是浪費。

「你認為這是我們不再慶祝萬聖節的原因嗎？因為太浪費了？」我問道。

「可能是吧。日期或許能給我們一點線索，這個時間看起來是中美合眾國剛開始反擊不久之後，也就是第四次世界大戰之前。在那時候，大多數人都是孑然一身——想像一個大多數是第七階級，只有少數第二階級的國家。」

「哇。」我試著想像我們的國土變成那種景況：因爲戰爭而分崩離析，努力抗爭後才收復失土、維持國家完整……太不可思議了。

「這裡收藏了多少像這樣的日記呢？」我問。

麥克森指著架上一排日誌，看起來就和他手上那本一樣。「大約有十幾本吧。」眞令人不敢相信！所有的歷史都濃縮在這間房間裡。

「謝謝你，」我說。「我作夢也想不到，自己能夠看見這些東西。」

他露出燦爛的笑容。「妳想閱讀其他日誌嗎？」他朝著書架移動。

「想啊，當然！」我眞的大叫出聲，然後才想起我還有其他的工作。「但是我不能留下來，我必須讀完那份可怕的報告，你也得回去工作。」

「是啊。嗯，那這樣吧，妳把這本書帶回去讀幾天。」

「可以嗎？」我膽怯地問道。

「不行。」他微笑地說。

這時候我猶豫了：萬一我弄丟了呢？他肯定也在想同樣的事，但這種大好機會錯過可惜。我絕對會謹愼小心，好好地保護這份禮物。

「好吧，就一、兩晚就好了，我會直接還回來的。」

「小心藏好喔。」

我小心翼翼地藏好。這不只是一本書，更代表麥克森對我的信任。我把它藏在鋼琴椅下面，我的侍女永遠不會整理這邊，只有我的手會碰到這本書。

4

「我沒救了！」瑪琳哀怨地說。

「不、不，妳做得很好，」我說了謊話。

這一個多禮拜以來，我每天都替瑪琳上鋼琴課，但她的狀況眞是每下愈況。天哪，我們到現在還在學習音階。她又彈出一個走調的音符，我的臉部肌肉忍不住抽搐。

「喔，看看妳的表情！」她大叫說。「我太糟糕了，我大概是用手肘在彈琴吧？」

「應該試試手肘，或許音比較準。」

她嘆了一口氣。「我放棄了。對不起，亞美利加，妳對我這麼有耐心，但是我眞的受不了自己彈琴的聲音，就像鋼琴生了什麼病似的。」

「其實更像鋼琴要死掉了。」

瑪琳笑到整個人掉下椅子，我也跟她一起倒下來。她請求我爲她上鋼琴課時，我眞的不曉得自己的耳朵必須承受這種痛苦又好笑的折磨。

「也許拉小提琴對妳來說比較簡單？小提琴的音色非常美。」我提議說。

「我可不這麼認爲。我這麼『好運』，一定會搞砸的。」瑪琳站起來，走到我的小桌子邊。

我們本來應該要閱讀的文件資料被推到一邊，貼心的侍女們已經準備好茶和餅乾。

「好吧，反正這把小提琴是皇宮的，妳也是可以把它朝賽勒絲的頭丟過去。」

「別慫恿我！」她說，並爲我們兩人倒些茶。「亞美利加，我一定會很想妳的。不知道如果不能每天見面，會是什麼感覺。」

「嗯，麥克森還很猶豫不決，所以妳先不需要擔心這個問題。」

「我不知道……」她說，語氣轉爲嚴肅。「他雖然沒有說，但是我知道我在這裡只是因爲人民喜歡我。現在大部分的女孩都離開了，人民的想法不久之後就會改變，等到他們有了新的支持對象，他就會讓我回家。」

我謹慎選擇用字遣詞，希望這次她能告訴我，是什麼原因造成他們之間的距離，希望她不要又避而不答。「妳可以接受嗎？接受不跟麥克森在一起？」

她輕輕聳聳肩。「他不是我的眞命天子。退出這場競選無所謂，但我眞的不想離開這裡，」她表明立場。「再說，我並不想和心有所屬的男人結婚。」

我倏地坐起來。「妳說他愛的人是——」

這時，瑪琳的眼神露出勝利的光采，茶杯後的笑容彷彿正說著：被我逮到了吧！

確實被她抓到小尾巴了。

在那一秒鐘，我發現自己一旦想到麥克森愛上其他人，就嫉妒得無法忍受。後來我才明白她說的人原來是我自己，那種安心踏實的感覺是無從否認的。

以前，我總是築起一道又一道的高牆，開玩笑地說自己高攀不起王子，還說其他女孩有多好多好。但是只靠一句簡單的話，瑪琳就得到了她想要的答案。

「爲什麼不結束這一切呢，亞美利加？」她誠摯地問。「妳知道他愛妳。」

「他從來沒說過。」我斬釘截鐵地說，這也是不爭的事實。

「他當然不會說，」她的口氣彷彿一切顯而易見。「他這麼努力討好妳，卻每次一接近妳就被推開，妳為什麼要這麼做呢？」

我可以告訴她嗎？我可以向她坦白，雖然我對麥克森的感情越來越深——顯然比我表面的認知還深——但有些事我仍然無法放手。

「我想，我只是……還不確定吧。」我真的信任瑪琳，但是她不知道真相或許對我倆來說都比較安全。

她點點頭。她似乎也知道事情不單純，但是並沒有追問，真是貼心。我們接受彼此各自擁有秘密。

「那就快點想辦法確定吧！雖然麥克森並不是我的真命天子，我依然覺得他是個好人。如果妳因為害怕而失去他，我會恨妳的。」

她又說對了。我的確很害怕麥克森對我的情感並不像表面上看起來那樣，我也害怕身為王妃應該承擔的責任、義務，我更害怕失去艾斯本。

「順帶一提，」她說，並將茶杯放下，「昨天我們不是聊到婚禮嗎？讓我想起一些事情。」

「什麼事？」

「妳想不想，嗯，妳知道的，就是……當我的伴娘？如果有天我結婚的話。」

「喔，瑪琳，我當然想當妳的伴娘啊！那妳會當我的伴娘嗎？」我握住她的手，她也高興地回握。

「亞美利加，但妳有姊妹，她們不會介意嗎？」

「她們會諒解的。拜託，一定要當我的伴娘好嗎？」

「當然！我絕對不會錯過妳的婚禮。」她的語氣暗示我的婚禮將是一場世紀婚禮。

「答應我，就算我嫁給一個第八階級的無名小卒，婚禮辦在某條小巷裡，妳都會出席，好嗎？」

她給我一個難以置信的表情，表示這種事情絕對不會發生。「我答應妳，就算眞是那樣我也會去。」

她並沒有要求我也發誓。我很納悶她在家鄉是否也有一位心儀的人，對方也是第四階級，但我沒有繼續追問。很明顯地，我們都有秘密，但瑪琳是我最好的朋友，我願意爲她赴湯蹈火。

那天晚上，我想和麥克森在一起，因爲瑪琳讓我開始懷疑自己的行爲、想法及感覺。晚餐過後，我們起身離開餐廳時，我看了麥克森一眼，拉拉我的耳朵，這是我們想要單獨相處時的小暗號。我們很少拒絕彼此的要求，但是今晚麥克森露出失望的表情，用唇語對我說「工作」。我假裝噘嘴，並微微地揮手道晚安。

也許這樣是最好的。我得讓麥克森專注在眞正需要煩惱的事情上。

我轉個彎回到房間，艾斯本又在站崗了。他上上下下地打量我。我身上那件合身的綠色洋裝，神奇地凸顯出我鮮少見光的曲線。我什麼話也沒說，走過他的身邊。就在我轉動房門把手的時候，他溫柔地凝望我的手臂肌膚。

很緩慢也很短暫，但是在那幾秒當中，我感受到他的欲望，也激起我內心一種渴望的感覺，正如艾斯本以前總能帶給我的感受。他翠綠色的雙眼閃爍著渴望而深沉的眼神，幾乎讓我的膝蓋癱軟。

我盡快進房，好逃離這種折磨。謝天謝地，房門關上的瞬間，我的侍女們便包圍我，爲我鋪床、邊聊天邊爲我梳頭。我試著讓自己暫時忘記一切。

但這是不可能的。我必須選擇：麥克森或是艾斯本。

然而，要我怎麼在這麼好的兩個人之間做選擇？無論選了誰，我心裡都會有塊地方受傷。我只能安慰自己：還有時間，我還有時間。

5

「所以，賽勒絲小姐，妳是說士兵人數不夠，所以妳覺得下次徵兵時應該增加士兵人數，是嗎？」蓋佛瑞問道。他在《伊利亞首都報導》中負責主持討論，也是唯一訪問過皇室成員的人。

我們在《報導》上的辯論是個測試，大家都心知肚明。雖然麥克森的王妃競選並沒有時間限制，但是大眾渴望候選者持續刪減，使戰況更精采刺激。我感覺國王、王后或是其他顧問大臣也是這麼想的。如果想留下來，我們就得表演，不論何時何地、任何內容。我很高興自己終於看完那份關於軍事的可怕報告，我記得一些數據，所以今晚我有機會讓大家留下好印象。

「沒錯，蓋佛瑞。新亞細亞的戰爭已經持續好幾年，我想，一、兩回合大規模的徵兵計畫，就可以讓我們徵得理想的士兵人數，終結戰爭。」

我眞的無法認同賽勒絲。她害一個女孩被趕走，毀了克莉絲上個月的生日派對，還試圖從背後扯開我的禮服。身爲第二階級，讓她以爲自己比我們高人一等。老實說，我對於伊利亞王國的士兵人數並沒有意見，但是因爲我認識賽勒絲這個人，我勢必反對到底。

「我反對，」我盡力維持淑女的語氣發言。賽勒絲轉過頭來看我，深色的頭髮甩過肩膀。由於背對鏡頭，她更肆無忌憚地怒瞪著我。

「亞美利加小姐，妳認爲增加士兵人數不好嗎？」蓋佛瑞問道。

我感覺自己的雙頰發熱、變紅。「第二階級有錢能負擔罰金，免於被徵兵，所以我很確定賽勒絲小姐可能沒見過一個家庭失去唯一的兒子的情況。徵更多兵，只會讓情況更糟糕，特別是對於下層階級而言。下層階級的家庭總是人口眾多，需要每個成員努力工作才能生存下去。」

身旁的瑪琳善意地推推我的手。

賽勒絲趕緊搶話說：「那我們該怎麼辦呢？妳該不會建議我們坐視戰爭拖下去吧？」

「不、不，我當然希望伊利亞王國能恢復和平。」我停下來彙整想法，並看向麥克森尋求某種支持，卻發現他身邊的國王看起來有些惱怒。

我得改變回答的方向，於是說出心裡第一個想法：「如果是自願加入軍隊的士兵呢？」

「自願加入軍隊的士兵？」蓋佛瑞反問。

賽勒絲和娜塔莉暗自竊笑，情況更糟糕了。我又思考了一下，這個想法真的那麼糟嗎？

「是的，我相信這種措施需要某些條件配合，但或許這麼一來軍隊裡的人都會是有志從軍的，而不只是些被生活所逼、恨不得早日回家鄉的男孩。」

攝影棚陷入一片沉默，大家正在思考，顯然我的論點有其道理。

「這是個很棒的想法，」愛禮絲認同地說。「還可依照新人簽入軍隊的時間，每一或兩個月安排新兵入伍，這樣也能鼓舞現役軍人的士氣。」

「我也同意。」瑪琳也附和說。她的評論通常就是這種程度，顯然辯論場合總令她不自在。

「嗯，我知道這聽起來可能有點太大膽了，但是如果軍隊能開放讓女性也加入呢？」克莉絲提議說。

賽勒絲笑得很大聲。「妳覺得這樣會有更多人願意簽入軍隊？妳要帶頭上戰場嗎？」她的聲音流露出一點點輕蔑。

克莉絲保持冷靜，不卑不亢。「不，我不是當軍人的料。但是，」她對著蓋佛瑞繼續說，「無論如何，王妃競選讓我體認到一個事實，那就是有些女孩具有可怕的殺人本能，別被她們身上的禮服給騙了。」語畢，她嫣然一笑。

回到房間後，我讓侍女們比平常多留一會兒，幫我把頭髮上一大堆髮夾摘下。

「我喜歡妳說的自願加入軍隊的想法。」瑪莉說，她靈巧的手指正努力工作。

「我也喜歡，」露西附和說。「我還記得鄰居的兒子入伍服役的時候，他們全家人有多痛苦。尤其這種戰亂時期，很多年輕人根本再也回不了家，眞是悲劇。」我看見她的雙眼閃現許許多多的回憶。我也聽過類似的故事。

瑪麗恩．凱瑞兒是個年輕寡婦，但她有個兒子艾登。雖然兩人相依爲命，但是他們也撐過來了。有天，一名士兵拿著一封信和旗幟出現在她家門前，說些沒有意義的慰問話語。聽見消息的她只想當場昏倒。她無法一個人獨活，就算有謀生能力也無心求生。

我看過她在我離開卡洛林納省時向民眾道別的那個廣場上乞討求生，看著第八階級的她，我什麼忙也幫不上。

「我知道。」我回應露西的意見。

「但我覺得克莉絲有點太超過了，」安發表她的感想道。「女人上戰場，聽起來就超糟糕的。」

她正專注地處理我的頭髮，我對著一本正經的她微笑。「我爸爸跟我說，以前的女人啊——」

突然，傳來短促的敲門聲，嚇到我們所有人。

「我有個想法，」麥克森大聲宣告，不待回應便逕自進房。看起來，我們已經建立起每週五晚上《報導》錄影結束後約會的不成文規定。

「王子殿下。」她們齊聲說道。瑪莉彎腰行禮時，髮夾不小心掉到地上。

「我來幫妳。」麥克森說著過去幫忙瑪莉。

「沒關係的！」她堅決婉拒，睜大眼睛看著露西和安，懇求她們一起離開。

「喔，小姐，那就先晚安了。」露西說，她拉著安的制服一角要她跟上。

她們離開之後，麥克森和我同時爆笑出聲。我轉向鏡子，繼續處理殘留的髮夾。

「她們好有趣。」麥克森做出評論。

「因爲她們很崇拜你啊。」

對於這個讚美，他只是謙虛地揮揮手。「抱歉，我打斷妳們了。」

「沒關係，」我回答說，並抽出最後一根髮夾。我的手指梳過頭髮，讓髮梢落到肩膀上。

「我看起來還可以嗎？」

麥克森點點頭，看得有點久，然後才回過神說：「總之，這個想法就是……」

「快說吧。」

「妳還記得萬聖節的事嗎？」

「記得。喔，我還沒讀完那本日記。不過它藏得好好的。」我向他保證。

「沒關係，反正也沒人會找那本書。我在想，所有的書都寫萬聖節是在十月份對吧？」

「是的。」我輕鬆地回答他。

「現在就是十月，我們何不來辦個萬聖節派對呢？」

我倏地轉過頭。「眞的嗎？麥克森，我們眞的可以辦嗎？」

「妳會喜歡嗎？」

「我會愛死的！」

「我計畫幫所有候選者製作特別的服裝。因爲我只有一個人，如果要每個人輪流與我跳舞似乎太不公平，所以也開放休假的衛兵一起來跳舞。接下來一、兩個星期，我們可以召開舞蹈課。妳不是說平常的日子你們沒事可做嗎？還有糖果！我們會製作或進口最美味的糖果。親愛的，那晚結束時，妳一定會吃得飽飽的，到時我們得用滾的把妳推出去。」

我整個人聽得入迷了。

「我們會對全國人民宣告，這是個慶祝的時刻。孩童們可以做特殊裝扮，挨家挨戶拜訪，像以前那樣。妳妹妹會很喜歡這個活動吧？」

「她當然會喜歡啊！大家都會喜歡的！」

他仔細思考了好一會兒，又抿抿嘴唇說：「妳覺得她會喜歡在這裡慶祝嗎？在皇宮裡？」

我驚訝極了：「你說什麼？」

「王妃競選期間，我必須見過菁英候選者的父母親，可能也會邀請兄弟姊妹進宮。擇期不如撞日，順便在慶祝萬聖節時一起好了——」

我迅速衝進他的懷抱。有機會見到玫兒和爸媽，讓我高興得無法克制。他用手臂環抱著我的腰，凝望我的雙眼。這個人——這個我以爲跟我天差地別的人——究竟是如何辦到的？他爲何總知道如何讓我開心？

「你是說眞的嗎？他們眞的能進宮嗎？」

「當然，」他回答，「我一直很想邀請他們，不只是因爲這是王妃競選的一部分，我想能夠見到家人，對你們來說也是好的。」

確定自己停止哭泣之後，我低聲對他說：「謝謝。」

「妳太客氣了……我知道妳深愛妳的家人。」

「是的，我愛他們。」

他自顧自地笑著，然後說：「很明顯地，妳眞的願意爲他們做任何事。畢竟，妳也是爲了他們才繼續進行王妃競選。」

我猛然一驚，往後退跟他拉開距離。他的眼神不帶任何批判，反倒因爲我突如其來的動作而受到驚嚇。不能就這樣算了，我必須清楚表明自己的立場。

「麥克森，他們是我一剛開始留在這裡的原因，但現在已經不單單這樣了，你知道這一點吧？我在這是因爲……」

「因爲？」

我看著麥克森，他寫滿愛慕的臉滿懷希望。快說啊，亞美利加，快告訴他！

「因爲？」他又問了一次，這次他的嘴唇揚起一抹惡作劇般的笑容，讓我幾乎融化。

我想起和瑪琳的那番對話，還有某天我們談到對王妃競選時我內心的感受。只要有其他女孩也和麥克森約會，我就很難把他想成男朋友，但他對我而言又不只是朋友。那股充滿希望的感覺又出現了，我不禁想像我們或許會是特別的一對，或許麥克森對我而言比我想像中重要許多。

我對他露出一抹微笑，並朝門口走過去。

「亞美利加，回來這裡。」他正面朝我跑來，兩隻手臂環抱住我。「告訴我。」麥克森低聲耳語。

我緊緊咬著雙唇。

「好吧，看來我得用其他方式跟妳溝通了。」

他毫無預警地吻了我，我感覺自己往下沉了一點點，而他的手臂完完全全支撐著我。我把雙手繞在他的脖子上，想把他抱向我……接著，突然某個念頭一閃而過我的腦海。

通常在我們單獨相處的時候，我並不會去想其他人。但是今晚，我卻想到：要是我的位置換了個人站呢？要是另一個女孩依偎在麥克森的懷裡，逗他笑、嫁給他……這種想像令我心碎。我忍不住開始哭泣。

「親愛的，妳怎麼了？」

親愛的？這三個字如此溫柔而親密地環繞著我。這一時片刻，那些阻止我坦承對麥克森的感覺的原因，都消失無蹤了。我想成爲他的親密愛人，他的愛侶，他的唯一。

這可能意謂著我得迎接一個從未想像過的未來，離開不想道別的人事物。但現在一想到要離開麥克森，那種失落感就令我無法承受。

我確實不是王后最佳人選，但如果我連自己的感受都無法表達，那我眞的不夠格參與競賽。

我嘆出一口氣，試著保持聲音平穩。「我不想離開這一切。」

「如果我記得沒錯，我們第一次見面的時候，妳說這裡像個牢籠。」他微笑說道。「但這裡的確讓妳成長了，對吧？」

我輕輕地搖頭。「有時候，你這人還眞是遲鈍。」我哽咽著發出微弱的笑聲。

麥克森讓我退開一點點距離，我才能看著他的棕色雙眼。

「麥克森，不是皇宮的一切吸引我繼續留下的，我一點都不在意那些衣服和寢具，不管你信不信，連食物我都無所謂了。」

麥克森發出笑聲。這裡的精緻美食令我興奮也不是什麼秘密。

「是因爲你，」我說。「我不想離開你。」

「我？」

我點點頭。

「妳想跟我在一起？」

他臉上的困惑表情惹我發笑。「我就是這個意思。」

他停頓了一會兒。「怎麼會——但是——我做了什麼？」

「我也不知道，」我聳聳肩說。「我只是覺得我們會很好。」

他緩緩露出微笑。「我們會非常好。」

麥克森把我拉進懷裡，我輕輕靠著他，他再次親吻我。

「妳確定嗎？」他用雙臂抱著我，並投注熱切的眼神。「妳很肯定嗎？」

「如果你確定，那我也確定。」

霎時，他的表情出現一絲變化，卻又很快恢復。不管那代表什麼意思，我甚至不確定是否看錯了。他領著我走向床鋪，我們一起坐在床邊，握著彼此的雙手。我以為他會說些話，畢竟這是他想要的結果，但是他什麼也沒說。每隔一小段時間，他就會長長吁出一口氣。單單這樣我就能感覺出他有多快樂，所以我也不再焦慮了。

或許因為我們倆都不知道該說什麼，一段時間過後，麥克森挺直了身體。「我想我該走了。如果慶祝活動要邀請所有候選者的家人，我必須好好規畫。」

我露出微笑，一想到很快可以抱抱媽媽、爸爸和玫兒，我就樂得發暈。「再謝謝你一次。」

我們朝門口走去，我緊握他的手。不知怎地，我好害怕放手。變化太快，現在甜蜜的感覺好不真實，既脆弱又不堪一擊。

「我們明天見。」他低聲對我保證。他的鼻子距離我不到一公分，充滿愛意地看著我，讓我覺得自己的擔憂很傻。「妳真是令我驚訝。」

等他離開之後，我閉上雙眼，沉浸在我們短暫相聚的記憶裡。他凝望我的眼神、促狹的笑容、甜蜜的親吻。我在上床睡覺前一次又一次回想，並想著麥克森是否也和我一樣。

6

「太美了，小姐。請繼續看著素描，其他人請不要面對鏡頭。」攝影師請我們依照指示動作。

今天是星期六，一般而言，菁英候選者必須在仕女房度過，但今天不一樣。早餐時，麥克森宣布了萬聖節派對的事情。一到下午，我的侍女們已經開始準備、設計服裝，攝影師們也現身準備記錄整個過程。

我努力表現出泰然自若的樣子，走過去看安在畫些什麼。我的侍女們站在桌子後面，拿著幾塊布料和容器，裡面裝著亮片和幾片可笑的羽毛。

當我們選擇材料時，相機伴隨著閃光燈喀嚓喀嚓地拍攝。正當我把金色布料高舉至臉頰邊，準備擺姿勢的時候，外面來了一位訪客。

「早安啊，小姐們。」麥克森邊說邊走進房。

我不自覺挺直身體，感覺自己臉上笑容滿溢。攝影師首先捕捉了這一刻，才和麥克森致意。

「王子殿下，眞榮幸見到您。方便的話，可以和這位年輕小姐照張相嗎？」

「這是我的榮幸。」

侍女們往後退，麥克森拿起幾張素描草稿，站在我身後。他拿著素描的手放在胸前，另一隻手則放在我的腰間。這個動作對我而言意義重大，彷彿在對我說：很快地，我會在全世界面前這樣抱妳，妳什麼也不必擔心。

我們拍了幾張照，攝影師依照工作清單去找下一個女孩，我這才發現侍女們早就默默地離開房間了。

「妳的侍女們很有才華，」麥克森說。「這些設計概念很棒。」

我試圖維持平常對待麥克森的方式，但現在對他的感覺不同了，更美好卻也更糟糕。「我知道，世上沒人比她們的手更巧了。」

「妳決定好了嗎？」他把紙張散開在桌上，然後問我。

「我們都很喜歡『鳥』的概念，我想可能是以我的項鍊作為參考吧。」我邊說邊撫摸脖子上的銀色鍊墜。這條鳴鳥項鍊是父親送我的禮物，我愛它遠勝過皇宮為我們準備的任何貴重首飾。

「我很抱歉必須告訴妳，我想賽勒絲的主題也會是鳥類。她看起來還滿肯定的。」他說。

「沒關係，」我聳聳肩。「反正我也不是個迷戀羽毛的人。」說到這裡，我臉上的微笑漸漸消退。「等等。你剛剛和賽勒絲在一起？」

他點點頭。「只是去看看她、聊個天，我恐怕也不能在這兒待太久。父王對萬聖節一點也不熱中，但是因為王妃競選還在進行，他能理解多舉辦節慶活動會比較熱鬧。他也同意這是與候選者家人們會面的好時機，一切都在他的考量範圍。」

「怎麼說呢？」

「他想要刪減人數，等我和所有候選者家人會面後應該就會進行，所以他希望越快越好。」

我從沒想過萬聖節派對的計畫還有另外一個意義，就是送某人回家。雖然在昨晚的談話之後，我知道自己實在沒有必要緊張——在所有與麥克森共度的時光中，沒有任何一刻比昨天晚上更眞實。

他看著那些設計草圖，心不在焉地說：「我應該先巡完一輪。」

「你要離開了？」

「別擔心，親愛的。晚餐時再見囉。」

是啊，晚餐時再見，見我們所有人。

「你還好嗎？」我問。

「當然啦，」他迅速在我的臉頰上落下一吻。「我們晚點再聊。」

他的離開如同他的出現，急促而匆忙。

由於距離萬聖節只剩八天，星期天的皇宮內充滿一大堆活動行程。

一整個早上，菁英候選者們陪同安柏莉王后為萬聖節派對的菜單試菜。毫無疑問，這是我們目前為止最輕鬆的任務。然而，那天下午賽勒絲離開仕女房好幾個小時，下午四點回來的時候，大聲對我們所有人宣告：「麥克森要我代他向大家問好。」

星期二下午，我們向皇室親戚們致意，他們特地來此參加慶典。但是那天早上，我們都透過窗戶看見麥克森在花園裡為克莉絲上箭術課。

已經有許多提前入住的賓客一起參與用餐，麥克森卻常常消失不見，瑪琳和娜塔莉也是。我的感覺越來越困窘。向麥克森表達情感可能是個錯誤。從他所做的一切看來，他不是眞的對我感興趣，否則他的第一個反應不會是多和其他女孩相處。

到了星期五，我已經徹底絕望了。《報導》錄影結束後，我發現自己坐在房間的鋼琴前面，期望著麥克森到來。

但是他沒有來。

星期六早上，我努力把這些事情從腦中推開，因爲菁英候選者必須陪伴那些剛來到宮中的女性賓客，下午還有舞蹈彩排。

謝天謝地，身爲第五階級的我們家注重的是音樂和藝術方面的能力，因爲我的舞技超遜，整個房間裡只有娜塔莉跳得比我糟。反觀賽勒絲，她整個人就是優雅的象徵。指導老師不只一次請她協助其他人，結果因爲她差勁的特別指導技巧，娜塔莉還差點扭到腳踝。

賽勒絲狡猾得像條蛇，她兩次指出娜塔莉左腳有問題，老師也聽信她的話。娜塔莉對此一笑置之，我欣賞她這點，堅決不讓賽勒絲逮到小辮子。

艾斯本參加了每一堂舞蹈課。前幾次我避免和他練習，我不確定自己是否想和他互動。聽說衛兵們以迅雷不及掩耳的速度換班，因爲有些衛兵非常想參加派對，但家鄉已有女友的衛兵可不想惹禍上身。尤其在不久之後，我們其中的五個女孩就會恢復單身，屆時可說是炙手可熱。但由於這是我們最後一次正式彩排，所以當艾斯本邀我跳舞時，我並沒有拒絕。

「妳還好嗎？」他問。「這幾次我看到妳，都是一副無精打采的樣子。」

「只是很累而已。」我說了謊。我無法和他討論關於感情的問題。

「眞的嗎？」他充滿疑惑。「妳的樣子像是聽見了什麼壞消息。」

「你這話是什麼意思？」難道他聽說什麼我不知道的事嗎？

他嘆了一口氣。「如果妳想要我停止爲妳努力奮鬥，那我不想和妳談。」

事實上，我過去一個多禮拜甚至一次都沒想到艾斯本。我不停回想自己是否說錯哪些不合時宜的話？但我根本沒心情思考其他事。此時此刻，我害怕麥克森要我離開，就像艾斯本擔心我會離開他。

「不是你想的那樣，」我四兩撥千斤地回答，心裡有點罪惡感。

他點點頭，暫時滿意這個答案。「哎！」

「天哪！」我眞的不是故意要踩到他的。我集中注意力在舞步上面。

「抱歉，亞美，但妳跳得還眞糟糕。」縱使我的鞋跟踩痛了他，他卻能這樣說說笑笑。

「我知道。」我喘著氣說。「我發誓！我有努力學習。」

我像頭盲眼的麋鹿，雀躍地跳過整個房間。但即使竭盡全力，我的舞步還是跟優雅無緣。艾斯本很好心，試著放慢速度，好跟我的動作和諧一致，盡力讓我看起來有模有樣。他總是這個樣子，永遠是我的英雄。

最後一堂課結束時，我至少記住了所有的舞步。但我依然不敢保證，我的腳不會不小心踢到來訪的外交官。一想到那種畫面，我就覺得難怪麥克森會遲疑，若眞要帶我出國，可能會滿丟臉的吧？我就是沒有那種王妃架勢。

我嘆口氣，去拿杯水喝。其他女孩離開之後，艾斯本跟了上來。

「所以，」他一開口，我連忙掃視整個房間，確認沒有人偷看。「我假設妳不是在擔心我的事，那就是在擔心他的事了。」

我的眼神低垂，臉頰發紅。他真的很了解我。

「我不是要恭喜他。如果他無法了解妳有多好，那他就只是個白痴。」

我繼續微笑，沒有抬起頭。

「如果妳無法當上王妃，那又怎樣？並不會減少妳任何光采。而且，妳知道的……」他無法順利說完。我戰戰兢兢地看了他的臉。

從艾斯本的眼神裡，我彷彿看見未完的千言萬語。他還在等我，他比任何人都了解我。在皇宮幾個月的生活，無法抹滅過去的兩年時光。無論如何，艾斯本都會等著我。

「我知道，艾斯本，我知道你要說什麼。」

7

其他女孩和我在皇宮大廳內站成排成一列，我已經坐立難安、迫不及待了。

「亞美利加小姐，」詩薇亞輕聲細語地說。光聽到這幾個字，我就明白自己的舉動在這個場合並不恰當。她身爲王妃競選的導師，總注意著我們的言行舉止，也自有一套標準。

我試著讓自己平靜下來。我好嫉妒詩薇亞、工作人員以及那些衛兵，因爲他們能夠自由自在地走動。

麥克森如果在這兒，或許就不會那麼難熬了。但是話說回來，或許只會讓我更加焦慮。我還是不懂，從那晚上之後，爲何他完全不騰出一些時間給我？

「他們來了！」皇宮大門外傳來報馬，其他人也像我一樣雀躍。

「夠了，小姐們！」詩薇亞大聲糾正。「注意禮儀！男侍和女侍們請往牆壁邊靠。」

我們努力成爲詩薇亞理想中可愛端莊的年輕淑女，但在克莉絲和瑪琳的父母親從門口走進來的瞬間，一切都瓦解了。她們的父母親顯然太過思念女兒，顧不得禮儀；而她們終究只是孩子，邊跑邊叫，從我們的隊伍中不顧一切地狂奔衝出。

賽勒絲的雙親比較鎮定，不過一定也很興奮能見到女兒。賽勒絲也顧不得形象，但她的動作比較斯文。接著我就沒心思去注意娜塔莉或愛禮絲的父母了，因爲這時有個頂著狂野紅色亮髮的小小身影，在門邊窺看。

「玫兒！」

她聽見我的聲音，看見我揮舞雙臂，於是朝我衝過來。媽媽和爸爸跟在後面。我跪在地板上擁抱住玫兒。

「亞美！我眞不敢相信耶！」她輕輕地說，聲音中流露出崇拜和嫉妒。「妳看起來好美，美翻天了！」

我無法言語，淚眼婆娑，連她的模樣都看不大清楚了。

一會兒過後，我感覺父親堅定的雙臂把我倆擁入懷中。媽媽也暫時把她最關心的事擱在一邊，過來加入我們。我們緊緊抱著彼此，在皇宮地板上疊成一堆。

我聽見一聲來自詩薇亞的嘆息，但此時此刻眞的管不了這麼多了。

等到我可以重新呼吸，才又開口說話：「我好高興你們都在這裡。」

「我們也很高興，小親親。」爸爸說。「說不出我們有多想妳。」他的吻落在我的頭上。

我轉動身體，好抱他更緊。直到此刻，我才知道自己多麼渴望見到他們。

最後我的手伸向媽媽，她安靜得讓人驚訝，不敢相信她竟然還沒逼問我和麥克森進展到什麼程度。我把她往後推一點，才發現她的眼眶早就濕了。

「妳好漂亮，甜心，妳看起來像個王妃。」

我微笑著。眞好，她這一次沒有質問或是指導我。這一刻，她只是單純覺得快樂，這對我而言就是世上最重要的事，因為我也很快樂。

玫兒的雙眼專注地看向我身後。

「就是他！」她用氣音說。

「嗯？」我低頭問她。一轉頭，就看見麥克森站在樓梯上。他朝著我們相擁成堆的地方走來，臉上的表情饒富興味。爸爸立刻站了起來。

「王子殿下。」他用充滿崇敬的聲音說。

麥克森走上前，伸出手說：「辛格先生，眞是榮幸，我聽說您不少事情。您也是，辛格太太。」他走向我媽媽，媽媽也站起來並順順頭髮。

「王子殿下，」媽媽掐著嗓子說，像小粉絲一樣興奮。「眞不好意思，讓你看笑話了。」她朝地板看了一眼，玫兒和我立刻站起來，仍然緊緊握著彼此的手。

麥克森咯咯發笑。「完全不會。我想亞美利加小姐的親人，肯定不會缺乏熱情的。」媽媽等下肯定會要我解釋這是什麼意思。「妳一定是玫兒吧？」

玫兒紅著臉伸出手，以爲要與麥克森握手，但他卻給了她一個吻。「我都沒好好謝過妳，謝謝妳上次沒有哭。」

「什麼？」她問，臉色漲得更紅，搞不清楚現在的狀況。

「沒有人告訴過妳嗎？」麥克森爽朗地說。「就是妳，替我贏得與妳美麗的姊姊的第一次約會啊。我永遠欠妳一份人情。」

玫兒呵呵笑著回應他：「嗯，我想你不用客氣。」

麥克森把手放在背後，似乎想起了他的禮儀教育。「我恐怕得和其他人會面，請你們在這稍等一會兒，我會對大家簡單宣布幾件事，希望等下有機會和你們多聊聊。很高興你們能來訪。」

「他本人更可愛耶！」玫兒竊竊私語說，但音量卻不小。麥克森的頭微微顫動了一下，我敢說他肯定聽見玫兒的話了。

他繼續往愛禮絲一家人的方向走過去。在所有的候選者家庭中，他們是最鎮定的。她哥哥抬頭挺胸，站得像個衛兵，她的父母親也正對著朝他們接近的麥克森彎腰行禮。是愛禮絲的叮嚀，還是他們本性如此？他們看起來個個氣質高雅、打扮入時，身軀嬌小再配上烏黑亮麗的頭髮。

站在他們旁邊的，是娜塔莉與美麗的妹妹們，她們正與克莉絲交頭接耳，兩家的父母親也彼此握手致意，整個空間充滿溫暖能量。

「麥克森那句話是什麼意思？他說猜得到我們是熱情的人。」媽媽小聲地追問。「是因爲你們相遇時妳對他大吼嗎？妳後來沒再那樣了吧？」

我嘆口氣說：「媽，其實我們還滿常起爭執的。」

「什麼？」媽媽目瞪口呆。「喔，別告訴我！」

「而且，我還有一次用膝蓋撞他的鼠蹊部。」

剎那間一片靜默，最後玫兒哈哈大笑。她摀住嘴巴，努力想停下來，但還是不小心漏出聲音。爸爸的嘴唇緊緊閉著，但我看得出來他已經快按捺不住。

媽媽的臉色比雪還要蒼白。

「亞美利加，告訴我妳在開玩笑。告訴我妳沒有攻擊王子。」

「攻擊」這兩個字莫名戳中笑穴，玫兒、爸爸和我同時捧腹大笑，媽媽則瞪著我們三個。

「抱歉，媽媽。」我努力擠出這句話。

「喔，我的天哪！」她似乎突然很想見瑪琳的父母親，我沒有阻止她。

「所以，他喜歡會反抗的女孩。」冷靜下來之後，爸爸這麼說。「我想我更欣賞他了。」

爸爸環顧皇宮四周，我站在原地咀嚼他的話。艾斯本和我秘密交往的那幾年，他曾經多少次和爸爸共處一室？至少有十幾次，或許更多。但我從未煩惱過爸爸是否會接納他。我知道要他同意我嫁給低一個階級的人很難，而我總是假設最終他會點頭。

但不知道爲什麼，我現在備感壓力。即使麥克森是第一階級，肯定能夠供養我們大家，我突然感覺爸爸可能不會喜歡他。

爸爸不是什麼反叛分子，不會燒殺擄掠或什麼的，但我知道他不喜歡這個社會的運作方式。要是他對政府的不滿延伸至麥克森身上，該怎麼辦？要是他說我不該和他在一起，該怎麼辦？

我還沒來得及想太遠，麥克森便跳上幾個階梯，好看清楚我們所有人。

「我想再次謝謝你們大家造訪，很高興能邀請各位來到皇宮。不只是爲了慶祝伊利亞王國數十年來第一次萬聖節，也讓我們能認識你們。很抱歉，父王與母后無法一一向各位問好，但你們很快就會見到他們了。

「今天下午，各位菁英候選者與母親、姊妹們將前往仕女房，與我母后度過午茶時光。男士們請與我和我父親一起抽雪茄，之後會有男侍去接您，不用擔心迷路。

「接下來，侍女會帶各位前往這幾天將入住的房間，也將爲您準備這段期間與明晚慶祝活動的服飾。」

他迅速向所有人揮手致意，之後便繼續行程。此時，一位侍女出現在我們旁邊。

「是辛格先生、辛格太太嗎？請讓我護送您和您的女兒到住宿區。」

「但我想和亞美利加在一起！」玫兒抗議道。

「甜心，國王替我們安排的房間肯定和亞美利加的房間一樣好。妳不想看看嗎？」媽媽慫恿她。

玫兒轉向我。「我想試試和妳過一模一樣的生活，一下下就好。我不能和妳一起住嗎？」

我嘆口氣。所以這幾天我得放棄自己的隱私，但又如何呢？我就是沒辦法對這張臉說不啊。

「好吧，也許我們能一起住，我的侍女有得忙了。」

她緊緊抱住我，在那當下一切都值得了。

「妳還學到些什麼？」爸爸問，我的手臂勾著他的手臂。我還不是很習慣他穿西裝。若不是看過千百次父親髒兮兮的工作服，我敢說他天生就是當第一階級的料。穿著正式服裝的他，看起來如此年輕、時髦，連身材都變高大了。

「我應該說過我們歷史課的所有內容了。瓦利斯總統爲何是美國的最後一任總統？之後又如何領導中美合眾國？但我並不知道他所有的事蹟，你知道嗎？」

爸爸點點頭。「妳祖父曾經跟我說過他的事。我聽說他是個品德高尚的人，但那時候木已成舟，他也無能爲力。」

進宮以後，我開始學習伊利亞王國的歷史，而且是最確切、眞實的故事。不知爲何，我們國家源起的故事大多以口耳相傳的方式流傳。我聽過許多不同的版本，但所有版本的完整度，都不及我過去幾個月所學。

由於美國無力償還積欠中國的龐大債務，所以在第三次世界大戰之初，美國遭到入侵。然而中國並未掠奪已經山窮水盡的美國，反而在當地設立政府，建立中美合眾國，並把美國人當作勞工。最後美國開始反抗，不僅反抗中國，更對抗試圖竊取中國所建立的勞力資源的俄羅斯。然後美國與加拿大、墨西哥以及其他拉丁美洲國家聯合，形成一個國家，那是第四次世界大戰。我們存活下來了，因此形成一個新國家，但那場戰爭也摧毀了當時的經濟。

「麥克森告訴我，在第四次世界大戰之前，人們幾乎一無所有。」

「他說的沒錯。這也是爲何階級制度如此不公的原因之一。起初，沒人有多餘物資幫助整個國家，導致多數人都處於低下階層。」

我不想和父親繼續討論這個話題，因爲我知道他會很激動。階級制度確實不公平，但這是一趟開心的旅程，我並不想浪費時間去談論無法改變的事。

「除了少數歷史課，我們大部分都在上禮儀課。我們現在更深入再上外交禮節的課程，可能很快就會有任務。總之，留下來的女孩們應該都得執行任務。」

「留下來的女孩？」

「麥克森會進行篩選，萬聖節過後可能會有一位女孩和她的家人們一起回去。」

「妳聽起來不是很開心。妳覺得他會把妳送回家嗎？」

我聳聳肩，不置可否。

「跟我說吧！都到這個時候了，妳一定知道他喜不喜歡妳。如果他喜歡妳，就沒什麼好擔心的了；如果他不喜歡妳，那留下來又有何意義？」

「你說的沒錯。」

他停下腳步。「所以是哪一種情況？」

和爸爸聊這些還眞是尷尬，但我也不想和媽媽談心。至於玫兒，她可能比我更容易誤解麥克森的行爲。

「我想他喜歡我，他確實這麼說過。」

爸爸發出笑聲。「那妳沒問題的。」

「但是這一個星期以來，他變得有點……疏離。」

「亞美利加，小甜心，他是個王子，可能正忙著立法或是諸如此類的事。」

但麥克森似乎還是努力擠出時間給其他人，只是我不曉得該怎麼說出這件丟臉的事，於是我只回說：「我猜或許是吧。」

「說到立法，妳們有學習任何相關事務嗎？像是如何撰寫立法提案？」

其實，我對於這個話題並不是很感興趣，但至少跟戀愛無關。「還沒，不過我們閱讀了滿多相關的書籍，有時眞的滿艱澀難懂的。不過詩薇亞——就是樓下那個女人——就像我們的嚮導、導師之類的，她會解釋給我們聽。如果我問麥克森，他也會幫忙解釋。」

「是嗎？」爸爸似乎很高興聽見這點。

「是啊。我想，讓候選者感覺有希望跟他成為伴侶，對他來說很重要，所以他真的很樂意解釋。他甚至……」我仔細思考接著要說的話。我不應該提到那間書房的，但眼前的人是我父親。

「聽我說，你得保證絕口不提我現在要告訴你的事。」

他咯咯笑著。「我聊天的對象只有妳媽媽，我們都知道絕不能相信她會保守秘密，所以我向妳保證絕對不會告訴她。」

我也笑了，無法想像媽媽守口如瓶。

「小乖，妳可以相信我。」他從側面抱住我。

「爸爸，皇宮裡有個房間，是間密室，裡頭全都是書！」我低聲向他洩漏，並再次確認周圍沒有其他人。「那裡面有禁書、有全世界的地圖，古老的地圖，上面的各國疆域和現在不同。爸，我還真不知道以前有那麼多國家！那個房間裡面還有電腦，你看過真的電腦嗎？」

他搖搖頭，表情非常吃驚。

「真不可思議，只要在電腦上輸入搜尋的內容，就能搜尋室內所有書籍的內容。」

「怎麼辦到的？」

「我也不知道。但麥克森就是用這個方法，找出萬聖節的定義。他甚至還……」我上上下下再次環顧整個走廊。爸爸應該不會說出關於圖書館的事，但如果我告訴他我房間裡有本秘密書籍，可能就太超過了。

「有次，他還讓我借了一本回來看。」

「喔，這可有趣了！那妳看了什麼書？可以告訴我嗎？」

我緊咬住嘴唇。「是葛雷格利．伊利亞的一本日記。」

爸爸瞠目結舌，過一會兒才回過神來。「亞美利加，我真不敢相信。那本書上寫了什麼？」

「我還沒看完，但大部分是在說明萬聖節。」

他思考一下我的話，並搖搖頭說：「妳擔心什麼呢？很顯然麥克森是信任妳的。」

我唉聲嘆氣，感覺自己很傻。「我想你說的沒錯。」

「真想不到，」他喘著氣說。「所以這裡某個地方有間密室？」他看著四周圍的牆壁，眼神與剛才截然不同。

「爸爸，這個地方太瘋狂了，到處都是門和壁板。至少我知道，打翻這個花瓶就有可能會落入一道密門。」

他饒富興味地說：「那我回房間的時候會很小心的。」

「你可能得快點回房了。我得去幫玫兒準備一下，等會兒要和王后一起用下午茶。」

「啊，是啊，妳們和王后的午茶時間。」他打趣地說。「好啦，小乖，我們今天晚餐時見了。我應該怎麼做，才不會掉進什麼密門呢？」他伸開雙臂，假裝拿著盾牌行走。

等他走到樓梯井時，試探性地把手放在欄杆上。「這樣妳就知道，這裡是安全的。」

「謝啦，老爸。」我搖搖頭，走回我的房間。

我的心情雀躍不已，忍不住在走廊上邊走邊跳。如果麥克森沒把我送回去，之後和他們分離會比過去更煎熬。

我轉個彎進房間，看見房門是打開的。

「那個男生長得怎麼樣呢?」接近的時候,我聽見玫兒問道。

「很英俊啊,對我來說是這樣。他的頭髮有點鬈,從來沒有乖乖地又直又順過。」玫兒咯咯發笑,露西也邊說邊笑。「我有用手指摸過他的頭髮幾次,時常會想起那個感覺,但沒以前那麼頻繁了。」

我踮著腳走進去,不想打擾她們。

「妳還想他嗎?」玫兒問,一如往常,她總是對男孩的話題最感興趣。

「越來越少啦。」露西坦承說。她的語氣輕快,帶著一點點希望。「我來到這裡的時候,以爲自己會心痛而死,不停幻想有天能逃出去,回到他身邊。但這是永遠不可能的。我無法離開爸爸,而且即使我眞的出了這道牆,我也沒辦法回去那裡。」

我知道一點點露西過去的事,像她家人賣身給一個第三階級家庭當僕人,換取金錢以支付露西母親的手術費用。露西的母親最後還是過世了,當那個第三階級家庭的母親得知她的兒子愛上露西時,便將露西和她父親賣到宮中。

我從門邊窺看,發現玫兒和露西坐在床上,露台的門是開著的,安傑拉斯香甜的空氣吹送進來。玫兒好適合皇宮,她在這裡看起來如此自然,穿著洋裝的身形如此完美。玫兒坐著幫露西編辮子,露西另一邊的頭髮放下,我從來沒看過她垂下頭髮的樣子,總是挽成高高的包頭。她現在看起來可愛極了,年輕而且無拘無束。

「愛上某個人是什麼感覺?」玫兒問道。

我覺得有一點難過,爲什麼她從沒問過我這個問題?然後我想起來,就玫兒所知,我從未愛上任何人。

露西的臉上展現一抹哀傷的笑容，然後說：「這可能會是妳經歷過最美好、也最痛苦的事情。」她簡單地說，「妳知道自己找到世上最令人驚嘆的一切，妳想永遠擁有它們，但是在妳開始擁有之後的每一秒鐘，妳也同時害怕失去。」

我輕輕嘆息。她說的一點都沒錯。

愛是一種美麗的恐懼。

我不想讓自己想太多關於失去的事，於是走進房間。

「露西！看看妳！」

「妳喜歡嗎？」她的手伸到後面，摸著細緻的辮子。

「美極了。玫兒以前也老愛幫我編辮子，她很擅長這個。」

玫兒聳聳肩。「不然我還能做什麼呢？我們又買不起娃娃，只好拿亞美的頭髮來玩。」

露西把臉轉過去對她說，「妳在這裡的時候，妳就是我們的娃娃啦！安、瑪莉還有我，會幫妳打扮得像王后一樣美。」

玫兒歪著頭說：「沒有人會比王后更美的。」然後她迅速地轉向我，「千萬別告訴媽媽我這麼說。」

我呵呵地笑了。「我不會說的。但現在我們得開始準備，下午茶時間就快到了。」

玫兒興奮得拍手，在鏡子前面站好。露西挽起頭髮，綁包頭，但也努力保持辮子的原樣，她戴上帽子，遮住大部分，我能理解她想維持這個髮型的心情。

「喔，小姐，有封信要給妳。」露西說，並小心翼翼地遞給我一只信封。

「謝謝妳。」我的聲音不自覺流露出驚訝，因爲會寫信給我的人現在都在我身旁。我撕開信封，裡面有張小信條，刻意的字跡令人覺得好熟悉。

亞美利加，

我最近發現菁英候選者的親人也受邀至皇宮，爸爸、媽媽和玫兒已經去拜訪妳了。我知道肯娜已經大腹便便，不適合旅行，傑拉德則年紀太小。我試著猜測妳為什麼沒寄邀請函給我，我畢竟是妳的哥哥啊，亞美利加。

我唯一能猜到的是，爸爸選擇把我排除在外。我當然希望不是妳的主意，我們處在人生的重要關頭上，我們的位置可能會對彼此帶來極大幫助，如果有任何其他特別的權利給予妳的家人，妳應該要記得我，我們可以互相幫忙。

妳有沒有找機會向王子提起我呢？我只是好奇問問罷了。

保持聯絡。

柯塔

我好想把這封信揉爛，丟進垃圾堆。我一直希望柯塔能忘記追求階級，滿足於他現在享有的成功，但看來我沒那麼好運。我把那封信丟進抽屜，試著完完全全忘記這回事。他的嫉妒、不平，都無法破壞這一趟皇宮之旅。

露西搖鈴請瑪莉和安進來，準備時我們都很開心，玫兒歡騰的情緒讓大家的心情都很好。更衣的時候，我發現自己不自覺地哼著歌。不久之後媽媽也來了，請我們再幫她看看一切是否完好。

她當然很好。她比王后矮，身材也比較豐腴，但穿上那身洋裝之後顯得格外端莊。我們走下樓，玫兒緊抓著我的手臂，看起來非常傷心。

「怎麼了？妳太興奮能見到王后是嗎？」

「我只是……」

「怎麼了？」

她唉聲嘆氣地說：「以後要我怎麼再穿上那些卡其色工作褲？」

女孩們個個活潑雀躍、充滿活力。娜塔莉的妹妹蕾西與玫兒年紀相仿，她們倆正坐在角落聊天。看得出來蕾西與姊姊的長相如出一轍，身形纖瘦、有著金色髮絲和可愛五官。相較於玫兒和我的截然不同，娜塔莉和蕾西是如此相像，只是蕾西沒姊姊那麼古靈精怪，令人摸不著頭緒。

王后巡視幾圈，與所有人的母親談話，以甜美的方式問大家問題，好似我都擁有像她那般令人稱羨的生活。我在某個小團體中，聽愛禮絲的母親談論他們在新亞細亞的家庭，這時玫兒扯著我的洋裝，把我拉走。

「玫兒！」我壓低聲量說：「妳在做什麼？妳不能這個樣子，王后還在這裡！」

「妳一定得過來看看！」她堅持說。

謝天謝地，還好詩薇亞不在，否則絕對會要我嚴厲警告玫兒。

我們走到窗戶旁，玫兒指著外面說：「妳看！」

我的視線穿過樹叢和噴水池，看見兩個人影：首先是我爸爸，他說話時一邊以手勢輔助，可能在解釋或是詢問；第二個人影是麥克森，他停頓思考了一會兒，然後才答話。他們走得很慢，我爸爸有時會把手插進口袋，麥克森有時會把手放在身後。不管他們究竟在談什麼，感覺是很重要的大事。

我回頭看一眼，那些女人仍然全神貫注地分享經驗，連王后也是，似乎沒有人注意到我們。

麥克森停下來，站在我爸爸前面，態度很認眞，沒有憤怒也沒有激動，但是透出一股堅定的意志。停頓一會兒之後，爸爸伸出手，麥克森微笑並熱切地與他握手致意。一陣子過後，他們倆看起來輕鬆點了，爸爸拍拍麥克森的背，他看來有點不知該如何回應，因爲他不習慣被人觸摸。但爸爸的手臂又摟住麥克森的肩膀，就像對我、對柯塔以及他的任何一個孩子一樣，麥克森似乎很樂在其中。

「他們在說些什麼？」我問。

玫兒聳聳肩膀。「不知道，看起來很重要就是了。」

「是啊。」

我們等著看麥克森是否也和其他人的父親談話，是有，但是並沒有像和爸爸一樣走到花園。

8

如同麥克森先前的保證，萬聖節派對令人讚嘆不已。玫兒和我走進活動大廳，眼前純粹美麗、金碧輝煌的景象震懾住我們。牆上的裝飾，枝形吊燈上閃閃發亮的珠寶，食物、杯盤——所有東西都以金色點綴，處處極盡奢華。

系統音響傳來流行音樂的旋律。角落邊有個小樂團在待命，等下爲我們之前學的那首傳統舞蹈伴奏。相機、攝影機的鏡頭點點散布在整個房間。毫無疑問，這場盛會將是明天的重頭戲，是至今最盛大的慶祝活動。我馬上想到，如果聖誕節時我還在，不知道會是什麼景象。

大家的服裝都美極了。瑪琳打扮成天使，正在和伍德沃克軍官跳舞。她的翅膀以像是虹彩的紙張製成，在她身後飄蕩。賽勒絲的禮服很短，而且是以羽毛編織，頭後方以大形羽飾妝點，造型主題顯然是孔雀。

克莉絲和娜塔莉站在一起，她們倆的造型完美諧調。娜塔莉的上半身是馬甲搭配花開形狀的剪裁，裙子部分是整片輕飄飄的藍色薄紗。克莉絲的禮服就像這個空間一樣金黃耀眼，上頭縫著樹葉，如瀑布般流洩而下。她們一個像春天，一個像秋天，多可愛的概念啊。

愛禮絲則是善用自己亞洲人的外表。她的絲質禮服端莊沉穩，向來是她喜愛的風格。垂墜的袖子造型特殊。她戴著那種沉重的頭飾竟然還能走路，令我敬佩不已。愛禮絲的外表並不特別突出，但今晚的她看起來可愛動人、氣質非凡。

環視整個室內，其他親人們也穿著特別的服裝，衛兵的打扮也相當華麗，光是我看見的就有棒球選手造型、牛仔造型，還有人身穿西裝、別著「蓋佛瑞．菲戴」的名牌。有名衛兵更是大膽穿上女性禮服，幾個女孩圍在他旁邊笑成一團。但也有許多衛兵只是穿著華麗版制服——漿得筆挺的白色長褲及藍色外套。

他們戴著手套、沒戴帽子，模樣與值班的衛兵有明顯區隔。

「妳覺得如何？」我轉頭問玫兒，才發現她已經消失在人群裡，到處去探索了。我暗自竊笑著找到她那身澎澎的小禮服。當她說想以「電視上看到的那種」新娘造型參加派對時，我以爲她在說笑。不過披上頭紗的她，看起來眞是迷人又可愛。

「哈囉，亞美利加小姐。」有人在我耳邊低語。

我轉過頭，看見艾斯本正穿著禮服版制服站在身後。

「你嚇到我了！」我把手放在胸口，彷彿這麼做能緩和心跳。艾斯本只是嘻嘻笑著。

「我喜歡妳的服裝。」他的語氣快活。

「謝謝你，我也很喜歡。」安把我妝扮成蝴蝶的樣子，裙子採用輕飄飄的布料滾上黑邊，從前往後包裹身體並散開。我戴了個小面具，看起來像一對翅膀遮住雙眼，更顯神秘。

「你怎麼沒有打扮一下？」我問。「你沒有什麼點子嗎？」

他聳聳肩說：「我比較喜歡制服。」

「喔。」看來他浪費了難得光明正大奢侈一下的機會。艾斯本盛裝打扮的機會比我還少，怎麼不好好利用一下呢？

「我只是想來跟妳打個招呼，看看妳怎麼樣。」

「我很好啊。」我很快地回答。氣氛有點尷尬。

「喔，」他有點不滿意地說。「好吧，那先這樣了。」

在他幾天前的那番小演說之後，他或許期待我能給他更多答案，但是我還沒準備好。他對我鞠個躬，離開去找另一名衛兵，他們倆像兄弟一樣擁抱。我很想問他，擔任衛兵是否帶給他一種歸屬感？就像王妃競選之於我。

瑪琳和愛禮絲一會兒之後找到我，把我拖進舞池。我搖擺著身體，努力不碰撞到其他人。我瞥見艾斯本就站在舞池邊，在和媽媽及玫兒說話。媽媽伸手去碰艾斯本的袖子，像是要把它撫平，玫兒則笑得好燦爛。我想像得到，她們一定在說他穿上制服有多麼帥氣、他母親看到他這樣子不知道會有多驕傲……他以微笑回應，看得出來他也很高興。很少人像艾斯本和我這樣，原本是第五、第六階級，卻能脫離平凡無奇的人生、進入宮中。王妃競選對我的人生造成重大改變，大到我有時候都忘了自己應該要感謝這個經驗。

我在舞池裡和一些女孩及衛兵跳著舞，直到音樂慢慢停下，ＤＪ開始說話：

「各位王妃競選的小姐們、擔任衛兵的男士們、皇室家族的親友們，讓我們歡迎克拉克森國王、安柏莉王后以及麥克森王子！」

樂團開始演奏，他們三人一起進來時，我們所有人同時行禮。國王的裝扮就像個國王的樣子，只不過是別的國家的國王，我看不出來他是參考誰的造型。王后的禮服是幾近黑色的深藍色，全身點綴著閃閃發亮的珠寶，看起來就像夜空。而麥克森的造型還真是滑稽，他扮成海盜，褲子有好幾處特地撕開，還穿著寬鬆的襯衫、背心，綁著印花頭巾。爲了加強造型效果，他可能有一、兩天沒刮鬍子，金褐色毛髮覆蓋他的臉龐下方，形狀像一抹微笑。

ＤＪ請我們淨空舞池，讓國王與王后跳第一支舞。麥克森站到一邊，身旁是克莉絲和娜塔莉，他輪流與她們交頭接耳，逗得兩人發笑。我看見他掃視整個房間，不知道他是不是在找我？但我不想被他發現我正盯著他看，於是我拍拍禮服，轉而看向他的父母，他們看起來非常快樂。

我想起王妃競選的整個過程有多瘋狂，但我無法批評眼前的結果。克拉克森國王和安柏莉王后是天造地設的一對。他看起來很強勢，而她卻能以天生冷靜、沉著的特質與之相衡。她是那種安靜傾聽的人，而他總是有一籮筐的意見。王妃競選看起來可能很老派、不合理，卻很有效。

在王妃競選過程中，他們曾經遠離彼此嗎？就像我感覺麥克森正在疏遠我。他忙著和其他女孩約會，爲什麼不抽空過來看我？這也許就是他和我爸爸談話的原因，他想解釋爲什麼決定讓我離開王妃的競選。麥克森是個有禮貌的人，這很像他的作風。

我看著人群，尋找艾斯本的身影。這時，我終於看見爸爸和媽媽手挽著手抵達現場。玫兒自己找到了瑪琳，瑪琳將手臂舉高給她一個擁抱。她們倆就像姊妹一樣，兩人的禮服在燈光下也相當耀眼出眾。她們一天之內就變得這麼親密，我完全不意外。我嘆了一口氣，艾斯本到底在哪裡呢？

我用盡最後一絲力氣回頭看，發現他就在我的身後，如同往常般凝視著我。當我們視線交會，他迅速地對我眨眨眼，我的心情爲之一振。

國王和王后跳完之後，我們全都聚集到舞池。衛兵們四處走動，很快就找到願意共舞的女孩。麥克森仍然與娜塔莉和克莉絲站在房間的另一側。我期盼著或許他會來邀我跳舞，但是當然不想自己主動去問。

我鼓起勇氣，順順身上的禮服，往他的方向走去，我決定至少給他邀請我的機會。我走過舞池，打算加入他們的對話，但是當我靠得夠近的時候，麥克森轉向娜塔莉問：

「妳願意和我跳支舞嗎？」

她笑了笑，一頭金髮往旁邊傾斜，答案很明顯。我像陣微風似地掃過他們，視線瞄準一桌子的巧克力，假裝我的目標一直都是美味的甜點。我的身體繼續背對著眾人，希望不會有人發現我的臉漲得多紅。

經過了半首歌，伍德沃克軍官出現在我身旁。他和艾斯本一樣選擇穿制服。

「亞美利加小姐，」他鞠個躬說。「我有榮幸請妳跳支舞嗎？」

他的聲音明亮而溫暖，熱情的感覺包圍住我。我輕鬆地握起他的手。

「當然可以，先生。」我回答道。「但我得先警告你，我跳得不好。」

「沒關係的，我們慢慢跳。」他以微笑盛情邀約，讓我不再擔心自己差勁的舞技，心情愉悅地跟著他走進舞池。

這是首節奏輕快的曲子，很適合他的心情。整支舞當中都是他在說話。我很難跟上他的節奏，看來他的「慢慢來」與我的標準不同。

「上次妳被我撞到，看來已經沒事了。」他開玩笑說。

「眞可惜你沒撞傷我，」我回說。「如果我戴上護具，至少就不用來參加舞會了。」

他發出笑聲。「大家都說妳很有趣，很高興他們所言不假。我聽說妳也是王子最喜歡的人。」他的語氣好像這是個常識。

「我不大清楚。」我有點討厭別人這樣說，但同時也渴望這仍然是事實。在伍德沃克軍官的身後，我看見艾斯本正在和賽勒絲共舞，內心情緒十分糾結。

「妳似乎和大家都處得很好。有人說，上次皇宮遭到攻擊時，妳還帶著侍女們到皇室成員的藏身處，這是真的嗎？」他聽起來很驚訝。在那種危急關頭，保護我喜愛的女孩們是再正常不過的事，但在其他人眼裡卻是大膽、脫序的舉動。

「我無法拋下她們。」我解釋說。

他敬畏地搖搖頭。「小姐，妳眞的是位品德高尚的女子。」

我紅著臉說：「謝謝你。」

這首曲子結束後，我上氣不接下氣，得調整一下呼吸。許多桌子散落在室內，我隨意在其中一張桌邊坐下，喝著橘子潘趣酒，拿手帕替自己搧風。麥克森和愛禮絲一圈一圈地繞著，看起來樂不思蜀。他已經和愛禮絲跳了兩支舞，卻還沒來找我。

由於許多男子都穿著制服，我花了一些時間尋找艾斯本，最後發現他和賽勒絲在角落邊交談。她對他眨眼，嘴唇漾起一抹曖昧的微笑。

她以爲她是誰啊？我站起來想走過去制止她，但在踏出第一步之前，我想到這個舉動對艾斯本和我會有什麼影響，於是又坐了回去，繼續啜飲潘趣酒。不過當這首曲子結束時，我已經移動到適當的位置，讓艾斯本有機會邀我跳舞。

他確實也邀了我跳舞，很好，我這個人一向沒什麼耐心。

「剛剛是怎麼回事？」我低聲問道，但聲音相當憤慨。

「什麼怎麼回事？」

「賽勒絲對你上下其手耶！」

「有人吃醋囉。」他在我的耳邊輕聲說。

「喔，別鬧了！她不應該做出剛剛的舉動，那樣違反規定耶！」我環顧四周，確定沒有人看見我們說話的樣子多麼親密，尤其是我爸媽。我發現媽媽正坐著和娜塔莉的媽媽說話，爸爸已經不見蹤影。

「妳自己不也是？」他說，並開玩笑地翻個白眼。「既然我們沒有在一起，妳就沒資格禁止我和任何人說話。」

我看得出來他有多努力保持冷靜，但他的聲音還是洩漏幾絲淡淡的哀傷。我也受傷了啊！想到一切即將結束，我就感到一股錐心之痛。

我嘆了口氣，坦承說：「麥克森最近都躲著我。他還是會向我打招呼，但是更努力和其他女孩約會。我想，我曾經眞心以爲他會喜歡上我吧。」

艾斯本停下動作一會兒，很訝異聽到我說這番話。他迅速恢復動作，仔細端詳我的臉好一段時間。

「我不知道發生了這些事。」他溫柔地說。「妳知道的，我希望我們能在一起，但我也不希望妳受到傷害。」

「謝謝。」我聳聳肩。「我覺得自己笨得可以。」

艾斯本把我拉過去更靠近他，但仍然維持安全距離，雖然我知道他並不想這樣。「相信我，亞美，任何錯過妳、放棄和妳在一起的男人，都是他們太笨了。」

「你也曾經想跟我分開。」我提醒他。

「所以我知道啊！」他莞爾一笑回答。我很高興我們現在能笑著談論這些事了。

我看著艾斯本的身後，發現麥克森正在和克莉絲跳舞。又來了。難道他連一次都不邀我嗎？

艾斯本傾身靠近我。「妳知道這個距離讓我想起什麼嗎？」

「告訴我。」

「芬恩．多利十六歲的生日派對。」

我看他一眼，彷彿他瘋了似的。我想起芬恩的十六歲生日。芬恩屬於第六階級，有時艾斯本的母親忙不過來，我們家會請她來幫忙。在艾斯本和我交往滿七個月時，她辦了一場十六歲的生日派對，我們都受邀參加。那其實稱不上派對，現場只有蛋糕和水，而且我們聽的是廣播節目，因爲她沒有唱片可以放，地點就在她住的破破爛爛的地窖，燈光非常昏暗。重點是，那是我參加的第一場非家庭式的派對。我們幾個鎮上的孩子單獨在房間裡，讓人很興奮。然而，那和我們現在所處的這場華麗盛會一點都不像。

「這場舞會怎麼會像那次的生日派對？」我不可置信地問。

艾斯本嚥了一口口水說：「那次我們跳了舞，記得嗎？我很驕傲有妳在我身旁，在我懷裡、在大家的面前，雖然妳看起來像是什麼病發作似的。」他對我眨眨眼。

這番話令我的心騷動起來。我確實記得這件事令我回味無窮，持續好幾個星期。

這一瞬間，艾斯本和我共同建立、保存的秘密湧上心頭：我們替未來孩子取的名字、我們的樹屋、他頸子後面怕癢的地方、我們寫下並藏起的紙條、我怎麼努力還是做不出手工香皂、我們用手指在他的肚子上玩圈圈叉叉……那些我們總記不得規則的遊戲……那些他總是放水讓我贏的遊戲。

「告訴我妳會等我。如果妳願意等我，亞美，我會處理好其他事情的。」他對著我的耳朵呵著氣息說。

接著換成傳統音樂，身邊有位軍官邀我跳舞，於是我很快移開，留下這個我們都沒有答案的問題。

當晚，我發現自己不只一次偷看艾斯本。雖然我試著裝作一派輕鬆的樣子，但我敢說，任何注意我的人肯定都發現到了。尤其是我爸爸，假如他在這裡的話。但是比起跳舞，他似乎對遊覽皇宮更感興趣。

我努力融入舞會，藉此分散注意力。我肯定與在場每一個男士都跳過舞了，除了麥克森之外。我坐下來讓疲憊的雙腳休息，這時我聽見旁邊有個聲音。

「我的淑女？」我轉過頭去。「我有榮幸請妳跳這支舞嗎？」

一種難以言喻的感覺，竄流過我的體內。即使我已經沮喪到了極點，即使我覺得自己很丟臉，在他邀我跳舞的這個當下，我還是只能接受。

「當然。」他拉起我的手，護著我走進舞池。樂團開始演奏一首慢版樂曲，我感覺自己好幸福。麥克森把我摟得更緊，我聞得到他的古龍水香氣，感覺到他的鬍鬚磨擦著臉頰肌膚。

「我還在想你到底會不會邀我跳舞。」我說，語氣盡量表現得像在開玩笑。

麥克森用力將我摟得更近。「我特地留著這支舞。我已經花時間與大部分女孩相處，我的義務已經結束。剩下來整個晚上，都能和妳在一起了。」

每次他說這種話總是令我臉頰通紅，這次也不例外。他的話有時就像浪漫的詩句。經過上個星期，我以爲不會再聽見他的溫柔軟語了。但現在我又開始心跳加速。

「亞美利加，妳看起來美極了，美到不適合依偎在一個髒兮兮的海盜懷裡。」

我笑了。「你究竟怎麼打扮得這麼傳神的？你有考慮過扮成一棵樹嗎？」

「至少也會是某種灌木樹叢。」

我又笑了。「我願意花錢看你裝扮成灌木！」

「明年吧。」他保證。

我看著他。明年？

「妳想要嗎？明年十月我們再辦場萬聖節舞會？」他問。

「明年十月，我，還會在這裡嗎？」

麥克森停止動作。「爲什麼妳不會在這裡？」

我聳聳肩膀。「你整個星期都躲著我和其他女孩約會。然後……我看見你和我父親談話，我猜你可能想向他說明，爲什麼他女兒會被踢出競選。」我用力嚥了一下，否則可能會當場落淚。

「亞美利加。」

「我明白總得有人離開。我是第五階級，瑪琳又最受人民愛戴——」

「亞美利加，別說了。」他溫柔地說。「我真是個白痴，我完全沒想過妳會這樣想。我以爲妳對自己的處境很有自信，應該很有安全感。」

看來，我似乎有所誤會。

麥克森嘆了一口氣。「妳是真的在擔心嗎？我其實是想給其他女孩公平競爭的機會，但是打從一開始，我就只注意妳、只想要妳。」我臉紅了。「當妳告訴我妳的感覺時，我總算鬆了口氣。但有時我仍然不敢相信這是真的，還花了一些時間才說服自己。妳可能會很驚訝，其實我並不常獲得自己真正想要的。」麥克森的雙眼裡有種隱藏起來的情緒，那是他還沒準備好分享的悲傷。他把這種感覺趕走，繼續解釋。他的身體再次隨著音樂搖擺。

「我很害怕是自己誤會了，妳可能下一秒就會改變心意，所以我試著尋找另一個適合人選，但是……」麥克森望進我的雙眼，堅定不移。「我心裡只有妳。也許是我沒有認眞尋找，也許是她們不適合我。但這些都不重要，我只知道，我想要妳。這種感覺令我驚恐，我一直害怕妳會收回那些話，要求離開。」

我花了一些時間調整呼吸。忽然之間，過去那段時間的痛苦都煙消雲散了。我能了解他的感覺——美夢成眞總是美好得令人不敢相信。每天、每天，我對他也有同樣的感覺。

「麥克森，你擔心的事情不會發生。」我在他的頸子邊輕聲說道。「就算眞有什麼改變，也只是你發現我不夠好而已。」

他的嘴唇貼著我的耳朵。「親愛的，妳很完美。」

我的手臂放在他的背上，讓他更靠近我，他也以相同的動作回應。我們的身體從未如此貼近過。媽媽看到這一幕可能會暈過去，但是我不在乎。在那當下，我感覺整個世界彷彿只有我們兩個人。

我往後退一點看著麥克森，這時才發現，我得先抹去雙眼的淚水才能看得清楚。但是我喜歡這些淚水。

麥克森輕聲解釋說：「我希望我們慢慢來。等明天宣布遣返結果，應該能緩和大眾和父王的殷殷期盼。我並不想催妳，我還想讓妳看看王妃套房，其實就在我房間隔壁而已。」想到一整天都和他處在那麼近的距離，我感覺身體莫名酥軟。

「我想，妳可以開始決定房間裡面要放些什麼了。我想讓妳有家的感覺。妳可能也得再挑幾位侍女，還得想想妳希望妳的家人住在皇宮裡還是附近。我會幫妳忙的。」這時，我心裡有個小小聲音說：那艾斯本該怎麼辦呢？但由於我太專注於麥克森，很快就忽略了那個聲音。

「很快，等時機一到，可以結束王妃競選時，我就會向妳求婚。我希望到那時候妳說願意能像呼吸一樣簡單、自然。我保證從現在開始，我會盡一切努力，達成這個目標。任何妳需要的，想要的，只要妳開口，我就會竭盡所能替妳達成。」

我受寵若驚。他多麼了解我，他知道我有多緊張、多害怕即將成爲一名王妃。他願意盡他所能，給我充足的時間。只要辦得到，他願意慷慨寵愛我。我夢想的一切正在發生，我再次覺得不可置信。

「麥克森，這眞不公平，」我喃喃自語說。「我該怎麼回報你？」

他微微一笑。「我只想要妳承諾留在我身邊，專屬於我。有時候，我感覺好不眞實。答應我，妳會留在我身邊。」

「當然，我答應你。」

我把頭靠在他的肩上，我們慢慢地共舞一首又一首的樂曲。有次玫兒和我對上眼，她看著我們的樣子好像幸福得快要死了。媽媽和爸爸站著注視我們，爸爸搖搖頭，好像在說：**妳覺得他這樣像是要把妳送回家？**

然後，我想起一件事情。

「麥克森？」我把臉轉向他。

「親愛的，怎麼了？」

聽見他這麼叫我，我露出微笑。「你爲什麼和我父親談話？」

麥克森咯咯笑道：「他知道我的想法，而且他全心全意支持。只要妳過得幸福就好，這似乎是他唯一的條件。我向他保證，我會盡其所能讓妳做自己。我還告訴他，妳在這裡似乎已經很快樂了。」

「是啊。」我感覺麥克森的胸膛微微起伏。「這樣我們就皆大歡喜了。」

麥克森的手緩緩地移動，放在我的下背部，鼓勵我更靠近。這樣的撫摸讓我更堅定地了解：這一切是眞的，我可以相信。或許我得放棄在此建立的友誼，不過我知道瑪琳完全不在乎輸了這場競賽。我也知道，艾斯本燃起的希望會慢慢熄滅。然後我必須告訴麥克森，我會斬斷過去的一切。

因為現在我已經屬於他，我從未有過如此肯定的感覺。

這是我第一次能夠清楚地預見未來：我看見一條走道，賓客們在旁殷殷期待，麥克森則站在最末端。

舞會持續到很晚。麥克森領著我們六個女孩到皇宮前面的陽台，這裡是欣賞煙火的最佳地點。賽勒絲踉蹌地走上大理石階梯，娜塔莉摘掉了可憐衛兵的帽子，香檳酒四處傳遞。麥克森手握整瓶香檳，預先慶祝我們已經互相約定好的終身大事。

煙火點亮背景的夜空，麥克森將酒瓶高舉。

「敬各位！」他大聲說。

我們也都舉起酒杯。我注意到愛禮絲的杯子上有一抹她今晚擦的深色口紅，就連瑪琳也默默舉起杯子，但她輕輕啜飲而沒有大口喝下。

「敬所有美麗的小姐們，以及我未來的妻子！」麥克森大聲說。

女孩們發出叫聲，以為他是對每一個人致意，但是我知道麥克森的意思。大家舉杯互碰時，我看著麥克森——我的準未婚夫。他對我眨了眨眼，然後又喝下一大口香檳。整個晚上的華麗閃耀，興奮的感覺久久揮之不去。幸福的火焰彷彿要將我整個人吞沒。

我無法想像，有什麼事物能強行奪走這樣的幸福？

9

我幾乎整夜沒闔眼，因為我們弄到很晚才回房，隔天又有教人緊張的大事要宣布，根本不可能睡著。我身體蜷縮，緊靠著玫兒，她的溫暖令我感覺舒適。等她一離開，我又會對她無比想念，但至少我能期待以後她會在這裡一起生活。

我很好奇今天究竟誰會離開，但問麥克森這個問題似乎很沒禮貌，所以我沒開口。若真要我猜，我想會是娜塔莉。瑪琳和克莉絲深受人民喜愛——比我更受歡迎，賽勒絲和愛禮絲跟皇室有關係，而麥克森屬意的人是我，所以剩下就是娜塔莉了，她沒有太多優勢。

我的心情很差，因為我和娜塔莉之間並沒有過節。如果可以的話，我希望賽勒絲離開。也許麥克森會送賽勒絲回家，畢竟他知道我有多麼討厭她，而且他也說過，希望我這段時間能夠覺得舒適。

我嘆了一口氣，想起他昨晚說的每句話。我從未想過一切會成真。我，亞美利加，第五階級的無名小卒，愛上了麥克森，第一階級、唯一的王子……怎麼可能？這一切究竟是如何發生的？畢竟過去兩年我都以為接下來要過第六階級的生活了，怎麼可能變成這樣？

我的心有塊小地方隱隱作痛。我該如何向艾斯本解釋，麥克森選了我，而我也願意和他在一起？艾斯本會恨我嗎？一想到這裡我就想哭。無論如何，我不想、也無法失去艾斯本的友情。

我的侍女們沒有敲門就進房，她們經常這樣。她們總是希望我盡量多休息，尤其在舞會過後，所以她們進來另有其事。瑪莉走到玫兒身旁，輕輕晃動她的肩膀，想搖醒她。

我翻身過去，看見安和露西拿著一個禮服袋。新的禮服？

「玫兒小姐，」瑪莉輕聲說：「時間到了，該起床了。」

玫兒緩緩起身。「我不能多睡一下嗎？」

「不行，」瑪莉哀傷地說。「今天早上有重要事項，妳必須馬上去妳父母親那裡。」

「很重要的事？」我問：「發生什麼事了？」

瑪莉看著安，我追著她的視線，只見安搖搖頭，看起來我不能更深入了。

我帶著困惑和一絲希望，從床鋪上爬起來，也催促玫兒一起起床。我用力抱抱她，然後她才去爸爸媽媽的房間。

等她一離開，我轉身面對侍女。「現在她走了，可以請妳解釋一下嗎？」我問安。她搖搖頭，讓我感覺受挫而惱怒。「難道要我命令，妳們才肯說嗎？」

她看著我，清澈明亮的眼神裡帶著一種嚴肅。「我們接到來自更上層的命令，您必須等一等。」

我站在浴室的門邊，看著她們動作。露西將滿手的玫瑰花瓣灑進浴缸時，手還不停地抖動。為我排好化妝品、扎起頭髮的瑪莉，則是眉頭深鎖。露西本來有時就會沒來由地顫抖，瑪莉平常很專注的時候，臉部表情也會不大一樣，但真正令我害怕的是安的樣子。

即使是在最可怕、最艱難的環境下，安向來都冷靜以對，但她今天好似身體裡面都是細沙，隨時都會潰散。她整個人憂心忡忡、情緒低迷，不斷停下動作並揉揉額頭，彷彿這樣就能舒緩內心的焦慮。

我看著她從袋子裡拿出我的禮服，它很低調、款式簡單……而且黑得發亮。我看著那件禮服，知道這只代表了一種意思。都還不知道該爲誰哀悼，我就開始哭泣了。

「小姐，怎麼了？」瑪莉過來幫我的忙。

「誰過世了？」我問。「告訴我，誰過世了？」

安如同往常地鎭定，扶我起來，並替我擦乾眼淚。

「沒有人死去，」但她的聲音並沒有給我安慰，反而帶來一種壓迫感。「事情結束時，請爲今天沒有人死去心存感激吧。」

她言盡於此，直接送我進浴缸。露西努力壓抑，但終於忍不住哭了起來。安要她替我拿些小零嘴，她立刻服從指令，連禮都沒行就離開了。

露西拿了些可頌和蘋果切片過來。我想坐著慢慢吃，但才咬一口就知道今天食物不是我的好朋友。

最後，安把我的名字別針放在胸前，銀色名牌與黑色禮服完美搭襯，十分美麗。我已經盡力了，現在只能面對無法想像的命運。

打開門，我才發現自己雙腿僵直。我轉過身去看著侍女們，呼出顫抖的氣息說：「我剛才好害怕。」

安把手放在我的肩膀上說：「小姐，妳是一位高尚的淑女，等會兒請務必以優雅的姿態面對這件事。」

我輕輕點了點頭，她放開我，站在門邊鬆開我的手，然後走開。我希望自己能夠抬頭挺胸面對。但不管我是不是高尙的淑女，我必須承認我眞的怕死了。

令我相當驚訝的是，走到大廳時，其他女孩都已經在等待了，大家身上的禮服和臉上的表情都與我相同。我感到放心，自己並未碰上麻煩。若眞出了什麼事，大家的待遇都相同。所以無論如何，我都不是一個人。

「第五位小姐已經到了。」一名衛兵對他的同事說。「請跟我們走吧，各位小姐。」

第五位？不對啊，總共有六位。走下階梯時，我迅速瞄了女孩們一眼。衛兵說的沒錯，只有五個人，瑪琳不在。

我的第一個想法是：麥克森已經送瑪琳回家了。但她怎麼可能不來我房間道別呢？我試著思考這些神秘的情況，和瑪琳不見蹤影究竟有何關聯，但想不出任何解釋。

一群衛兵還有我們的家人，已經在階梯下集合。媽媽、爸爸、玫兒看起來很不安，大家都一樣。我看著他們，希望能得到解答，但是媽媽搖搖頭，爸爸則對我聳肩。我掃視穿著制服的男人們，尋找艾斯本，他卻不在裡面。

兩名衛兵護送瑪琳的雙親到我們這一排的後方。她的母親弓起背部，一副很擔憂的樣子，倚著她的丈夫，而他的面色沉重，彷彿一夜之間就蒼老許多。

等一下，如果瑪琳離開了，爲什麼他們還在這裡？

一束光線突然灑入大廳，我轉過頭去，這還是我進宮以來第一次看見每道前門都打開。我們跟著隊伍走到外面。穿越短短的環形車道，走過那一大片把我們與外界隔離的圍牆。大門開啓時，廣大群眾以震耳欲聾的嘈雜聲迎接我們。

街上立著一座大型平台，數百甚至數千名群眾聚集在一起，孩子們坐在父母親的肩膀上，攝影機架設在平台周圍，工作人員跑來跑去地捕捉現場畫面。有人帶領我們走到競技場裡小小的座位區，當我們走出來的時候，擁擠的群眾歡呼大叫，叫著我們的名字，朝我們的腳下丟擲花朵。我看見每一位女孩的肩膀都放鬆下來了。

聽到人們叫我的名字，我揮了揮手。可能是我杞人憂天了，如果人民的興致如此高昂，應該不會有什麼壞事發生。皇宮的工作人員真該好好檢討他們對待菁英候選者的方式，別讓我們虛驚一場。

玫兒咯咯笑著，很高興終於聽見一些令人振奮的聲音。看她恢復正常，我也鬆了口氣。我試著去想像所有祝福的話語，但是平台上兩座奇怪的設施令我分心。第一座設施是像階梯一樣的機械，整體呈現A字形；第二座是大型的木製滑輪機具，其中一端有環繩。一名衛兵跟在我身邊，我走進位於前排中間的座位，努力思考現在究竟是什麼情況。

國王、王后以及麥克森出現的時候，群眾們再次起立。他們三人也同樣穿著黑色的服裝，臉上的神情認真嚴肅。我比較接近麥克森，所以我轉過去看他。不管發生什麼事，只要他看向我、給我一個微笑，我就能知道一切安好。我不斷用念力期盼他看我一眼或是對我示意，但是麥克森的表情僵硬如石。

一會兒過後，群眾的歡呼轉為不屑的叫囂。我轉過頭，看看是什麼讓他們如此不悅。眼前的畫面令人崩潰，我的胃部翻攪糾結。

伍德沃克軍官的雙手雙腳都被銬上，他的嘴唇正在流血，身上的衣服髒兮兮的，看起來像是整晚都在泥巴裡打滾。他身後的人是瑪琳，她美麗的天使服裝已經沒有翅膀，並沾上一層汙垢，她的雙手雙腳也都被銬著。她弓起肩膀，披著西裝外套，瞇眼看著光線和廣大的群眾。她尋找到我的視線，下一秒鐘繼續挺身向前。她的視線再度搜索，我知道她在找誰。瑪琳的父母親就在我的左邊，他們看著她並緊緊抓握彼此，兩人失魂落魄，心已經不在這個地方，好像行屍走肉般沒有靈魂。

我回頭看著瑪琳和伍德沃克，他們的臉上盡是焦慮，步伐卻有一種篤定與驕傲。只有一次，瑪琳踩到裙邊差點絆倒，我才發現她牙齒顫抖。

不、不、不、不、不、不。

他們被領到平台上，一個戴著面具的男人開始說話，群眾立刻安靜下來。這種事情以前想必也發生過，因為這裡的人知道該怎麼反應，但是我不知道。我的身體突然往前一傾，胃部翻攪著。感謝上帝，我今天早上什麼都還沒吃。

「瑪琳．譚姆斯，」那個男人放聲說道，「身為王妃競選者的一分子，伊利亞王國的女兒，昨晚我們發現妳與這名男子過度親密，他的身分就是皇家衛兵隊的一員——卡特．伍德沃克。」

這名主持人的聲音聽起來很自以為是，彷彿他正在宣布找到治療某種嚴重疾病的新療法。群眾們聽到他的指控，再次表示不滿。

「譚姆斯小姐已經破壞其對我們王子的忠誠誓約！伍德沃克先生與譚姆斯小姐的關係，等同竊取皇室財產！此等行為等於背叛皇室！」說到最後，他簡直是大聲咆哮。他強迫人民同意他的說法，而人民也被說服了。

但是他們怎麼能這樣？他們不知道她是瑪琳嗎？甜美可人、美麗大方、值得信任而且願意付出的瑪琳！也許她犯了錯，但是沒有什麼錯誤值得招致如此深的恨意。

另一位蒙面男子將伍德沃克綁在A字形的架子上，將他的雙腿張開、手臂擺好，加厚皮帶緊繞著他的腰和腿。就連遠處的我都看得出來，緊綁的程度極為不舒服。這時，一個男人把瑪琳的外套從背後扯破，強迫她跪在一個大型木塊前面。她的手臂以繩子綁在兩側，手掌朝上。

她正在哭泣。

「此等罪名本應處以死刑！但是由於麥克森王子的仁慈，他決定放這兩名叛賊一條生路。麥克森王子萬歲！」

那個男人說完之後，群眾們開始歌頌。如果我覺得這麼做是正確的，我也應該歡呼或鼓掌才對。我身邊的女孩是如此，我們的雙親也如此，雖然他們都相當詫異。但是我並沒有附和大家，我只是盯著瑪琳和伍德沃克的臉。

讓我們坐在前排是有理由的。他們要我們知道，如果我們犯了這麼愚蠢的錯誤，會有什麼後果。然而，從距離平台不及二十公尺的地方，我看見、聽見了真正重要的事。

瑪琳凝望著伍德沃克，他也正伸長脖子看她。這是恐懼的表情，不會錯的，但是她的臉上也有一種信念，彷彿試著認定眼前的男人值得一切的苦難。

「我愛妳，瑪琳。」他對她大聲說，幾乎連群眾都聽得見。既然事已至此，又有什麼好隱瞞的呢？「我們會沒事的，一切會沒事的，我保證。」

瑪琳害怕得說不出話，但仍點頭回應。在那一刻，我只想著她看起來多麼美麗。她的金髮一團亂糟糟，禮服也像是經歷一場大災難，鞋子不知道什麼時候掉落了，但是我的天啊，她整個人閃閃發亮。

「瑪琳・譚姆斯與卡特・伍德沃克，你們倆在此被拔除原有的階級身分。你們現在是低階中的最低階，你們是第八階級！」

群眾們歡呼叫好。這眞是大錯特錯，難道這裡沒有任何第八階級嗎？他們怎能容許別人這樣侮辱自己？

「由於你們的行爲爲王子殿下帶來痛苦及羞辱，你們將被公開處罰，以藤杖鞭打十五下。希望你們身上的疤痕，時時提醒你們犯下的諸多罪惡！」

鞭打？這又是怎麼回事？

一秒鐘過後，我的問題有了答案。兩名將伍德沃克和瑪琳綁起來的蒙面男子，從水桶裡抽出藤條，先在空中揮了幾下試試手感，我可以聽見藤條劃過空氣發出的呼呼聲。群眾們爲這暖身活動鼓掌叫好，狂熱程度相當於他們對這名王妃候選者過去的喜愛。

幾秒鐘後，伍德沃克的後背上會留下羞辱的鞭痕，而瑪琳珍貴的雙手則會……

「不！」我叫道。「不！」

「我想我要吐了……」娜塔莉低聲耳語，愛禮絲轉頭發出虛弱的呻吟，但是一切並沒有停止。

我站起來，想衝向麥克森的座位，卻倒在我爸的膝蓋上。

「麥克森！麥克森，住手！」

「小姐，請妳坐下。」我身旁的衛兵制止，試圖把我的背往椅子上壓。

「麥克森，我求求你，拜託！」

「小姐，您這樣太危險了！」

「放開我！」我對著衛兵大吼，使出全力用力踢他，他也一樣用力支撐。

「亞美利加，請坐下來！」我媽媽催促我。

「一！」平台上的男人大聲說完，藤條落在瑪琳的雙手上。

她發出悲慘的嗚咽聲，像隻被踢的小狗。伍德沃克沒有發出任何聲音。

「麥克森！麥克森！」我大叫。「住手！住手！拜託！」

他聽見我了，我知道。我看見他輕輕閉上雙眼，嚥了嚥口水，彷彿這樣就能把聲音趕出他的腦海。

「二！」

瑪琳的聲音化為純粹的痛苦。我無法想像她的疼痛……而且還有十三下。

「亞美利加，坐下！」媽媽堅持說。玫兒坐在爸爸和媽媽的中間，擋住臉不敢看，她的哭聲幾乎和瑪琳一樣痛苦。

「三！」

我看向瑪琳的父母親，她的母親把頭埋在雙手裡，她父親則用手臂保護似地抱著妻子，不讓她因為當下失去的一切而傷心。

「放開我！」我對著旁邊的衛兵大吼，但沒有用。「麥克森！」我大叫。我的眼淚已經模糊視線，但我能清楚看見他，我知道他聽得見我的聲音。

我看著其他女孩。我們不該做些什麼嗎？有些人看起來也在哭泣。愛禮絲已經彎著身軀，手掌壓著額頭，看起來像要昏厥的樣子。但是，沒有人憤怒。她們不該憤怒嗎？

「五！」

瑪琳的尖叫聲將會在我未來的人生揮之不去。我從來沒聽過有人這麼痛苦，也沒聽過群眾病態到爲此歡呼，好像這只是一場娛樂。或許是麥克森的沉默不語，允許這一切發生；或許是身邊女孩的哭泣，代表她們接受了遊戲規則。

只有伍德沃克讓我覺得還有希望。即便他因爲痛楚汗流浹背，痛苦地顫抖著，他還是努力硬撐，喘著氣對瑪琳說出安撫的話。

「很快……就會結束了。」他努力吐出這些話。

「六！」

「愛……妳。」他結結巴巴地說。

我看不下去了。我用力搔抓身旁的衛兵，但他的衣服太厚，沒有感覺。他把我抓得更緊，我奮力尖叫。

「放開我女兒！」爸爸一邊大聲說，一邊拉扯衛兵的手臂，讓我們之間有了一點空隙。我不停扭動著身體，直到我面對衛兵，使盡全力將膝蓋往上一頂。

他發出低聲哀號，往後倒下，我父親順勢抓住他。

我跳過欄杆，禮服和高跟鞋變得亂七八糟。「瑪琳！瑪琳！」我尖叫道，盡可能快步向前跑。我幾乎衝到了台階前，但是兩名衛兵合力抓住我，我無法抵抗。

從舞台後面，我看見他們扒光伍德沃克的背，他幾乎皮開肉綻，畫面令人作嘔。他的鮮血涓涓流下，染髒了舞會穿的長褲。我無法想像瑪琳的雙手會是什麼情況。

想到這裡，我更是快要發狂。我放聲尖叫，朝衛兵猛踢，但就算我這麼努力，也只是踢掉腳上的鞋子。

那個男人大聲地接著數數，我被拖到裡面，不知道該爲此感到鬆了一口氣還是羞愧。一方面，我不必看完全程；另一方面，我感覺自己在瑪琳人生中最苦難的時刻拋棄了她。

如果我眞的是她的朋友，我怎麼沒有更用力反抗？

「瑪琳！」我尖叫。「瑪琳，對不起！」但是群眾太過瘋狂，她又哭得那麼厲害，她應該聽不見我的聲音。

10

回去的路上，我不斷猛力掙脫、大聲尖叫。衛兵把我抓得太緊，等下身上肯定會青一塊、紫一塊，但是我不在乎，我得奮戰到底。

「她的房間在哪？」我聽見有個人問，我轉過頭看見一位侍女來到走廊上。我不認得她，但她當然知道我，於是她領著衛兵來到我的房門前。我的侍女見到他們這樣粗魯地對待我，不禁大吼抗議。

「冷靜點，小姐們，我們也是逼不得已。」一名衛兵發牢騷說，他們倆把我丟回床上。

「放我出去！」我尖叫著。

我的每個侍女都淚流滿面，趕緊跑到我身邊。我因為跌倒而弄得一身髒，瑪莉著手清理我髒兮兮的禮服，但是我揮開她的手。她們知情，她們都知情，但沒有人警告我。

「妳們都一樣！」我對她們大叫。「全部給我出去！現在就出去！」

我的話把她們嚇得直往後退。露西嬌小的身體顫抖著，幾乎令我後悔自己說出那些話，但我得一個人靜靜。

「小姐，我們很遺憾。」安邊說邊把另外兩個人拉回來。她們知道我和瑪琳有多要好。

「走吧！」我低聲說，然後轉過去把臉埋進枕頭。

等到門一關，我就把鞋子脫掉，爬進被窩，整個人深深埋進去。許許多多的枝微末節總算說得通了。這就是她一直不敢說的秘密。她不想留下來，因爲她根本不愛麥克森。但她也不想離開，因爲那樣就得與伍德沃克分離。

那幾次怪異的場面也總算有了解釋：爲何她總是站在某些位置？爲什麼她老是瞪著門看？是因爲伍德沃克，因爲他在那裡。還有史汪登威國王、王后來訪時，她拒絕離開太陽底下……也是因爲伍德沃克。我在洗手間外面撞上伍德沃克的那一次也是，他在等的人是瑪琳。全都是因爲他，他總是站在一旁，或許偷個吻，等待著他們能眞正在一起的時刻。

她肯定很愛他，才會如此不小心，冒這麼大的風險吧？

這怎麼可能是眞的？這種處罰怎麼會落在瑪琳身上？而且她就要離開了……我眞的不懂。

一想到自己差點落得同樣的下場，我的胃就扭絞起來。如果艾斯本和我昨晚在舞池裡的對話不小心被誰聽見，今天遭受刑罰的可能就是我們。

我有機會再見到瑪琳嗎？她會被送去哪裡？她的父母親會因此受影響嗎？伍德沃克因爲徵召入伍而成爲第二階級，雖然不清楚他之前是哪個階級，不過我猜應該是第七階級。第七階級很低下沒錯，但總比突然被打入第八階級好。

我無法相信瑪琳變成第八階級，這不會是眞的。

瑪琳還能再使用她的雙手嗎？那些傷要多久才會痊癒？伍德沃克呢？經過這些之後他還能工作嗎？

今天的情況，可能會發生在艾斯本身上。

今天的情況，可能會發生在我身上。

我快要暈倒了。我突然有個很殘忍的想法，慶幸這些事情不是發生在自己身上。我鬆了一口氣，但也感到極大的罪惡感，壓得我喘不過氣。我是個很糟糕的人、很糟糕的朋友，我好慚愧。

我已經無計可施，只能哭泣。

接下來的上午和幾乎整個下午，我都躺在床上，縮成一顆球。侍女們幫我送午餐來，但是我動都沒動。謝天謝地，她們沒有堅持留下，而是讓我獨自悲傷。

我無法振作。瑪琳的尖叫聲在我腦海中盤旋，時間眞的能幫助我忘掉這一切嗎？

這時，門上傳來一陣猶豫的敲門聲。我的侍女不在這兒，沒辦法幫我應門，而且我也不想移動身體，所以我沒有回應。停頓了一會兒後，外面的人逕自入內。

「亞美利加？」麥克森低聲說。

我沒有答話。

他關上門，走進房間，走到我的床前。

「我很抱歉，」他說。「我別無選擇。」

我靜止不動，無法言語。

「不這樣做的話，就只能殺了他們。昨天晚上，他們倆被攝影機拍到。周圍早就架好腳架，卻對我們保密。」他繼續解釋。

他沉默了一段時間，也許是在等我開口說些話。

最後，他在我身旁跪了下來。「亞美利加，親愛的，看我好嗎？」

那個親暱的稱呼讓我的胃開始翻攪，不過我確實看向他了。

「我沒辦法，我別無選擇。」

「你怎麼能夠無動於衷？」我的聲音聽起來很破碎。「你怎麼能坐視不管？」

「以前我告訴過妳，沉著冷靜的表現是我的職責，即使內心激動也必須不形於色。我必須學會這件事，妳以後就會明白了。」

我的眉頭皺在一起。他該不會以爲我現在還想成爲王妃吧？顯然他是這麼想的。因爲當他慢慢理解我的表情之後，整個人震驚不已。

「亞美利加，我知道妳很氣，但是拜託妳聽我解釋好嗎？我告訴過妳，妳是我的唯一，拜託別這個樣子。」

「麥克森，」我緩緩說出口。「很抱歉，但我不認爲自己辦得到，我永遠無法眼睜睜看著某人受到那種傷害。我想我無法成爲一名王妃。」

他倒吸一口氣，幾乎呼吸困難，這是至今我在他身上見過最接近傷心的情緒。

「亞美利加，妳以別人生命中的五分鐘，來決定自己的一生。這眞的沒道理，妳不需要這樣。」

我坐起身來，希望能讓思緒更透徹。「我只是……我甚至無法思考了。」

「那就別想了，」他鼓勵我。「別讓這件事造成我們之間錯誤的決定，妳太難過了。」

不知道爲什麼，這些話聽起來像騙人的伎倆。

「拜託妳，」他抓著我的手，激動地低聲說。他聲音裡的絕望逼我看著他。「妳答應會和我在一起的。別放棄，不應該像這樣的。求求妳。」

我呼出一口氣，並點點頭。

我可以明顯感受到他鬆了口氣。「謝謝妳。」

麥克森坐在原位，握著我的手，像握著一條救生索。與昨天的氣氛截然不同。

「我知道……」他開口說話。「我知道妳對這些職責很猶豫，我一直都知道很難要求妳喜歡這一切。我很確定這件事讓妳的抉擇變得更艱難。但是……我呢？妳對我的感覺還是一樣嗎？」

我心神不寧，不知道該說什麼。「我告訴過你，我無法思考。」

「喔，對。」他很明顯地非常沮喪。「我讓妳一個人靜一靜。不過，我們很快會再談談。」

他往前傾，好像要吻我，於是我低下頭去。他清清喉嚨說：「再見，亞美利加。」

然後走出房間。

於是我再度崩潰。

不知過了幾分鐘或幾小時，我的侍女們走進來，發現我依舊大聲哭泣著。我翻過身去，她們肯定注意到我懇求的眼神了。

「喔，我的小姐！」瑪莉哭著說，並走過來抱著我。「我們幫妳，準備上床睡覺吧。」

露西和安開始解開我禮服上的釦子，瑪莉則清洗我的臉，順順我的頭髮。

我的侍女坐在周圍，在我哭泣時不斷出聲安慰。我想告訴她們，不只是因爲瑪琳，也是因爲麥克森，我才覺得這麼心痛。但是要解釋這一切的種種，承認我有多在意麥克森、我犯了多大的錯，實在太尷尬了。

當我問起爸媽時，更是加倍心痛。安告訴我，所有菁英候選者的家人很快就被送回家了。我甚至沒機會道再見。

安輕撫著我的頭髮，輕輕地發出噓聲安撫我。瑪莉坐在我的腳邊，磨擦我的雙腿。露西只是將她的手舉至胸前，彷彿她能感同深受。

「謝謝妳們，」我哽咽地低聲說。「稍早的事我很抱歉。」

她們彼此交換眼神。「小姐，妳不需要道歉。」安堅持說。

我想糾正她的想法，畢竟我對她們的態度顯然太超過了，但這時傳來另一陣敲門聲，我試著想出如何才能有禮貌地拒見麥克森，但是當露西跳起來要去應門時，門後出現艾斯本的臉孔。

「很抱歉打擾妳們，但我聽見哭聲，想確定妳們是否一切安好。」他說。

他朝著我的床鋪走過來，這個舉動眞是大膽，我不禁想到我們可能爲此遭受何等處罰？

「亞美利加小姐，我很遺憾發生在妳朋友身上的事。我聽說她是妳很要好的朋友。如果妳有什麼需要，我隨時在這兒。」艾斯本的眼神訴說著許許多多的情緒：如果可以，他願意犧牲一切，讓情況好轉。只要是爲了我，他可以放棄一切。

我眞是個白痴，我差一點要放棄這個世界上眞正了解我、愛我的人。艾斯本和我曾經共同建立起的人生，幾乎被王妃競選給摧毀。

艾斯本就像是我的家，是安全的避風港。

「謝謝你，」我靜靜地回答。「你的善意對我而言意義重大。」

艾斯本對我露出幾近無法察覺的微笑。我看得出來他想留下，我也希望他能留下，但我的侍女們忙進忙出的，不可能讓他這麼做。我開始想像有一天會永遠擁有艾斯本，也會很開心看到一切成眞。

11

嘿，小貓。

抱歉，我們沒辦法與妳道別。國王似乎認為家屬們盡早離開才是最安全的。我試著連絡妳，但沒有連絡上。

我想讓妳知道，我們已經安全返家了。國王讓我們保留所有的服飾，玫兒只要一有空就不斷地欣賞她的衣裳。我懷疑她根本暗自希望自己不會再長高，這樣她就能在婚禮上穿那些蓬裙禮服。這些東西真的令她很興奮。我不確定自己能否原諒皇室逼迫我兩個孩子目睹那種畫面，不過妳知道玫兒的復原能力向來很好，我擔心的是妳，請盡快寫信給我們。

也許說這些話不是很恰當，但是我想讓妳知道：妳跑向台上、為瑪琳出聲的那一刻，是我人生中最以妳為榮的時刻。妳一直都那麼美麗、那麼才華洋溢，我知道妳的道德感一向公正而準確，事情出錯時，妳總能察覺並加以阻止。身為一個父親，我已別無所求。

我愛妳，亞美利加。而且我非常、非常驕傲。

爸爸

爸爸究竟是如何辦到的？他總知道該說些什麼。我希望有人重新排列天上的星星，排出他的字字句句。字體必須碩大明亮，就算世界陷入黑暗我也能夠看見：我愛妳。而且我非常、非常爲妳感到驕傲。

菁英候選者可以在房間裡用早餐，於是我沒有出房門，因爲我還沒準備好見麥克森。到了下午，我振作精神之後，決定下樓到仕女房待一會兒，至少那裡還有電視讓我分心。

我走進仕女房時，女孩們似乎很驚訝。也難怪，我確實躲了好一陣子。賽勒絲慵懶地躺在沙發上，翻閱一本雜誌。伊利亞王國並不像其他國家一樣發行報紙。我們有《報導》，最接近新聞的刊物就是雜誌，但那是我這種人永遠負擔不起的讀物。賽勒絲則是隨時隨地雜誌不離手，不知道爲什麼，今天這個畫面激怒了我。

克莉絲和愛禮絲在桌邊喝茶聊天，娜塔莉則看著窗外。

「喔，看！」賽勒絲不知道是在跟誰說話。「這裡又有一則我的廣告。」賽勒絲是個模特兒，想到她不斷翻找自己的照片，讓我加倍惱火。

「亞美利加小姐？」有人叫道。我轉過頭去，看見王后與幾名隨從在角落，好像在做些刺繡女紅。

我對她行禮，她揮手要我起身。想到自己昨天的行爲，我的胃一陣翻攪。我從未想過要冒犯她，但我忽然害怕自己已經鑄下大錯。我察覺其他女孩的目光集中在我身上。王后通常會和我們一起講話，很少單獨交談。

我接近她時又再行了個禮。「王后陛下。」

「請坐下，亞美利加小姐。」她和善地說道，示意我坐到對面的空椅子上。

我照她的話做，仍然非常緊張。

「妳昨天引起不小的騷動。」她平靜地說。

我嚥了一下口水。「是的，王后陛下。」

「妳和她是很好的朋友嗎？」

我壓抑住悲傷的情緒。「是的，王后陛下。」

她發出一聲嘆息。「身爲優雅的淑女，妳不該有那種舉動。幸好昨天攝影機的焦點都在台上，沒注意到妳。然而，妳實在不該爲那件事亂了方寸。」

這不是王后的命令，而是一個母親的譴責。但我覺得更糟糕了，比原本糟上千百倍。她似乎覺得自己必須對我的行爲負責，而我讓她失望了。

我低下頭去。這是我頭一回認眞覺得自己的行爲很糟糕。

她的手伸過來，放在我的膝蓋上。我抬頭看著她的臉，如此輕鬆自在的碰觸令我訝異。

「話說回來，」她低聲說，「我還是很高興妳這麼做了。」她笑瞇瞇地看著我。

「她是我最好的朋友。」

「沒辦法，她已經離開了，甜心。」安柏莉王后親切地拍拍我的腿。

這正是我需要的：母親般的情感。

淚水在我的眼眶打轉。「我不知道該怎麼辦。」我低聲說。我幾乎想盡情傾訴所有的感受與想法，但我意識到其他女孩的視線。

「我告訴自己不要捲入這件事，」她嘆了一口氣。「就算想幫忙，我也不確定能做些什麼。」

她說的沒錯，千言萬語都無法挽回已經發生的事實。

王后傾身用愉快的語氣說：「但是呢，別對他太嚴格了。」

我明白她的意思，但我真的不想討論她的兒子。我點點頭並站起來。她對我露出友善的微笑，示意我可以離開。我走過去和愛禮絲、克莉絲坐在一起。

「妳還好嗎？」愛禮絲同情地說。

「我很好。我擔心瑪琳。」

「至少他們在一起了。他們只要擁有彼此，就能撐下去，」克莉絲評論道。

「妳怎麼知道瑪琳正和伍德沃克在一起？」

「麥克森告訴我的。」她回答道，好像這已經不是新聞。

「喔。」我失望地說。

「我不敢相信他沒告訴妳，所有人之中，妳和瑪琳最要好，而且妳還是他的最愛，對吧？」她說。

我看了克莉絲一眼，再看向愛禮絲，她們的眼神都透露出一絲擔憂，但也或許是鬆了一口氣。

賽勒絲在一旁訕笑。「顯然已經不是了。」她自言自語說，連抬個頭都懶，繼續看著雜誌。想當然耳，我的失敗在她意料之中。

我把話題轉回瑪琳身上：「我還是不敢相信麥克森這樣對待他們。我很納悶他怎能如此冷靜？」

「但是，她犯了錯。」娜塔莉陳述己見，語氣中並沒有任何評斷意味，只是安然接受事實，就像服從命令一樣。

愛禮絲開口說：「麥克森大可殺了他們，法律是站在他那邊的，他這樣已經很仁慈了。」

「仁慈？」簡直可笑。「妳是說，大庭廣眾之下讓妳皮開肉綻，這樣叫做仁慈？」

「是的，就整件事來看是如此。」她繼續說。「我敢打賭，就算妳要瑪琳選擇，比起死刑，她也會選鞭刑的。」

「愛禮絲說的沒錯。」克莉絲說。「鞭刑確實很痛苦，但比起死刑還是好很多。」

「拜託！」我冷笑著說，內心的憤怒顯而易見。「妳是第三階級，誰不知道妳父親是知名教授。妳在圖書館那種舒適環境中長大成人，沒被別人打過，若是要妳往後過第八階級的人生，妳肯定會一心求死。」

克莉絲怒視著我。「別自以爲是了，妳完全不懂我的承受極限。難道就因爲妳來自第五階級，就覺得自己是唯一吃過苦的人嗎？」

「我沒有這麼說，但是我想我有過比妳更痛苦的經歷。」憤怒令我的聲音揚起。「我無法容忍瑪琳的遭遇。我很懷疑，妳眞的認爲這種處罰對她比較好？」

「亞美利加，我比妳想像的勇敢，妳不知道這些年來我付出多少犧牲。如果一個人犯了錯，當然必須承擔後果啊。」

「爲什麼非得有後果？」我提出質疑。「麥克森老是說王妃競選有多傷腦筋，現在我們之中有人愛上別人，簡化他的難題，難道他不該心存感謝嗎？」

娜塔莉看起來忐忑不安，試圖插話：「昨天我聽到一件超有趣的事！」

「但是法律——」克莉絲的聲音蓋過娜塔莉。

「亞美利加說的也有道理。」愛禮絲迅速地贊同我的看法，原本尙有秩序的對話漸漸崩潰。

我們爭相表達，試圖蓋過彼此的音量。起初是言語爭執，但這麼多女孩爭先恐後地辯論，難保最後不會發生肢體衝突。

在我們爭執不下時，賽勒絲忽然對著雜誌悠悠地說：「她活該，那個賤女人。」

接著是一片靜默，寂靜程度的張力不亞於爭吵時的喧囂。

賽勒絲轉過頭來，正好目睹我整個人朝她撞上去。她大聲尖叫，我們兩個人一同撞上茶几。我聽見一個聲音，大概是茶杯掉到地板上。

然後我摔在地面，雙眼緊閉。等我睜開眼睛，賽勒絲正在我的下方，想要抓住我的手腕。我抽回右手臂，用最大的力氣一巴掌甩過她的臉。手心炙熱的感覺掩蓋了一切，但是那瞬間啪的一聲實在過癮，一切都值得了。

賽勒絲隨即驚聲尖叫，開始張牙舞爪地抓我，這是我第一次後悔自己沒有像其他女孩一樣留長指甲。她在我的手臂上留下幾道傷口，更加激怒了我，於是我再次攻擊，這次弄傷了她的嘴唇。爲了報復這份痛楚，她隨手拿起茶杯下的小碟子，往我頭部側邊砸。

被砸到之後，我奮力抓她，卻有人硬把我們分開。我筋疲力竭，沒注意到有人喊衛兵來，所以也誤打到其中一名衛兵。我已經受夠被如此粗暴地對待。

「你有看到她對我做了什麼嗎？」賽勒絲怒吼。

「閉上妳的嘴巴！」我尖叫道。「妳最好別再提起瑪琳！」

「她瘋了！你有沒有聽見她說的話？你有沒有看見她幹的好事？」

「放開我！」我一邊說，一邊不停嘗試掙脫衛兵。

「妳這個瘋女人！我現在就要去告訴麥克森，妳可以準備跟皇宮來個道別之吻了！」她威脅道。

「現在誰都不許見麥克森！」王后厲聲說。她看著賽勒絲的雙眼，又看向我，顯然失望透了。我垂下頭。「妳們兩個現在都去醫療中心。」

醫療中心是條樸素的長廊，床鋪靠著牆壁擺放，每張床四周以簾幕圍起，讓人保有一點隱私空間。放醫療補給品的小櫃散置於整個長廊。

他們很明智，把賽勒絲和我分別安置於長廊兩端，賽勒絲靠近入口，我靠近後面窗戶。她幾乎馬上把簾子拉起，這樣就不必看見我。我不怪她，畢竟我一臉得意的樣子。即使護士正在處理我髮際線後被賽勒絲打到的地方，我還是無法克制笑意，露出奇異的表情。

「現在請妳用手扶住冰塊，幫助消腫。」護士建議說。

「謝謝。」我回答她。

那名護士迅速掃視整個醫療中心，像是在確認周圍沒有人偷聽。「幹得好，」她低聲說。「大夥等這一刻很久了。」

「眞的嗎？」我的聲音壓得和她一樣低。也許我不該這麼愛笑的。

「我聽過太多那個人的恐怖故事了，多到數不清。」她說，並朝賽勒絲被簾幕圍起的床鋪撇撇頭。

「恐怖故事？」

「嗯，她向一個女孩挑釁，後來那個女孩打了她。」

「安娜嗎？妳怎麼知道？」

「麥克森是個好人，」她簡短說道。「他確認安娜毫髮無傷後，才把她送回家。她告訴我們賽勒絲是怎麼說她父母親的，太卑劣了，我沒辦法重複那段話。」她臉上的表情說明心中的厭惡。

「可憐的安娜。我就知道是這樣。」

「另外有個女孩雙腳流著血來到這裡，因爲某個人趁夜晚把玻璃碎片放進她的鞋子裡。我們無法證明是賽勒絲幹的，但是還有誰會做這麼下流的事？」

「我從來沒聽過這件事！」我倒抽口氣說。

「她看起來嚇壞了，深怕事態會更嚴重，我猜她最後選擇緘默不語。而且賽勒絲會打她的侍女，只用手打，所以她們常常來拿冰塊。」

「不會吧！」我見過的每位侍女都是甜美的女孩，我無法想像她們會讓人生氣暴怒，更別說是經常性的衝突。

「除此之外，妳的古怪事蹟早就傳遍這裡了，妳是我們的英雄。」護士說完對我眨眨眼睛。

我並不覺得自己像個英雄。

「等等，」我突然說。「妳說麥克森親自確認安娜平安離開這裡，才送她回家？」

「是的，小姐。他很關心妳們，堅持每個人都必須接受妥善照顧。」

「那瑪琳呢？她也有來這裡嗎？她離開的時候還好嗎？」

護士還來不及回答我，我就聽見賽勒絲不悅的聲音刺穿整個房間。

「麥克森，親愛的！」他走進來時，她大聲呼喊。

我們的視線短暫交會後，他走向賽勒絲的病床。護士接著就離開了，留下我一個人，迫切想知道她是否見過瑪琳。

賽勒絲發出嗚咽的聲音，聽起來刺耳而難以忍受。我聽見麥克森喃喃地安慰那個可憐人，試圖脫困。他的視線繞過她的簾幕，盯著我看。他穿越走廊的時候，看起來疲憊不堪。

「妳很幸運，我父王禁止宮中裝設任何攝影機，否則妳得爲自己的行爲付出極大的代價。」

他的手指梳過頭髮，怒不可遏。「亞美利加，我該怎麼袒護妳呢？」

「所以，你要把我踢出去嗎？」等待答案的同時，我把玩著禮服一角。

「當然不是。」

「那她呢？」我朝賽勒絲的病床點點頭。

「不會。昨天的事情讓妳們壓力很大，我不怪妳們。我不確定父王是否能接受這個理由，但我打算這麼告訴他。」

我停頓了一下。「也許你該告訴他都是我的錯。也許你該送我回家。」

「亞美利加，妳反應過度了。」

「看著我，麥克森。」我催促他。我感覺喉嚨裡有個結，讓我費盡力氣才能開口說話。「我從一開始就知道自己不具備王妃的特質，我以爲我或許可以改變，或許總會找到我的生存之道，但是我待不下去了，眞的待不下去了。」

麥克森移過來坐在我的床邊。「亞美利加，妳可以恨王妃競選，也可以爲瑪琳的遭遇感到憤怒，但是我知道妳在乎我，不能就這樣丟下我。」

我伸出手與他相握，說：「就是因爲太在乎你，我才告訴你，你可能犯了個錯誤。」

我看見麥克森臉上痛苦的神情，他緊緊握住我的手，彷彿他能夠把我固定在此，不讓我消失。他猶豫一下後傾身靠著我，低聲說：「沒有那麼難的，我想向妳證明，但是妳得給我一些時間。我保證這件事會有好的發展，但妳必須等待。」

我吸了一口氣想反駁，但是他打斷我。「幾個星期就好，亞美利加，妳也要求過我給妳時間，我毫不遲疑就答應了妳，因爲我相信妳。拜託，我需要妳多一點信任。」

我不知道麥克森能向我證明什麼，但是我怎能不多給他一點時間呢？畢竟他爲我做了那麼多。

我嘆了一口氣說：「好吧。」

「謝謝妳。」他的聲音聽起來顯然鬆了一口氣。「我得回去了，但是我很快會再來看妳。」

我點點頭。麥克森站起來離開，並在賽勒絲的床前駐足了一會兒，向她說再見。我看著他走遠，納悶著究竟應不應該相信他？

12

賽勒絲和我都只受了小傷，所以一小時內我們就能各自離開了。還好他們沒有規定回房的時間，這樣我們就可以錯開，眞是謝天謝地。

我走上樓梯，轉個彎，看見一名衛兵朝我走過來，是艾斯本。接受體能訓練之後，他的個頭變得比較壯碩，但是我很清楚他走路的方式、他的影子，還有許許多多的細節，都深深烙印在我的腦海。

他靠近我時停下腳步，對我行了一個不必要的禮。

「罐子。」他低聲說道，然後再次繼續走路。

我在原地頓了一下，起先有點困惑，但在明白他的意思之後，我必須克制奔跑的欲望，心急如焚地在走廊上快走。

打開房門，我發現三名侍女都不在，很驚訝但也鬆了一口氣。

我走到床邊小桌的罐子旁，裡面除了那枚一分錢幣還有其他東西。我打開蓋子，取出那張摺起的字條。艾斯本眞是太聰明了，侍女們根本不會注意到這裡，就算眞的看見，也絕對不會侵犯我的隱私。

我打開那張字條，閱讀上頭清楚條列的指示。看樣子，今天晚上我和艾斯本有個約會。

艾斯本給我的路線指示頗爲複雜，我繞了一圈才到一樓，接著還得再找出一扇旁邊有個約一百五十公分高的花瓶的門。我記得以前在宮內散步時看過，究竟是插什麼花需要那麼大的花瓶？

找到那扇門之後，我環顧四周，再次確認沒有人看見我。之前無論我怎麼努力都無法遠離衛兵們的視線，但是這個地方卻連個人影都沒有，於是我慢慢推開門、爬進去。月光穿過窗戶，爲這個房間帶來微微的光亮，令我有點緊張。

「艾斯本？」我在黑暗中低聲說道，覺得自己很蠢。

「就像以前一樣，對不對？」我聽見他的聲音，但看不見他的人。

「你在哪裡？」我瞇著雙眼找他，月光下，窗戶旁厚重簾幕的黑影一閃，艾斯本便出現在我身後。

「你快嚇死我了！」我開玩笑地抱怨。

「這可不是第一次，也不會是最後一次。」我從他的聲音聽出一抹微笑。

我走到他身邊，途中連續撞到幾樣東西。

「噓！」他埋怨說。「妳再繼續撞東撞西，整座皇宮的人都會知道我們在這兒了。」但他的語氣很輕鬆。

「抱歉。」我低聲笑著說。「我們不開燈嗎？」

「不開，若有人看見門縫下的光線，我們可能會被發現。平常沒什麼人會檢查這個迴廊，但我不想做傻事。」

「你怎麼會知道這個房間？」我伸出手，總算碰到艾斯本的手臂。他將我拉過去，給我一個擁抱，護著我走到後面的角落。

「我是個衛兵，」他簡短說道。「我很擅長這份工作，對皇宮裡裡外外瞭若指掌。我知道每個走道、所有藏匿點，甚至大多數的密室。而且，我碰巧還知道衛兵的輪班時間、哪個區域最少被檢查、什麼時候衛兵最少。如果妳想偷溜出去晃晃，找我就對了。」

「太厲害了！」我嘟囔說。我們坐在一張大沙發後面，月光有如一小片銀色的地毯。我終於看清楚艾斯本的臉。

我認眞地問他：「你確定這樣不會有事？」如果他表現出任何一絲遲疑，爲了我們兩人好，我一定拔腿就跑。

「相信我，亞美。如果我們被發現，才是全天下最奇怪的事。我們很安全的。」

我還是很擔心，但同時也希望得到安慰，於是不再追究。

他一隻手臂環著我，將我拉得更近。「妳還好嗎？」

我嘆口氣說：「我想還過得去。我很傷心，也很生氣，時常希望過去兩天的事沒有發生過，瑪琳能回來，伍德沃克也是，我甚至還不認識他。」

「我認識他。」他嘆口氣說。「他是個好人。我聽說他在處罰過程中不斷對瑪琳說他愛她，努力幫助她撐過去。」

「確實是，」我表示同意。「至少一開始的時候是。還沒結束，我就被拖出去了。」

艾斯本在我頭上落下一吻。「我也聽說這件事了。我很驕傲妳是因爲反抗而走出去的，這才是我的好女孩。」

「我爸爸也覺得很驕傲。王后責備我，但也很高興我那麼做，眞的很矛盾。我的想法好像是對的，但結果又不是那回事，最後也無法帶來任何改變。」

艾斯本把我抱得更緊。「我很確定妳做對了，對我而言意義重大。」

「對你而言？」

他嘆了一口氣。「我時常在想，王妃競選是否改變了妳？妳究竟還是不是同一個亞美利加？如此的細心照料，一切都如夢似幻。這件事情讓我知道，妳一點都沒變，他們還沒毀掉妳。」

「喔，他們已經毀掉我了，但不是以你說的方式。大部分時候，這個地方都在提醒我天生不是當上流階級的料。」

我把頭埋進艾斯本的胸前。這是我遇到不順遂時躲藏的地方，它就是我的避風港。

「聽著，亞美，麥克森這個人就像一個演員，他總是戴上完美的面具，好像一副高高在上的樣子，但他也只是個平凡人，和我們每個人一樣不知所措。我知道妳在乎他，否則也不會留在這裡。但是妳必須知道，這一切都是虛假的。」

我點點頭。麥克森也說過，他必須戴上冷靜的面具。他總是言不由衷嗎？和我在一起的時候也在演戲嗎？我該怎麼分辨呢？

艾斯本繼續說下去：「妳最好現在就了解這點，等到結婚後才發現眞相就太遲了。」

「我知道。我自己也在想這個問題。」麥克森在舞池裡說的話，接連不斷地在我腦海重複。他似乎對我們的未來相當確定，承諾給我好多好多幸福。他只希望我過得快樂就好，但是他難道看不出來，現在的我有多麼不快樂嗎？

「亞美，妳很善良，我知道妳沒辦法裝聾作啞。沒關係的，有這樣的想法很好，我只是想告訴妳這些。」

「我覺得自己好蠢，」我低聲說，覺得好想哭。

「妳一點都不蠢。」

「我眞的很蠢。」

「亞美，妳覺得我聰明嗎？」

「當然。」

「我太聰明了，怎麼可能愛上一個笨女孩？妳就別再堅持了。」

我發出輕笑，讓艾斯本握住我的手。

「我感覺自己把你傷得好重，我不懂你怎麼還能愛我？」我坦白說。

他聳聳肩。「就像天空是藍的，太陽是光明的，艾斯本就會永無止盡地愛著亞美利加，世界本來就該這樣運行。說眞的，亞美，妳是我唯一想要的女孩，我無法想像和其他人在一起。我以爲自己已經做好失去妳的心理準備，但是……我辦不到。」

我們坐在那裡，握著彼此的手好一會兒。艾斯本每一次指尖的碰觸、每一絲吹過我頭髮的氣息，都是撫慰心靈的良藥。

「我們不能再待下去了。」他說。「我對自己的躲藏能力很有信心，但也不想鋌而走險。」

我輕嘆一口氣，感覺剛剛才到這裡。但他說的沒錯，於是我移動起身。艾斯本攙扶我的同時把我拉進懷裡，最後又給我一個擁抱。

「我知道，妳很難接受麥克森竟然那麼差勁。我希望妳回到我身邊，但不想看妳受到傷害，更別說是讓妳那樣心痛。」

「謝謝你。」

「我是認眞的。」

「我知道。」艾斯本不是個騙子。「但是只要我還留在這兒，一切就還沒結束。」

「是啊，我了解妳。妳會完成目標，讓妳的家人獲得金錢，但是麥克森得讓時間倒退，才能修正他的錯誤。」

我嘆口氣。他說的很有道理，麥克森正在逐漸失去我，就像一件從肩膀上滑落的外套。

「別擔心，亞美，我會照顧妳的。」

此時此刻，艾斯本沒有辦法證明他的承諾，但我相信他會爲所愛的人付出一切，毫無疑問地，我就是他最愛的人。

接下來整個早上，不論是準備過程、早餐以及待在仕女房的時間，我的思緒都離不開艾斯本。疏離又幸福的感覺，一直持續到一大疊書報丟在我面前桌上，我才被拉回現實世界。我抬起頭，看見賽勒絲翹著她引以爲傲的雙唇，指著一本八卦雜誌內的跨頁報導。不到一秒鐘，我就認出瑪琳的臉孔，即便那張臉因爲鞭刑帶來的痛苦顯得猙獰、扭曲。

「我想妳應該看看這個。」賽勒絲丟下這句話便揚長而去。

我不大確定她究竟是什麼意思，但是我太想知道瑪琳的消息，於是立刻埋頭閱讀。

在我國所有重要傳統當中，或許沒有任何一項傳統，像王妃競選一樣使民眾如此狂熱。王妃競選是特別創造出來、為這個哀傷國家帶來歡愉氛圍的活動。大家看著王子與準王妃們展開偉大的愛情故事，似乎也會跟著激動、興奮。八十多年前，葛雷格利·伊利亞奪走皇冠之後，他的長子史賓塞突然過世，全國人民都為這位謎樣並且前途似錦的年輕男子哀悼。之後，當葛雷格利的幼子戴蒙準備繼任王位時，許多人都懷疑十八歲的他真的能接受這項重大任務嗎？但是戴蒙知道自己已經準備好，於是決定藉由生命中重要的承諾來證明，那就是「結婚」。幾個月之內，王妃競選便應運而生：一名平凡女孩可能會成為伊利亞王國的首位王妃，全國人民無不歡欣鼓舞。

然而，自從那時起我們就不禁懷疑競選的成效。雖然這項活動的重點是動人的愛情故事，不過有些人認為，強迫王子迎娶出身較低的女子並不公平。（即便無人能否認安柏莉王后的美麗與儀態）有些人可能還記得關於艾比·譚布林·伊利亞的傳言，據說她結婚不到幾年就毒死丈夫賈斯汀·伊利亞王子。爾後，她同意嫁給王子的表親波特·席理弗，以維繫皇室血脈。

這個謠言從未被證實，但我們能肯定的是，這一次宮中女孩的行為已經釀成醜聞。現已淪為第八階級的瑪琳．譚姆斯，被目睹在王妃競選的盛大萬聖節舞會結束之後，和一名衛兵在衣櫥裡私會，當時該名衛兵正在脫去她的衣服。王妃競選的重要意義，因為瑪琳．譚姆斯的輕率舉動而蒙上陰影。隔天早上，整個皇宮都陷入狂怒的氣氛。

瑪琳不可寬恕的行為背後，意味著剩下來的女孩可能也沒資格戴上皇冠。根據匿名消息來源指出，幾位菁英候選者時常爭吵不休，很少認真執行任務。大家應該還記得稍早九月時安娜小姐所引起的不愉快事件。她故意攻擊來自克萊蒙特省、過去曾是美麗模特兒的賽勒絲小姐。消息來源也向我們證實，這並非宮中唯一一次肢體衝突事件。筆者不禁對於這群為麥克森王子選出的女孩的素質存疑。

被問到對於這些謠言的看法時，克拉克森國王只說：「有些女孩並非來自較高的階級，不習慣宮裡所謂適切的行為舉止。很顯然，瑪琳小姐尚未準備好進入第一階級的生活。我的妻子具有某種難以言喻的特質，是較低階級的少數例外。她總是不斷提升自我，以具備王后條件，要找到比她適任的人是很困難的挑戰。從王妃競選目前剩下的出身較低階級的女孩來看，憑良心說，我們並不期待她們的表現。」

娜塔莉和愛禮絲都是第四階級，她們面對大眾時都表現出絕佳的氣度與姿態，特別是愛禮絲小姐，相當成熟內斂。令人不禁想到，國王所指的人是亞美利加，她是唯一通過第一階段競選的第五階級女孩。亞美利加小姐在王妃競選的表現平平，外貌夠美麗，但並非伊利亞王國所期待的新王妃。她在《伊利亞首都報導》上的訪談常讓人覺得新鮮有趣，但我們需要的是新領導者，並非喜劇演員。

更令人苦惱是，有消息指出，亞美利加小姐在瑪琳小姐接受鞭刑時試圖解救她。在記者看來，這無疑是助長瑪琳小姐對王子不忠的反叛行動。

看了這麼多的報導之後，我們還有一個問題：新任的王妃應該是誰？

我們迅速做了一項民意調查，證實了長久以來的想法。

恭喜賽勒絲小姐和克莉絲小姐在這項民意調查中旗鼓相當，同時獲得最高票。第三名是愛禮絲，娜塔莉也緊追在後。最後則是亞美利加小姐，她和第四名呈現大幅差距，這並不讓人感到意外。

我想自己應該為伊利亞王國發聲，請麥克森王子花點時間，為我們找一位好王妃。幸好皇冠落在瑪琳的頭頂之前，我們就發現了她的真面目，得以避開她所帶來的災難。麥克森王子，不論你愛的人是誰，請確認她值得，因為我們也想愛她！

13

我狂奔離開仕女房。賽勒絲當然不是在幫我忙，她只是想讓我看看當前形勢。那我還煩惱什麼呢？反正國王預期我會失敗，人民不喜歡我，我也不認爲自己能夠勝任。

我悄悄地快步上樓，盡量不引人注意，畢竟誰也不知道雜誌中指的「匿名消息來源」爲何。

「小姐，」經過門口時，安對我說。「我以爲您會在樓下待到午餐時間。」

「可以請妳離開嗎？」

「抱歉，怎麼了嗎？」

我深吸一口氣，努力不讓自己失去耐性。「拜託，我需要獨處。」

她們不發一語便離開了。我走向鋼琴，試著讓自己分心，不要再想起報導的事。我彈了幾首熟記在心的曲子，但是太簡單了，無法讓我眞正專注。

我站起來，翻遍整張長椅，翻過幾頁樂譜，然後一本書的邊角出現在我的眼前，是葛雷格利的日記！我差點忘記這東西還在這裡！這本書應該足夠讓我分心了。我把書帶到床上，用雙手翻閱，古老頁面映入眼簾。

我一翻就翻到了有萬聖節圖畫的頁面，發硬的照片形成了自然的書籤。於是我翻到開頭的地方。

今年孩子們為了慶祝萬聖節而舉辦派對，我想這麼做能讓他們忘記身邊發生的事情，但是在我看來，這種行為相當不識大體。在倖存的家庭之中，我們是少數還有些錢能過節的家庭，但這種小孩子的嬉戲玩耍，看起來只是一種浪費。

我再次看著圖片，特別對裡面的女孩感到好奇。她年紀多大？職業是什麼？身為葛雷格利．伊利亞的妻子快樂嗎？這個身分讓她受歡迎嗎？

我翻頁，發現下面不是一篇新文章，而是萬聖節那篇的接續。

我想，中國入侵之後，我們會看見自己的錯誤。這對我來說是顯而易見的。尤其在最近，看看我們變得多麼懶散。真的，也難怪中國如此輕易就能入侵，而我們得花上那麼長的時間，才具備反擊的能力。我們已經失去促使人們跨越海洋、度過駭人寒冬與內戰的那股精神。我們變得懶惰。在我們慵懶地休息時，中國也開始拿起韁繩。

特別是在過去幾個月，我感覺有一股力量在驅策，讓我想為戰爭付出更多，不只是在金錢方面，我想領導國家，我有想法，而也許是因為我一向慷慨解囊，現在是時候得到回報了。我們需要的是改變。我忍不住一直想，我會是那個唯一能改變現況的人嗎？

一陣寒冷的感覺竄過全身。我忍不住拿麥克森與他的前人比較。葛雷格利似乎受到啓發，他試圖拯救破碎的局面，試圖讓它完整。若他置身今日，對於當前的君主政體不知會作何感想？

那晚艾斯本悄悄從開著的房門溜進來時，我差點衝到門縫邊，告訴他我讀到的內容。但是我想起曾經向父親提起這本日記的存在，我已經一度違背了自己的誓言。

「妳還好嗎？」他問，並跪在我的床前。

「我想還可以吧。今天賽勒絲拿了這篇文章給我看。」我搖搖頭說。「我不確定自己還在不在意，眞是受夠她了。」

「我猜瑪琳走了之後，應該有一段時間不會再有人被送回家，對吧？」

我聳聳肩。我知道大眾期待看見人數減少，不過發生在瑪琳身上的事，比大家預期的更戲劇化。

「嘿，」他說。我的房門開著，燈也亮著，但是他冒險撫摸我。「一切都會沒事的。」

「我知道。我只是很想她，而且覺得很疑惑。」

「疑惑什麼？」

「所有的事情。我在這裡做什麼？我是誰？我以爲我知道……天啊，我甚至不知道該怎麼解釋這一切。」我腦袋裡想到的每一件事情都充滿感傷，讓我無法好好振作。

「妳知道自己是誰，亞美。別讓他們改變妳。」他的聲音好眞誠。有那麼一分鐘，我眞的很肯定：如果我忘記自己是誰，艾斯本會在這裡，引領我找回自己。

「艾斯本，我可以問你一件事嗎？」他點點頭。「這個問題有點奇怪，但如果擔任王妃並不表示我要嫁給某個人，假設那只是一項指派給我的工作，你認爲我能勝任嗎？」

艾斯本那雙綠色的眼睛倏地睜大，細細思考這個問題的可能性。

「抱歉，亞美，我想妳沒有那種特質，不像其他人那樣工於心計。」他的表情帶著一絲歉意，雖然我並不會因此覺得被冒犯。不過他的理由還是出乎我的意料。

「工於心計？怎麼說？」

他嘆了一口氣。「亞美，我整天東奔西走的，總會聽到一些風聲。南方的形勢很混亂，就是在低階級人口密集的區域。那裡的老衛兵說，南方人從來不特別贊同葛雷格利·伊利亞的做法，所以那裡有很長一段時間都動盪不安。傳言說，王后之所以深得國王寵愛，部分原因就是王后來自南方，能讓情勢和緩一段時間，但現在看來已經不是這樣了。」

此時，我又好想告訴他關於那本日記的事，但我還是忍住了。「這並不能解釋你所謂的工於心計。」

他猶豫了一會兒，然後說：「前幾天，在萬聖節活動之前，我在另一間辦公室聽到他們提起叛軍的支持者在南方。我被指派要看好那些公文，確保它們安全送達郵務中心。亞美利加，有三百個家庭遭到降階處分，就因爲他們沒有回報一些狀況，或是幫助被皇宮視爲威脅的人。」

我深吸一口氣。

「我知道很可怕。換作是妳呢？如果妳只會彈鋼琴，突然間要妳去做書記這種工作，妳可能連上哪兒混口飯吃都不知道，這還不夠明白嗎？」

我點點頭。「你……麥克森知道這些事情嗎？」

「我想他一定知道。他自己就是統治階級的一分子。」

我的內心並不想相信他認同這一切，但是他應該知情，只是他必須照著規則行事。

我有辦法像他一樣嗎？

「別告訴任何人，好嗎？說溜嘴的話，我的工作就不保了。」艾斯本警告我說。

「當然，我已經忘記你剛剛說的話了。」

艾斯本對我微微一笑。「我想念和妳在一起、遠離這一切的時候，我懷念我們的老問題。」

我笑了笑。「我懂你的意思。偷偷溜出我房間，比偷偷溜出皇宮容易多了。」

「到處找一分錢幣來給妳，比什麼都沒辦法給妳好多了。」他敲敲我床邊的玻璃罐。從前我在後院樹屋上爲他唱歌時，他總會給我一分錢幣作爲報酬，他認爲那是我應得的。這只罐子以前存了好幾百個一分錢幣。「直到妳離開的前一天，我才知道妳把這些錢都存了起來。」

「當然。你不在的時候，它們就是我的一切。有時候我會把它們倒在床上，再用手舀起來，擁有你碰觸過的東西感覺很美好。」我們的雙眼交會，那當下其他的事情都變得好遙遠。再次回到記憶的泡泡裡令人感覺欣慰，那是好幾年前我和艾斯本一起建立起來的默契。「你把那些錢拿去做什麼了？」

我離開的時候好氣他，所以把所有錢都還回去，只留下一枚黏在罐子底部的錢幣。

他微笑說：「它們還在家裡等著。」

「等什麼？」

他的眼神發亮。「這個不能說。」

我微笑並嘆氣。「好吧，守好你的秘密。別擔心你什麼都沒給我，我很高興你在這裡，至少你能和我一起解決問題，雖然一切已經和以前不同了。」

顯然這種關係對於艾斯本而言是不夠的。他的手伸進袖子底部，扯下一個金釦。「我真的沒什麼能給妳，但妳可以留著這個我觸碰過的東西，讓妳任何時候都能想起我，妳會知道我也在想妳。」

感覺好傻氣，卻讓我好想掉淚。我不自覺地拿艾斯本和麥克森比較，這似乎很難避免。即使現在從他們之中選擇已經變成遙遠的煩惱，我還是會把他們放在天平的兩端。

「給予」對麥克森而言易如反掌，他可以爲我恢復過往的節日，確保我擁有最好的一切，因爲整個世界都任他差遣。眼前的艾斯本，只給了我們偷偷獨處的片刻，還有連結彼此的小玩意兒，卻讓我感覺好多好多。

我想起艾斯本一直是這樣的，他爲我犧牲睡眠，冒著在宵禁時間外出的危險，爲我到處尋找一分錢幣。艾斯本的慷慨比較難以衡量，但背後的心意卻深重許多。

我用力擤鼻，努力克制自己不要哭泣。「我現在不知道該怎麼辦了，我……我還沒忘記你，好嗎？一切感情都還在。」

我把手放在胸口上，想告訴艾斯本我的心意，也想安撫那股奇怪的渴望。他懂的。

「這樣就夠了。」

14

隔天早餐的時候，我偷偷觀察麥克森。關於南方有些人民失去原本階級這件事，他知道多少？他只往我這邊看了一次，但感覺不是在看我，比較像在看我附近的其他事物。

只要我一覺得鬱悶，就會伸手碰觸艾斯本給我的鈕釦。「由於現在妳們人數很少，我想在明晚《報導》開始之前，我們先喝杯茶、聊聊天應該比較好，畢竟妳們之中有一人會成爲王妃，王后和我希望能有更多機會和妳們交談，了解妳們的興趣。」

我感覺有點緊張。我雖然欣賞王后，但不確定自己對國王有什麼感覺。其他女孩殷切地注視著國王，我則啜飲果汁。

「請在《報導》開始前一小時，到一樓沙發休息室集合。如果不熟悉位置也別擔心，房間門會打開，裡面會放音樂。在看見我們之前，妳們就會先聽見我們了。」國王呵呵笑著說。其他女孩也笑著回應。

不久之後，女孩們往仕女房移動。我嘆了口氣。

這房間是很大沒錯，有時卻令我感覺悶得要窒息了。我通常會努力和其他人互動，或是花點時間閱讀。但是今天我必須坐在電視前面，讓自己和賽勒絲保持距離。

這些女孩比平常還要聒噪。

「不知道國王想了解我們什麼？」克莉絲閒聊說。

「我們只要謹記詩薇亞教的儀態就行了。」愛禮絲理性地說。

「希望明晚侍女們會準備一件好禮服，我可不想再像萬聖節那次一樣，她們有時候還眞是腦袋有洞。」賽勒絲聽起來很嬌縱。

「我希望國王留鬍子，」娜塔莉滿懷期望地說。我轉過頭去，看見她的手在下巴做出撫摸鬍子的動作。「我想那樣會很好看。」

「是啊，可以想像。」克莉絲優雅地答話。

我搖搖頭，試著專注在眼前可笑的電視節目，但無論多麼努力，還是會一直聽見其他女孩的聲音。

午餐時，我已經緊張到快爆炸。他會跟我這個競選中僅存的出身最低的女孩說什麼？既然如此看不起我？

克拉克森國王說的沒錯，在找到沙發休息室之前，我就聽見鋼琴的旋律漂浮在空中了。這個音樂家很棒，比我優秀，這點是肯定的。

我猶豫了一會兒才走進去。我決定開口說話前先停下來仔細思考。我想證明國王的想法是錯的，也想證明那篇報導是錯的。即便會輸，我也不想用輸家的姿態返家。突然間，我驚訝地發現自己很在意這點。

我走進裡面，映入眼簾的是站在後牆的麥克森，他正在和蓋佛瑞說話，蓋佛瑞啜飲的飲料不是茶，是紅酒。麥克森突然分心，移開的視線移開掠過我，他的嘴做出一個「哇」的形狀。

我撇過頭，臉色漲紅，匆忙走開。接著我又冒險看他一眼，發現他正盯著我的身影。每當他這樣看我時，要保持理性思考眞的很難。克拉克森國王在一隅和娜塔莉說話，安柏莉王后在另一個角落和賽勒絲講話，愛禮絲正小口小口地喝茶，克莉絲則在房間內來回走動。我看著她經過麥克森和蓋佛瑞，她給蓋佛瑞一個溫暖的微笑，並轉過頭偷瞄了麥克森一眼。

「我覺得有一點緊張。」

之後，她朝我走過來。「妳遲到了，」她開玩笑地責罵。

「別擔心，其實還滿好玩的。」

「妳已經結束了？」如果國王已經至少和兩名女孩說完話，那麼我擁有的準備時間將比想像中少。

「是啊，過來一起坐吧，妳等待時我們可以喝杯茶。」

克莉絲拉我到小桌旁邊，一名侍女立刻接近我們，將茶、牛奶、糖在我們面前擺好。

「他問了妳什麼問題？」我直接進入重點。

「其實就是一般的聊天，我不認爲他眞的想知道什麼，比較像是想藉此掌握我們的個性。我們聊得很開心，我有讓他發笑！」她滔滔不絕地說。「眞是個很棒的經驗。妳天生幽默，所以妳只要像在對其他人說時那樣就可以了，沒事的。」

我點點頭，拿起茶杯。聽起來眞的還好。也許國王只是想親自認識我們。當事情攸關國家安全時，他必須果決、冷酷、反應迅速並刻意擺出姿態。但現在只是和一群女孩喝下午茶，他不需要那樣對待我們。

王后結束和賽勒絲的對話，現在正輕聲細語地和娜塔莉說話。娜塔莉的表情充滿愛慕，她夢幻的眼神看得我有點不舒服。但她是個直接的人，這種畫面還算新鮮。

克拉克森國王逐漸轉向賽勒絲，她對他露出一抹迷人微笑。好討厭，這個人到底有沒有羞恥心？

克莉絲的身體往前傾，摸摸我的禮服。「這個布料好神奇，再搭配妳的髮型，妳今天看起來就像夕陽一樣。」

「謝謝妳。」我邊說邊眨眨眼。光線聚集在她的項鍊上，讓她的喉嚨彷彿閃耀著銀色爆炸光束。「我的侍女才華洋溢。」

「眞的。我也很喜歡我的侍女，但如果我成爲王妃，我要偷走妳的！」

她發出笑聲，也許她只是在說笑，也或許是認眞的。但無論如何，一想到我的侍女替她的衣服縫邊就不舒服，但我還是勉強擠出一抹微笑。

「什麼事情這麼好笑？」麥克森邊問邊走過來。

「我們女生隨便聊聊而已。」克莉絲故弄玄虛地說。她今晚的精神眞的很好。「我正努力安撫亞美利加。等下要和你父親說話，她很緊張。」

眞是多謝了，克莉絲。

「妳不需要擔心的，自然就好，妳看起來已經美極了。」麥克森給我一抹開懷的微笑，他顯然正試圖再次打開我們溝通的管道。

「我也是這樣說的！」克莉絲大聲說。他們彼此互看一眼，感覺好像兩個人是同一國的，好詭異。

「那我就讓妳們女孩子好好聊吧，先再會了。」麥克森對我們兩人行了簡單的禮，然後走近他母親。

克莉絲看著麥克森離去，嘆了一口氣。「他眞是了不起。」她很快對我微笑一下，接著便走過去和蓋佛瑞交談。

我看著房間內的人跳著細緻的舞步，雙雙走過來一起講話，再分開去找新的夥伴。我很高興愛禮絲來到我這邊的角落陪我，雖然她沒說什麼話。

「喔，小姐們，時間過得很快，我們得趕緊下樓去了。」國王大聲說著。

我抬頭看看時鐘，他說的沒錯。我們還有十分鐘，可以下樓、坐定位、做好準備。

成爲王妃是什麼感覺、我對麥克森的感覺，或者我任何事情的感覺，這些都已經無關緊要了。國王很顯然覺得我不可能成功，根本懶得和我說話。我被排除在外，甚至是故意忽略，而且完全沒有人注意到這件事。

我努力振作撐完《報導》錄影，甚至還等侍女們離開房間，直到剩下我獨自一人的時候，我才崩潰大哭。我不確定如果麥克森來敲門時該怎麼回應，但這不重要，因爲他最後也沒有現身。

我不禁想，他正在享受誰的陪伴呢？

15

我的侍女彷彿是天上掉下來的禮物。她們沒問我爲何雙眼腫脹，也沒問我爲什麼枕頭上有哭過的痕跡，只是幫忙我重新振作。我讓自己好好享受一下她們的悉心照料。如果克莉絲把她們帶走，她們也會對新主子這麼好嗎？

我看著她們，反覆忖度，發現她們之間有種緊張的氛圍。瑪莉看起來大致正常，但顯得有點憂心。但是安和露西則故意避開彼此的視線，沒有必要就完全不說話。

我完全沒有頭緒到底發生了什麼事情？也不確定自己是否該詢問她們。在我憤怒或悲傷時，她們從未打擾。我想用相同方式對待她們不會錯的。

今天要待在仕女房很長一段時間，侍女們開始替我梳髮、更衣，我盡量不爲她們的沉默煩心。穿上麥克森爲我準備的、專屬於星期六的那條昂貴褲子時，我覺得心好痛，但我不該在這時沮喪。就算失敗也要維持姿態，這是我的原則。

我坐下來，開始茶和書本的一天。其他女孩還聊著昨天晚上的事……嗯，除了賽勒絲之外的女孩，她手邊還有一大堆八卦雜誌等著看。我懷疑她手裡那本是否有寫到任何關於我的事？

我內心掙扎著是否該去借那本雜誌，這時，詩薇亞抱著一大疊紙走了過來。很好，更多的作業。

「早安，小姐們！」詩薇亞輕聲說。「我知道星期六妳們會期待有訪客，但是今天王后和我有特殊作業給妳們。」

「是啊，」王后邊說邊走向我們。「我知道這個通知有點匆促，但是下個星期有客人來訪，他們會環遊全國，然後在皇宮停留，並見見妳們。」

「眾所周知，接待重要賓客的工作通常由王后負責，妳們都見過她以何種優雅姿態接待來自史汪登威的友人。」詩薇亞指向正端莊微笑的王后。

「然而，我們這次要接待來自德國聯邦和義大利的客人，他們比史汪登威的皇室重要多了。所以我們認為，這次外賓來訪會是一個很好的練習機會，尤其我國最近很專注在外交事務上。妳們將會以小組為單位練習接待外賓，工作包括準備餐點、娛樂活動以及贈禮。」詩薇亞解釋道。

我大口吸氣，她繼續說：

「維繫既有的良好關係，並與其他國家建立新關係，這對我們來說是至關重大的任務。我們已經針對與賓客互動應注意的禮儀，製作原則大綱和指導手冊，像是主持活動時，哪些事情會引起賓客不悅。然而，實際執行結果仍然掌握在妳們的手中。」

「我們希望盡量秉持公平原則，」王后說道。「把所有人放在同個競技場上應該是最好的做法。賽勒絲、娜塔莉和愛禮絲，妳們三個人一組，一起策畫接待工作。克莉絲和亞美利加，妳們就負責另一組賓客，由於少一個人，妳們會有多一天的時間準備。來自德國聯邦的賓客將於星期三抵達，然後我們在星期四接待來自義大利的賓客。」

一陣短暫的靜默，我們慢慢消化她的話。

「妳是說，我們有四天的準備時間？」賽勒絲尖聲說道。

「是的，」詩薇亞說。「但是身爲一個王后，她必須獨自處理相關工作，有時還是會臨時通知妳們。」

惶恐的感覺油然而生。

「可以麻煩把資料給我們嗎？」克莉絲說著並伸出手，我也不自覺地伸出手來。幾秒鐘之後，我們開始咀嚼這份文件。

「就算多一天的時間，還是很難。」克莉絲說。

「別擔心，」我向她保證。「我們會贏得比賽的。」

她緊張地笑了笑。「妳怎麼能如此確定？」

「因爲，」我堅定地說，「我絕對不會讓賽勒絲做得比我好。」

我們花了兩個小時才看完那包資料，然後又花了一個小時消化所有的內容。好多不同的事要顧慮，好多細節要計畫。詩薇亞說她會隨時從旁協助，但我有預感，請她幫忙會讓她覺得我們無法獨立完成，所以這個選項不存在。

場地布置是最艱難的挑戰。我們不能使用紅色花朵，因爲那令人聯想到秘密、禁忌；也不許使用黃色花朵，因爲象徵嫉妒；還禁止使用任何紫色物品，因爲會招來不吉利。

紅酒、佳餚，一切都得豐盛呈現。奢華並非炫耀，而是表現皇宮禮儀的方式。如果餐點不夠精美，我們的賓客可能會帶著毫無驚喜的感覺離開，可能再也不會拜訪。除此之外，重點是我們必須學習對方的文化與知識（表達方式、餐桌禮儀，以及其他諸如此類的事），克莉絲和我對此全然不知，只能透過這包資料了解。

這點真的很嚇人。

克莉絲和我一整天就在做筆記和腦力激盪中度過，其他人也在附近做相同的事。這個下午相當漫長，我們全部聚在一起爭相發牢騷，抱怨自己比較倒楣，那個畫面其實還滿好笑的。

「妳們兩個至少還多一天能準備！」愛禮絲說。

「但是伊利亞和德國聯邦本來就是同盟關係，義大利人很可能會討厭我們做的每一件事！」克莉絲擔憂地說。

「妳們知道我們得穿深色服裝嗎？」賽勒絲發牢騷說。「這些行程、活動可能會非常……嚴肅。」

「反正我們也不希望隨隨便便啊。」娜塔莉說著輕輕晃動身體，好像覺得自己的笑話很幽默。我微微一笑，然後繼續說：

「我們應該要盛裝打扮，戴上最好的珠寶首飾。」我教導她們說。「想營造良好的第一印象，外表很重要。」

「謝天謝地，我會從這些笨蛋禮服中選一件，好好打扮的。」賽勒絲嘆氣說，並搖搖頭。

我們所有人顯然都很痛苦。經歷過瑪琳的事、國王無視於我的舉動，到現在看見大家這麼苦惱的模樣，奇怪的是我覺得很欣慰。坦白說，我覺得在接待結束時自己一定會變成偏執狂。我很必確信另一組的其中一人（尤其是賽勒絲）可能企圖破壞我們的接待計畫。

「妳的侍女忠誠度如何？」晚餐的時候，我問克莉絲。

「很忠心啊，為什麼這麼問？」

「我在想，是不是該把一些東西放在我們房間，不要放在接待室。妳懂的，以免讓其他女孩有機會竊取我們的想法。」這只是個小謊。

她點點頭。「很棒的想法耶，尤其我們排後面，看起來會像是我們抄襲她們。」

「沒錯。」

「妳好聰明，亞美利加。難怪麥克森以前那麼喜歡妳。」她說完後繼續吃飯。

她故作輕鬆，但我可沒漏聽「以前」兩個字。也許就在我煩惱自己是否能勝任王妃、猶豫是否要當第一階級的時候，麥克森早就忘了我。

我說服自己，她這些話只是想讓自己對她和麥克森的關係更有信心。況且，瑪琳被執鞭刑也不過是幾天前的事，她怎麼可能知道這段期間發生過什麼？

警報器發出刺耳的鳴響，把我從睡夢中吵醒。這聲音好陌生，我完全不清楚是什麼情況，只覺得腎上腺素激增，心臟跳得好厲害。

一秒鐘之後，我房間的門倏地打開，一名衛兵跑進來。

「衰爆了、衰爆了、真的衰爆了！」他重複這些話。

「怎麼了？」艾斯本朝我跑過來時，我無力地說。

「亞美，快起床！」他催促說，我只好照他的話做。「該死的鞋子在哪？」

鞋子？所以他要帶我去某個地方。這時我才了解警報聲的含意。麥克森告訴過我，以前叛軍偷襲皇宮時會有警報器提醒，但是警報器在最近的一次攻擊行動中被全部拆下，而現在應該是修好了。

「這裡！」我找到鞋，把腳滑進去。「我得拿外袍。」我指著床鋪底下說，艾斯本抓起我的外袍，試著替我攤開。「算了，我拿著就好。」

「妳得快一點！」他說。「我不知道他們離我們多近。」

我點頭並朝著門口走去，艾斯本的手放在我的背上。快到走廊時，他把我拉回來，回過神我才意識到自己正被親吻著，那是狂野而深刻的一吻。他把手放在我的頭後，碾著我的雙唇好長一段時間。他彷彿忘記我們的處境有多麼危險，他的手攬著我的腰，往他的身體靠近，忘情地吻我。距離他上次這樣吻我已經好久好久，由於我心意不定，也擔心被人撞見，但是今晚我可以感受到他的迫切，如果出了什麼事，這可能會是我們的最後一吻。

他想讓這個吻印象深刻。

我們退後一步分開，幾乎不再多花一秒看彼此一眼。他拽著我的手臂，推我出去門外，「趁現在，快走！」

我急忙奔至隱藏在走廊盡頭的秘密通道。推開那道牆之前，我回頭看艾斯本的背影，他正彎過一個轉角。

我無能為力，只能自己逃跑，於是我盡全力以最快的速度奔跑。黑暗之中，我沿著陡峭樓梯走下，這條通道連接到為皇室成員準備的安全密室。

麥克森曾經告訴我，叛軍有兩種：北方叛軍和南方叛軍。北方叛軍的目的是騷擾我們，但南方叛軍會置我們於死地。我希望無論自己在躲避什麼，那些人的目的都只是騷擾、不是殺人。

我走下階梯，冷風颼颼。我想穿上外袍，但害怕自己會跌倒。看見安全密室的燈光時，我才覺得腳步比較穩當。我從最後一階跳下，在一群衛兵的身影之間，看見一個人的身形——麥克森。雖然很晚了，他還是穿著西裝褲和襯衫，是有點皺，但不至於太難看。

「我是最後一個人嗎？」我一邊接近，一邊穿上外袍。

「不是，」他回答道。「克莉絲還在外面，愛禮絲也是。」

我看著身後彷彿無止盡綿延的黑暗長廊，在長廊的兩端可以看見三、四座階梯的骨架，秘密地連接著上頭的皇宮，階梯上則空空如也。

如果麥克森對我說的是實話，那麼他對克莉絲與愛禮絲並沒有特別的感覺。然而，他還是流露出為她們擔憂的神情。他揉揉太陽穴，引頸期盼，好似在黑暗中這些動作能有什麼幫助。我們看著彼此身後的階梯，衛兵則沿著門邊巡視，顯然焦慮著想早點關上門。

突然間，他嘆口氣，手放在臀部上。接著，他毫無預警地把我抱住，我忍不住也緊緊擁抱著他。

「妳或許還很生氣，沒關係，總之我很高興妳沒事。」

萬聖節之後，麥克森就沒碰過我。其實還不到一星期的時間，但不知爲何感覺卻像是隔了永遠那麼久。也許是因爲那晚發生很多事情，而在那之後，又發生了更多事情。

「我也很高興你沒事。」

他抱我抱得更緊。忽然，他倒抽一口氣說：「愛禮絲。」

我轉過去看見她單薄的身軀從樓梯上走下。克莉絲去哪裡了？

「妳應該進去裡面了，」麥克森溫柔地敦促我。「詩薇亞在等著，我們晚點再聊。」

他給我一抹充滿希望的淺笑，並點頭示意。我朝著房間前進，愛禮絲跟在我身後。我發現她在哭，於是伸出一隻手臂摟著她的肩膀，她也以同樣的動作回應我，很高興有人一起作伴。

「妳剛剛在哪裡？」

「我想我的侍女病了，所以她幫我時動作有點慢。警報器讓我很害怕，我推了四面牆壁，才找到正確的地方。」說到自己的健忘，愛禮絲忍不住搖頭嘆氣。

「別擔心，」我抱著她說。「妳現在很安全。」

她自顧自地點點頭，試著放慢呼吸。在我們五個人之中，她肯定是最嬌弱的一個。

繼續往前走，我看見國王和王后緊靠著坐在一起，兩個人都穿著長袍和室內鞋。國王的膝蓋上有一小疊文件，他似乎想用躲在下面的時間工作。王后身邊有位侍女正在幫她按摩一隻手。他們臉上的表情都很凝重。

「怎麼，這次沒帶侍女下來啊？」詩薇亞開玩笑地說，讓我們的注意力轉移到她身上。

「她們不在房間裡。」我說，忽然很擔心她們的安危。

她露出溫柔的微笑。「我相信她們會沒事的。走這邊吧。」

我們跟著她到了表面凹凸不平的牆邊，前面放置了一排吊床。上次來這裡的時候，房間的維護人員想必還沒準備好迎接喧囂吵鬧的王妃競選女孩。那次之後，他們顯然有所改進，不過更新消息的速度還是慢了點，因爲他們準備了六張床。

賽勒絲蜷臥在最靠近國王與王后的那張床上，但還是與他們有段距離。娜塔莉坐在賽勒絲旁邊的床上，正在編著她的一小撮頭髮。

「我希望妳們能好好睡覺，接下來一個星期是重頭戲。如果妳們非常疲憊，我也不能要求妳們策畫什麼。」詩薇亞說完便離開，大概是去找克莉絲了。

愛禮絲和我嘆了一口氣。我不敢相信，都這種情況下他們還要我們擔心接待外賓的事。難道大家還不夠難受嗎？我們放開彼此，走到相鄰的兩張床邊。愛禮絲迅速地竄進被子裡，肯定累壞了。

「愛禮絲？」我輕聲問，她抬頭看我一眼。「如果妳需要什麼就告訴我，好嗎？」

她微微一笑說：「謝謝妳。」

「不客氣。」

然後她翻身過去，似乎幾秒鐘之內就入睡了。之後門邊傳來吵鬧聲，她還是沒轉過身來。我往後一看，麥克森帶著克莉絲進入安全密室，詩薇亞則緊跟在旁。她進來之後，房門立刻就關上。

「我絆倒了，」她對憂心忡忡地詩薇亞解釋。「我想腳踝應該沒有骨折，但是眞的好痛。」

「後面有繃帶，我們至少先包紮一下。」麥克森指示說，詩薇亞快步走開去找繃帶，經過我們面前時，她命令說：「快睡覺！馬上睡覺！」

我發出嘆息。並不是只有我很緊張，娜塔莉也正大步走動，賽勒絲看起來很不悅。我重新檢視自己，如果我的舉止像她一樣，那麼我得改善。雖然不想睡，但我還是爬進自己的床，面對著牆壁。

我試著不去想艾斯本正在上面作戰，或是我的侍女可能來不及去她們的藏身處。我盡量不去擔心敵方可能是南方叛軍，想趁著我們睡覺時殺死所有的人。

但我還是一直想著這些問題。身心俱疲的我，總算在那張又冷又硬的小床上睡著了。

我醒來時不知道已經幾點，但我們進到安全密室之後，肯定過了好幾個小時。我翻個身看向愛禮絲，她正安穩地睡著。國王正在讀報，雙手迅速翻閱，王后枕在椅背上休息，她睡覺時看起來更美麗動人。

娜塔莉還在睡，或者看起來像在睡。但賽勒絲醒了，她一隻手臂撐著身體，看著房間另一端，眼神充滿怒火，那通常是用來看我的眼神。我循著她的視線看去，前方是克莉絲和麥克森。

克莉絲和麥克森坐在彼此身旁，他的手臂環繞著她的肩膀。克莉絲的雙腳蜷起至胸前，她雖然穿著外袍，但彷彿覺得很冷。她的左腳踝綁著繃帶，但似乎完全不以爲意。他們低聲交談，臉上帶著微笑。

我不想看，所以轉過身去。

等到詩薇亞拍拍我的肩膀叫醒我時，麥克森已經不在，克莉絲也離開了。

16

我沿著昨晚來時的階梯回到上面，眼前的景象告訴我，入侵皇宮的一定是南方叛軍。我房間前面的走廊上有一小堆破瓦殘礫，我必須跨過它們才能走到房門前。

一般來說，皇宮內部應該大致上整理完畢之後，我們才可以離開安全密室。然而這次的情況大概太過慘烈，若要讓工作人員清理完，我們可能得等上整天才能出來。遙遠一端的牆壁邊，有一群侍女正在將牆壁上的字刮掉。上面寫著：

我們來了。

這句話重複出現在走廊上，有些是用泥巴寫，有些是用油漆寫，還有一處看起來像用鮮血寫下。一陣寒顫流竄過我的身體。那究竟是什麼意思？

我站在原地，侍女們急奔至我身邊。「小姐，妳還好嗎？」安問我。

她們突然出現嚇了我一大跳。「很好，我沒事。」我回頭看著牆上的那些字。

「來吧，小姐，讓我們幫妳梳洗一下。」瑪莉堅持說。

我照著她的話做。眼前的景象令我有點震驚，困惑得無法做任何事。她們從容不迫地工作，就像平常一樣，藉由梳洗程序安撫我的情緒。她們的手讓人感到安穩，就連露西的手都很鎮定。

等我準備好的時候，一位侍女過來護送我到外面，很顯然我們今天早上就要開始工作了。在安傑拉斯的陽光照耀下，粉碎的玻璃與牆面上毛骨悚然的字句，都能很輕易地被拋諸腦後。麥克森、國王和顧問大臣們也都站在桌邊，審閱一疊一疊的文件，然後做出決策。

王后則坐在帳篷下讀著文件，向身邊侍女交代一些細節。在她身邊的是愛禮絲、賽勒絲以及娜塔莉，她們在桌邊討論接待計畫，全神貫注，彷彿已經忘記昨晚的情況有多麼混亂。

克莉絲和我坐在草坪的另一邊，一頂類似的帳篷下，但是進度緩慢。我今天不大想和她說話，因爲我得努力把她跟麥克森在一起的景象趕出腦袋。我看著她在詩薇亞給我們的文件上好幾個地方畫線，並在頁面空白處做筆記。

「我大概已經知道怎麼準備我們的花了。」她頭也沒抬地說。

「喔，很好啊。」

我的眼神飄向麥克森。認眞看就能發現，國王對於麥克森的意見充耳不聞。我不明白，若他眞的擔心麥克森是否勝任國王，就應該確實教導麥克森，而不是因爲他可能犯錯就不讓他嘗試。

麥克森把文件移來移去，抬頭一看發現我在看他，於是揮了揮手。正當我想舉手時，眼角餘光卻瞥見身後的克莉絲正熱情地揮手回應。我把注意力移到文件上，努力克制不准自己臉紅。

「妳說，他是不是很帥氣？」克莉絲問道。

「是啊。」

「我不停想像孩子的頭髮可能會像他，眼睛像我。」

「妳的腳踝好點了嗎？」

「喔，」她邊說邊嘆氣。「還是有點痛，但是艾許勒醫生說，到接待的第一天就沒問題了。」

「很好，」我總算抬起頭，「我可不希望義大利人來的時候，妳還跛腳走來走去的。」我試著讓自己聽起來很友善，但我看得出來，她對我的語氣充滿疑惑。

她張嘴想回話，卻很快又往其他方向看。我循著她的目光，看見麥克森正朝著男侍爲我們準備的點心桌走去。

「我很快就回來。」她急忙說完，便一瘸一拐地朝麥克森走過去，走路的速度比我推測的快。

我忍不住一直觀望。此時，賽勒絲也走過去。他們三人一面倒水或拿小三明治，一面小聲說話。賽勒絲說了些話，麥克森聽完便笑了出來。克莉絲也露出微笑，但顯然覺得賽勒絲很煩人，打斷她和王子的相處。

這一刻，我對賽勒絲幾乎充滿感謝之意。她惹惱我好幾百次，但是利用一下這種情況也無妨。

國王因爲某件事對一位顧問大臣破口大罵，我倏地轉向國王那邊，雖然沒聽見詳細內容，但是聽起來他似乎勃然大怒。我的視線來到國王肩膀後面，是艾斯本正在來回巡視。

他偷偷往我這裡看了一眼，冒著險對我迅速眨了眨眼。我知道他的用意是要我別擔心，這個動作還眞管用。然而，我依舊忍不住納悶：他昨晚到底發生什麼事？怎麼現在走起路來有點跛，一隻眼睛還受傷綁了繃帶？

我不停思考有沒有方法能不著痕跡地請他今晚來找我，這時，皇宮門內傳來一聲喊叫。

「叛軍！」一名衛兵大吼說。「快跑！」

「什麼？」另一名衛兵大叫回應，語氣困惑。

「叛軍！在皇宮裡面！他們來了！」

我想起今天早晨牆壁上那些威脅字句：我們來了。

事情來得突然。侍女們領著王后朝向皇宮的遠端，一些人拉著她的手，協助她走快點，其他人則忠心耿耿地跟在後面，保護她不受到攻擊。

賽勒絲的一身紅色禮服非常醒目，她跟在王后的後面，理所當然覺得那是最安全的方向。麥克森抱起腳受傷的克莉絲，轉過身交給最近一名衛兵，那個人正好就是艾斯本。

「快跑！」他對著艾斯本大吼。「快跑！」

深怕出差錯的艾斯本，抱著克莉絲一古腦往前衝，彷彿她沒什麼重量。

「麥克森，不！」她轉過去，在艾斯本的肩上大叫。

皇宮的門開著，我聽見裡面傳來很大聲的「砰！」。我發出尖叫。幾名衛兵把手伸進深色制服裡掏出槍，我才明白那是什麼聲音。接著又出現兩聲「砰」，回過神我才發現自己僵在原地，人群在我身旁移動著，一陣混亂。衛兵們把大家趕到皇宮兩側，並催促他們快點移動。這時候，一群身著破爛長褲和耐磨外套的人從宮中蜂擁而出，他們背著背包或腰邊繫著小書包。接著又是槍擊聲響。

我終於想到自己該移動腳步，於是轉過身，不假思索地拔腿就跑。

叛軍由皇宮內朝外面湧出，所以逃離他們是很合理的作法，但我卻被逼向一片偌大的森林，後面則有大群叛軍追捕。我跑著跑著，腳上的平底鞋讓我滑倒好幾次，我在想是不是該脫掉，最後決定穿著滑溜的鞋子還是比打赤腳好。

「亞美利加，」麥克森叫我。「不！回來！」

我冒著風險回頭窺看，發現國王正抓起麥克森西裝外套的領子，把他拉走。我看見麥克森的視線緊緊盯著我，眼神裡充滿恐懼，然後槍擊聲又響起了。

「蹲低一點！」麥克森大聲喊叫。「你會打到她的！快停火！」

接著又幾聲槍響，麥克森持續厲聲發號施令。我跑遠之後便聽不見任何聲音了。我跑過田野，發現自己孤身一人。麥克森被他的父親阻止，艾斯本在執行任務，出來找我的衛兵也被叛軍擋住，我能做的只有逃命。

恐懼令我加快腳步。進入森林後，我不可思議地發現自己避開樹叢的身手還不賴。地面踩起來乾燥而扎實，連月未雨的氣溫炙熱。我隱約感覺雙腿可能被刮傷了，但並沒有慢下來查看傷勢。

我汗如雨下，禮服緊黏在胸前。還在家裡時，我有時候會跑來跑去和傑拉德玩，或許只是想讓自己筋疲力竭。但是在皇宮待了好幾個月，頭一次過著飽嚐真正佳餚的生活，我現在深深覺得肺好像要燒起來了，雙腿也好刺痛。雖然如此，我還是一直奔跑。

跑得夠遠時，我回頭查看與叛軍的距離。耳朵裡響著脈搏的咚咚聲，所以我聽不見任何聲音。我再檢查四周，也沒看見任何人。他們還沒在這片暗林裡發現我這身亮眼的禮服，此刻正是躲起來的大好機會。

我一直走，直到發現一棵足夠掩護我的樹木。我找到一枝夠低的樹枝，抓著它爬上去。我脫下鞋，把它們丟得遠遠的，希望鞋子不會帶領叛軍找到我。我往上爬，不過沒辦法爬很高。我用背貼著樹，盡可能讓自己變得渺小不被看見。

我專注放慢呼吸，深怕呼吸聲會洩露行跡。但是後來當我的呼吸聲清晰可聞，這裡依舊非常安靜，所以我想我已經甩掉他們了。幾秒鐘之後，我聽見清楚的窸窸窣窣聲音。

「我們應該晚上來的。」一個男孩說。

他們在奔跑，或者說勉強試著奔跑，聽起來他們是匆忙逃離皇宮的。

「讓我拿一些行李。」他提議說，聲音感覺離我很近。

「我可以的。」一個女孩回答。

我屏住氣息，看著他們經過我正下方的樹下。正當我以爲自己能安全過關時，女孩的背包裂開了，一堆書掉在地上。她拿這麼多書幹嘛？

「去他的！」她咒罵說，並跪在地上。她穿著一件牛仔夾克，上頭重複繡著某種花的圖樣，穿這樣肯定熱斃了。

「就跟妳說我可以幫忙拿。」

「閉嘴！」女孩說，並打鬧似地推了一下那個男孩的大腿，看得出來他們感情很好。

遠方傳來哨聲。

「那是傑洛米嗎？」她問。

「聽起來像是他。」他彎下腰，撿起幾本書。

「先去找他，我跟在你後面。」

男孩看起來有點猶豫，但是最後同意了。他親吻了一下她的額頭，然後跑開。

女孩撿起剩下的書，拿刀把背包帶子切斷，然後再綁在一起。

她站起來的時候，我鬆了一口氣，以爲她會開始移動。但她把頭髮往後一撥，露出整張臉，抬頭看向天空。

然後，她看到了我。

現在，我怎樣保持安靜無聲都沒救了。如果我大聲尖叫，衛兵會來嗎？還是會引來其他附近的叛軍？

我們兩個大眼瞪小眼。我等著她叫其他人來，不管他們準備對我做什麼，希望都不會太痛苦。

但是她並沒有發出任何聲音，只是輕笑一聲，覺得我們的情況很滑稽。

另一個哨聲響起，與上次有點不同。我們同時往那個方向看，然後又互看一眼。

接著，意想不到的情況發生了，她將一隻腳晃到另一隻腳後面，身體放低，行了個優雅的禮，讓我震懾不已。她站起身來，微笑著朝哨聲的方向跑去。我看著她的背影，幾百朵刺繡小花，就這麼消失在樹林間。

感覺超過一個小時之後，我決定下來。我繞著樹幹根部，試著找出我小小的白色便鞋，但是一無所獲。我放棄了，覺得自己應該走回皇宮。

然而，我看看四周，發現自己顯然回不去了。我迷路了。

17

我坐在樹底下，雙腳蜷在胸前等待。媽媽總是說，迷路時應該在原地等候，這給了我一些時間思考來龍去脈。

叛軍怎麼可能連續兩天襲擊皇宮？自從王妃競選開始以來，外面的情況變得很糟糕嗎？據以前在卡洛林納省得知的消息，再對照待在皇宮的實際經驗，這次根本是史無前例的攻擊行動。

我的雙腿上有一大堆刮痕，停止藏匿、恢復冷靜之後才感覺刺痛。大腿內側還有個不知打哪兒來的小瘀傷。口好渴。一坐下來，這一整天心理、身體上的折磨，令我身心俱疲。我將頭靠著樹幹，閉目養神。我想保持清醒，但還是敵不過睡意。

一會兒過後，明顯的腳步聲讓我的雙眼倏地睜開。這片森林本來並沒有這麼暗啊？我睡了多久？

我的直覺反應是爬回樹上。我繞到另一邊，踩到叛軍女孩留下的破背包，接著就聽見有人喊我的名字。

「亞美利加小姐！」有人說。「妳在哪裡？」

「亞美利加小姐？」另一個人大聲叫道。過了一會兒，某人大聲下令說：「仔細檢查每個地方，如果他們殺了她，可能會把她吊起來或是埋起來。小心查看！」

「是，長官！」一個男人答話說。

我一邊窺看樹木周圍，一邊專心聆聽。我瞇著眼睛，試著辨別出黑影之間移動的身形，不大確定他們是否是來救我的人。但是其中一名微微跛腳、動作卻很迅速的衛兵，讓我確定自己是安全的。

一抹微微的陽光掠過艾斯本的臉龐，我跑過去大叫：「我在這裡！」

我直接奔入艾斯本的臂彎，這是我頭一次不在乎被任何人看見。「謝天謝地！」他的氣息吹入我的頭髮，接著他轉向其他人說：「我找到她了！她還活著！」

艾斯本彎下腰抱我起來。「我快嚇死了，我以為我們會找到妳的屍體。妳有受傷嗎？」

「我的腳受了點傷。」

一秒鐘後，幾名衛兵圍繞著我們，稱讚艾斯本的功勞。

「亞美利加小姐，」負責指揮的衛兵說，「妳有受到任何傷害嗎？」

我搖搖頭。「只是腳上有些刮傷而已。」

「他們有企圖傷害妳嗎？」

「沒有，他們沒追上我。」

他看起來有點吃驚。「我不相信。其他女孩都沒有跑贏他們！」

我露出微笑，總算放鬆下來。「其他女孩都不是第五階級。」

幾名衛兵呵呵輕笑，其中也包括艾斯本。

「好樣的，我們送妳回去吧。」指揮官走在我們前面，並對其他衛兵發號施令：「提高警戒！他們可能還在這個區域逗留！」

我們移動的時候，艾斯本對著我輕聲說話：「我知道妳手腳很快，又聰明，但我還是擔心死了。」

「我對那位軍官說了謊。」我輕聲說。

「什麼意思？」

「最後他們還是有看到我。」

艾斯本驚恐地看向我。

「他們什麼都沒做，但有個女孩發現我的藏身之處，她對我行個禮之後就走掉了。」

「行禮？」

「我也很驚訝。她看起來完全沒有怒意，也不具威脅。事實上，她看起來就像個普通女孩子。」

我思考著麥克森所說的兩支叛軍軍團的差別。這個女孩肯定是北方叛軍，她沒有侵略意圖，只想完成工作。然而，昨晚的叛軍毫無疑問是來自南方。難道今天這起攻擊不是一記回馬槍，而是由不同的人馬發動的？難道北方叛軍時常監看著我們，等待我方費盡力氣的時刻？一想到他們這麼嚴密監視皇宮，就覺得有點害怕。

此外，這起攻擊簡直可笑。他們就這樣從前門走進去嗎？他們在皇宮內蒐羅了多久的寶物？這讓我想起一件事情。

「她拿了書，很大量的書。」我說。

艾斯本點點頭。「叛軍似乎常常這樣，我們完全不懂他們拿書做什麼。我的猜測是點火燃燒，他們住的地方可能很冷。」

「嗯……」我應了聲，並沒有正面回答他。如果我需要點火取暖，我可以想到比皇宮更容易取得物資的地方。而且那女孩心急如焚地撿起書的模樣，讓我更確定事情並不單純。

我們緩慢、穩定地步行了一個小時，才回到皇宮。雖然艾斯本負傷，但是一路上都穩穩抱著我，從未鬆手。他看起來樂在其中，而我也很喜歡這樣。

「我接下來幾天可能會很忙，但我會盡快去看妳的。」艾斯本低聲對我說，這時我們正穿過一片如茵的大草坪，馬上就能回到皇宮。

「好。」我輕輕回答。

他的臉上漾起微笑，我和他一起看著前方景致。傍晚的夕陽下，皇宮以及每層樓的窗戶都閃閃發亮，我從來沒看過這種景象，美麗極了。

我以爲麥克森會在後門等我，但是他沒有，其他人也沒有。艾斯本遵照命令帶我到醫療中心，艾許勒醫生立刻開始處理我腳上的傷，另一名衛兵則跑去通知皇室成員我還活著的消息。

我的歸來似乎不是件重要的事。我一個人躺在病床上，雙腿綁滿許多繃帶，一直保持這個狀態直到入睡。

我聽見有人打噴嚏。

我打開雙眼，困惑了一秒鐘，才想起我在哪裡。我眨眨眼睛，環顧房間四周。

「我不是故意要吵醒妳的。」麥克森壓低聲音說。「你應該回房睡覺。」他從我床邊的椅子上站起來。他離我很近，就算把頭靠在我的手肘上休息也沒問題。

「現在幾點？」我揉揉雙眼問。

「快兩點了。」

「凌晨嗎？」

麥克森點點頭。他小心翼翼地看著我，我突然很擔心自己是什麼德性。回來之後我洗過臉，也把頭髮紮起，但是我很確定臉頰上有枕頭的印痕。

「你都沒睡？」我問。

「有啊，只是今天太緊張，睡不安穩。」

「職業傷害？」我微微坐起。

他對我露齒一笑。「大概是吧。」

我們不約而同地沉默了，不確定接下來該說什麼。

「今天在森林裡時，我想到一些事情。」我不經意地提起。

他知道我順利度過這次意外，保持微笑說：「喔，是嗎？」

「是關於你的。」

他距離我只有兩、三公分，棕色雙眼專注看著我。「講給我聽。」

我開口說：「昨晚愛禮絲和克莉絲還沒到庇護所的時候，我看到你有多擔心。然後今天叛軍入侵時，你試著跑出來追我。」

「我盡力了，真的很抱歉。」他搖搖頭，很慚愧自己力不從心。

「我沒有生氣！」我解釋說。「但我一個人在外面時，我想著你可能有多擔心我和其他人。我不敢說知道你對我們每個人的感覺，但是你和我現在的關係並不是很好。」

他咯咯地笑著。「我們曾經很好過。」

「但你還是來追我了。你把克莉絲交到其他衛兵手上，因爲她跑不動。你從不放棄保護我們，所以你怎麼可能傷害我們其中任何一個呢？」

他靜靜坐著，不確定我接下來要說什麼。

「我現在明白了，如果你這麼關心我們的安危，你不會想對瑪琳那麼殘忍的。我很確信，如果你辦得到，你一定會阻止。」

他嘆了一口氣說：「絕對會。」

「我知道。」

麥克森試探地伸手握住我的手，我沒有反抗。「記得我說過，我會證明給妳看嗎？」

「記得。」

「別忘記，好嗎？就快了。以我的地位，很多事我只能默默接受，它們不見得都是好事。但是透過忍耐……有時候可以成就更偉大的事。」

我不懂他的意思，但還是點點頭。

「不過，要等妳完成接待計畫才會懂。妳的進度有一點落後。」

「啊！」我把手從麥克森的手中抽回，摀住眼睛。我完全忘記接待外賓的事了。「我們還必須執行計畫嗎？才剛發生兩起叛軍攻擊耶！而且我今天整天在森林裡迷路，我肯定會搞砸的。」

麥克森一臉同情的樣子。「妳得努力撐過去。」

我往枕頭撲過去。「這肯定是場災難！」

他笑呵呵地說：「別擔心，就算妳做的不比其他人好，我也不會考慮把妳踢出去。」

這番話聽起來意味深長。我把背打直。「你是說，如果其他人做得不好，其中一個人就可能會被踢出去囉？」

麥克森猶豫了一會兒，顯然不確定該如何回答。

「麥克森？」

他嘆了口氣。「兩週後，我就要減少更多人數，接待成果應該是重要的參考依據。妳和克莉絲的客人本來就比較難應付，外交關係剛成立，參與接待的人又比較少。雖然義大利文化比較活潑，但他們很容易動怒，而妳幾乎沒什麼時間準備……」

不知道我的臉是不是像床單一樣慘白。

「我不應該幫忙的，但如果妳有任何需要，請告訴我。我不能把妳們倆當中任何一個人送回家。」

我們第一次爭吵是爲了賽勒絲，一件很蠢的事，那時我覺得自己的心有一部分因爲麥克森而破碎了。接著瑪琳突然離開，那種感覺又回來了。我以爲每一次發生這種事，我的心就會慢慢粉碎，最後什麼也不剩，但我錯了。

現在我躺在醫療中心，發現自己爲麥克森完全心碎。這種痛是過去的我無法想像的。直到剛剛，我都能說服自己他和克莉絲之間的事只是我捕風捉影，但是現在我很確定。

他喜歡她，也許就像喜歡我一樣。

對於他主動提出幫忙，我點頭致意，但無法再多說任何話。

我告訴自己應該把心收回來。麥克森和我剛開始也只是朋友而已，而或許我們應該維持好朋友的關係。我表面平靜，其實深受打擊。

「我該走了。」他說。「妳該睡了，今天發生很多事。」

我翻了個白眼。那些根本不算什麼。

麥克森起身並順順他的西裝。「我有好多話想跟妳說。我今天眞的以爲會失去妳。」

我聳聳肩說：「我沒事，眞的。」

「今天有好長一段時間，我得強迫自己做最壞的打算。」他停頓了一下，仔細衡量用字遣詞。「在所有女孩當中，我通常最能和妳輕鬆討論彼此的關係，但是我感覺現在談這些不是很明智。」

我輕輕點頭。我無法釐清對他的感覺，畢竟他顯然也喜歡著別人。

「看著我，亞美利加，」他溫柔地要求。

於是我看向他。

「我可以等，我只是希望妳知道……看到妳在這裡，我內心有一種無法言喻的感受，鬆了一大口氣。總而言之，我從來沒有這樣心懷感激。」

我驚訝得無法言語。他總能輕易碰觸我內心最羞澀的部分，我擔心自己太容易相信他的話了。

「晚安，亞美利加。」

18

不確定現在是星期一晚上，還是星期二凌晨？忙到好晚好晚，完全忘了時間。

克莉絲和我整天都在工作，忙著找出幾條合適的長布讓男侍們披掛，還要挑選我們的服裝和珠寶、選定瓷器、擬好大致的菜單、上義大利文課……不過我懂西班牙文，這兩種語言太相近了，所以學得很快。這算是我的優勢，克莉絲能做的只有盡力跟上。

我應該已經筋疲力竭，但麥克森那番話不斷在我腦中盤旋。

他和克莉絲發生了什麼事？為什麼他們突然變得這麼要好？我還需要在意這種事嗎？

但這就是麥克森對我的意義。

即便我努力把他推開，我還是在意他，還不想完全放棄。

一定有辦法能弄清楚一切。我思考每一件發生的事，試著把我的問題一一分開來看，它們似乎可以歸納成四大類：

我對麥克森的感覺、麥克森對我的感覺、艾斯本和我之間的事，以及我對於成為王妃眞正的想法。

其中王妃的問題似乎最容易處理。至少就這個領域而言，我有其他女孩沒有的指引，我有葛雷格利。

我走到鋼琴椅邊，拿出他的日記，全心全意企盼他能給我一些智慧。他並非出身皇室家族，他勢必要調整心態。根據他在萬聖節那篇開頭所說的，他已經準備好迎接未來的巨大改變。

我翻開封面，小心翼翼地翻閱，潛入書本的世界。

我想要具體實現古老的美國思維。我擁有完美的家庭和財富，都與古老的美國形象相符，因為它們並非傳承自任何人。認識我的人都知道，我有多麼努力工作，才能擁有今天的一切。我其實能利用今天的地位，給予生活匱乏的人們福祉，這個想法讓我從厚顏無恥的億萬富翁，變成一位慈善家。然而，我不能因此自滿。我必須更努力，成為影響力更大的人。現在的統治者是瓦利斯，不是我。我得想個辦法，名正言順地給予人民一切所需，這樣看起來才不會像是篡位者。相信由我領導國家的那一天終會到來，屆時我就能做自己認為適當的事。至於現在，我會遵循遊戲規則，能做多少算多少。

我試著從他的字裡行間撿拾智慧。他說「利用你的地位」。他說「遵守遊戲規則」。他說「不要害怕」。

然而這些話對我一點幫助都沒有。既然葛雷格利讓我失望了，全世界就只剩下一個值得信任的人。我走到書桌前，拿出筆和紙，動手寫封簡短的信給爸爸。

19

隔天飛也似地過去，克莉絲和我來到另一組女孩們的接待會場，身穿保守的灰色禮服。

「有什麼計畫嗎？」走在走廊上時，克莉絲問我。

我想了一下。我不喜歡賽勒絲，但我不敢說自己樂見她在這種重大場合搞砸。「保持禮貌，但是不幫忙。仔細觀察詩薇亞和王后，尋找線索，盡力學習……努力一整個晚上，確保我們的接待任務盡善盡美。」

「好。」她嘆了一口氣。「我們走吧。」

我們準時抵達現場，守時是今天貴賓的文化中重要的特質。愛禮絲和娜塔莉身穿端莊的深藍色禮服，賽勒絲的禮服卻是全白加上頭紗，活像是婚禮一樣。賽勒絲這麼做簡直是在自毀前程，更別提她的穿著有多清涼。即使天氣暖和，德國女士們的袖子依然長及手腕，賽勒絲站在她們旁邊更顯暴露。

娜塔莉負責裝飾鮮花，但是一時大意，忘記百合花通常是用在葬禮上的，因此現場所有花束必須趕緊移走。

愛禮絲顯然比平常躁動，不過還是表現鎮定。對我們的賓客而言，她就像顆耀眼的星星。

來自德國聯邦的女士們英文不大流利，我試著和她們交談，但是對於最近腦袋塞滿義大利文的我而言，這簡直就是一場災難。我發現這些女士外表嚴肅，但其實很友善。

沒多久，我們便弄清楚整個局勢：眞正的災難與威脅，是詩薇亞和她的評分。王后優雅地協助女孩們招待德國客人時，詩薇亞繞著房間走動，銳利的視線絲毫不放過我們的一舉一動。看來在招待行程結束前，她可以寫出好幾頁報告。克莉絲和我當下就有了共識，讓詩薇亞愛上我們的款待方式是唯一的希望。

隔天早上，克莉絲帶著她的侍女來到我的房間一起準備。我們盡最大努力將兩人的造型做得很像，讓別人一眼就明白我們是招待負責人，但又不至於像到讓人發噱。這麼多女孩同時間在我房間裡，還眞是有趣。侍女們彼此都認識，工作時就在我們身後熱烈討論，這讓我想起玫兒在這裡時的景況。

賓客預計抵達的幾小時前，克莉絲和我走到接待廳，最後確認一切安排妥當。與另一場接待宴不同的是，我們不使用位置卡，而讓賓客選擇自己喜歡的位置。樂團來到會場彩排，幸運的是，我們爲背牆選的布料似乎能完美呈現音質，爲現場增色不少。

我爲克莉絲拉直項鍊，同時最後一次互相測試會話片語。她的義大利文聽起來非常自然。

「謝謝妳。」她說。

「Grazie*。」我回答。

「我不是在練習啦。」她面對著我說，「我是眞的感謝妳。妳這次的表現眞的很出色，其

---

*譯注：義大利文中的「謝謝」。

實……我以為妳經過瑪琳的事情後會放棄競賽，我很害怕自己得一個人做這些工作，但是妳好努力，妳做得眞的很棒。」

「謝謝，妳也是。如果被分到和賽勒絲同組，我不知道能不能撐到今天。和妳一組，一切都變得很簡單。」克莉絲露出微笑。我也是說眞的，她非常有毅力。「妳說的沒錯，瑪琳離開之後，我確實很難熬，但我不會放棄，一切會很順利的。」

克莉絲緊咬著嘴唇，思忖片刻，瞬間變得憂慮：「所以妳還要繼續競爭嗎？妳還是想跟麥克森在一起？」

我沒有跟任何一個女孩談論過這件事。我不禁提高警覺心，考慮自己是否應該、又該怎麼回答這個問題？

「女孩們！」詩薇亞一邊尖聲呼喚，一邊從門口衝進來。我從未像此刻這般感謝這個女人。

「時間快到了，妳們準備好了嗎？」

王后從她身後進來，恬靜淡定的氣質中和了詩薇亞的活力。她環顧房間四周，欣賞我們的成果。看見她的微笑，我們心中的大石總算放下。

「差不多都準備好了，」克莉絲說。「只差幾件事還沒完成。有件事，我們特別需要您和王后的協助。」

「喔？」詩薇亞好奇地問。

王后接著也朝我們走過來，她的深色雙眼十分溫柔，並帶著幾許驕傲。「會場美極了。而且妳們兩人看起來都好耀眼。」

「謝謝。」我們齊聲說道。淺藍色禮服搭配有存在感的金飾是我的想法，適合節慶又帶點可愛，但不至於太誇張。

「嗯，妳們或許注意到我們的項鍊了。」克莉絲說。「我們覺得佩戴相似的飾品，有助於賓客辨識接待宴的主辦人。」

「很不錯的點子。」詩薇亞說，並迅速在她的板子上記下。

克莉絲和我相視而笑。「由於妳們也是這場接待宴的主辦人，我們想，應該也要請妳們戴上才對，」我邊說，克莉絲邊把放在桌上的盒子拿過來。

「不會吧！」王后倒抽一口氣說。

「這是……給我的嗎？」詩薇亞問。

「當然是啊。」克莉絲貼心地說，並取出首飾。

「妳們幫了我們這麼多忙，這也是屬於妳們的接待宴。」我補充說。

我看得出來，這個舉動令王后多麼感動，詩薇亞則是啞口無言。忽然之間，我懷疑皇宮裡有人注意過她的努力嗎？這是我們昨天才想到的點子，希望能拉攏詩薇亞，但是我很高興這個舉動有了更重大的意義。

詩薇亞或許是個嚴厲的人，不過她的指導全是爲我們好。我發誓會好好表現來感謝她。

一位男侍通知我們賓客已經抵達。克莉絲和我分別站在門的兩邊，迎接他們到來。樂團在後面開始演奏柔和的音樂，侍女們端著開胃小點環繞室內，我們已經準備好了。

愛禮絲、賽勒絲和娜塔莉朝我們走過來，我很驚訝她們竟然準時出現。如波浪般的布料覆蓋在黃褐色的牆壁上，閃閃發亮的主視覺裝飾聳立在桌子正中央，然後是流洩而下的花朵。看見我們這番布置，愛禮絲和賽勒絲的眼神閃過一抹難過的情緒，但娜塔莉一點都不在意，因爲她太興奮了。

「聞起來就像座花園似的。」她讚嘆地說，在房間裡跳起舞來。

「似乎有點太超過了，」賽勒絲說。「這樣會讓人頭暈目眩。」就讓她對這些美麗的事物找碴好了。

「試著坐坐不同桌，」克莉絲建議說，「義大利的賓客們是來這裡交朋友的。」

賽勒絲緊咬住嘴唇，看起來好像要暈倒了。我想請她振作點，我們在她的接待宴上也是盡力表現出最好的樣子。接著我聽見走廊上傳來義大利女士們溫暖而熱鬧的聊天聲，便將賽勒絲抛諸腦後了。

「體態優美」最適合用來形容義大利女士。她們身材高䠷，膚色金黃耀眼，有著不容置疑的美麗。除此之外，她們的個性美好善良，靈魂裡彷彿有顆太陽，能夠照耀周圍的一切。

我在資料中讀到，義大利的君主比伊利亞王國的君主年輕，數十年來，我們努力想與他們建立友好關係，但對方總抱持著保留態度。這是他們首次向我們伸手表達善意，這次會面就是雙方友誼的第一步，一想到這就令人惴惴不安。直到賓客進門，對方善意的態度才化解了我的擔憂。她們在克莉絲和我的臉頰上落下親吻，並且大聲地說：「Salve*！」我也很高興，所以表現出和她們一樣的熱情。

我拼拼湊湊說著簡短的義大利文，他們人很好，當我說錯也只是笑一笑、幫忙糾正。他們的英文程度令人驚艷，而我們都很喜愛彼此的髮型和服裝。看來我們已經讓對方留下不錯的第一印象，這點令我寬心不少。

最後，我坐在歐若貝拉和諾愛蜜身旁，她們兩位是義大利王后的表姊妹。

「眞是太美味了！」歐若貝拉大聲歡呼，舉起她的紅酒杯。

「很高興妳喜歡。」我回答，有點擔心自己不夠大方，畢竟她們說話時是這麼活力充沛。

「妳一定要嚐嚐看！」她堅持說。萬聖節之後我就沒碰過酒，其實對酒精飲料沒什麼好感，但也不想失禮，於是接下她遞來的酒杯小口啜飲。

眞是不可思議，香檳酒裡全是泡泡，紅酒也呈現出特別的深度，各種風味層次交疊，照特定順序各自顯現出來。

「嗯～」我忍不住讚嘆。

「現在，來說正事吧。」諾愛蜜說，我看向她。「這位麥克森還眞帥，我要怎麼樣才能加入王妃競選啊？」

「塡一大堆表格就可以了。」我開玩笑地說。

「就這樣嗎？筆在哪？」

歐若貝拉插話說：「那我也要表格。我很樂意帶麥克森一起回家。」

＊譯注：義大利文的「你們好」，爲較正式的說法。

我笑出聲來。「相信我，這裡簡直就是殺戮戰場。」
「那麼妳得再多喝點紅酒。」諾愛蜜堅持說。
「一定要！」歐若貝拉表示贊同，她們請一位男侍來幫我加酒。
「妳去過義大利嗎？」諾愛蜜問道。
我搖搖頭。「在王妃競選之前，我甚至沒離開過卡洛林納省。」
「妳一定要來看看！」歐若貝拉說。「妳隨時都能來住我家。」
「妳每次都要霸占朋友！」諾愛蜜埋怨說。「她得住我那裡。」
紅酒令我全身上下暖烘烘的，看見她們興致高昂，我也很開心。
「所以，他的接吻技巧好嗎？」諾愛蜜問道。
我被剛剛啜飲的一小口酒嗆到，爆笑出聲。我很努力克制自己的笑意，但是她們已經知道答案了。
「有多好？」歐若貝拉追問。我沒答話，她揮揮手大聲說：「來，再多喝點紅酒！」
我立刻發現她們的詭計：「妳們兩個很皮喔！」
她們仰頭大笑，讓我也忍俊不禁。不可否認地，如果不是爲了某個男孩相互競爭，跟女孩們聊天眞的很好玩，但我不能玩得太超過。
趁我還沒昏倒在桌子下，我便起身離開了。「他是個非常浪漫的人，只要他願意付出。」聽我說完時，她們甚至鼓掌叫好，她們的幽默感令我莞爾。
我喝了些水、吃了些東西，然後用小提琴拉了幾首學來的民謠，幾乎室內所有人都跟著唱和。我的眼角餘光瞥見詩薇亞正在做筆記，她的腳也同時跟著打節拍。

當克莉絲起身向王后與詩薇亞敬酒、感謝她們的協助時，所有人都為她們鼓掌。我舉起酒杯敬賓客們的時候，他們高興地尖叫歡呼，一飲而盡之後將杯子往牆壁上砸。克莉絲和我沒料到會這樣，只好聳聳肩，也將我們的酒杯丟向牆壁。

可憐的侍女們趕緊清理玻璃碎片，因為當樂聲再次響起，整場的人就會開始跳舞了。今晚的高潮可能是娜塔莉站在桌子上跳著某種舞蹈，看起來像隻章魚。

安柏莉王后坐在角落，愉悅地與義大利的王后交談。看見這一幕，我內心的成就感油然而生。我太全神貫注，所以愛禮絲跟我說話時，我甚至嚇得跳起來。

「妳們的接待宴比較棒。」她不情願地說，但語氣很真誠。「妳們倆真的同心協力完成了這場令人讚嘆的宴會。」

「謝謝妳。我原本還有點擔心，畢竟剛開始的情況很糟糕。」

「我懂，就是這樣才更讓人覺得了不起。這看起來像是準備了幾個星期似的。」她四處張望，羨慕地看著那些明亮的布置。

我把手放在她的肩膀上。「愛禮絲，大家都看得出來，昨天的接待宴上，妳是團隊裡最努力的人。詩薇亞一定會讓麥克森知道這點的。」

「妳這麼認為嗎？」

「當然。我保證，如果這是競選的一部分，而妳輸了，我會親自告訴麥克森妳做得有多好。」

她斜著原本就很小的眼睛看我。「妳眞的會這麼做嗎?」

「當然會啊!」我微笑說。

愛禮絲搖搖頭。「我很敬佩像妳這樣的人，眞的。但是亞美利加，妳必須了解這是場競爭。」我的微笑漸漸消失。「我不會說謊，或是散布關於妳的壞話，但是我也不會背叛自己，去向麥克森說妳的好話，我辦不到。」

「妳不需要這樣的。」我輕聲說。

她繼續說：「需要。最終的結果不是普通的獎品，而是丈夫、是后冠、是未來。妳會擁有一切，或失去一切。」

我站在那裡震驚不已。我以為我們是朋友。除了賽勒絲，我眞的相信我們之間的友誼。難道是我太盲目，感覺不出競爭有多激烈嗎?

「這不表示我討厭妳，」她說。「我很喜歡妳，但我不能為妳的勝利歡呼。」

我點點頭，繼續思考她的話。在心理上，我顯然並不像她這麼投入競選，這又令我更懷疑自己是否具備當王妃的特質。

愛禮絲對著我身後露出微笑，我轉過頭，看見義大利王后朝著我們走過來。

「不好意思，能把主辦人借我一下嗎?」她以可愛的口音問道。

愛禮絲行個禮後，回去繼續跳舞。我努力把剛才的對話趕出腦袋，專注在眼前的人身上，我得好好表現。

「妮可塔王后，眞不好意思，今天還沒機會說到什麼話。」我說，並對她行禮。

「喔，別這麼說！妳今天很忙。我的表姊妹們很喜歡妳喔！」

我笑出聲來。「她們很有趣呢！」

妮可塔王后將我拉到房間一角。「我們一直很猶豫是否該與伊利亞王國建交。我們的人民，比你們的人民……自由。」

「看得出來。」

「不、不，」她認真地說。「我是說個人自由。他們比你們享有更多自由。你們現在還有階級制度，對吧？」

突然間，我明白這不只是個隨意而友善的閒聊。我點點頭。

「我們當然一直在觀察，我們看見這裡發生暴動、叛軍攻擊……這裡的人民似乎不是很快樂？」

我不確定該說什麼。「王后殿下，我不知道自己是否適合談論這個話題。我沒有辦法決定任何事。」

妮可塔拉起我的手。「妳可以的。」

一陣顫抖掠過我的身體。她說的和我想的是同一件事嗎？

「我們看見那個金髮女孩的事了。」她低聲說。

「瑪琳。」我點點頭。「她是我最好的朋友。」

她微笑著。「我們看見妳，雖然沒有什麼鏡頭帶到，但是我們看見妳跑上前捍衛她。」

她的眼神和安柏莉王后今天早上看我的眼神一樣，毫無疑問地帶著驕傲。

「我們很有興趣和強而有力的國家結盟，只要那個國家能有所改變。這些話我們私底下說說就好，如果有什麼方法能讓我們幫助妳取得后冠，我們一定全力支持妳。」

她把一張紙條塞進我的手裡，然後走開。她轉過身去，馬上以義大利文大聲說了一些話，房間裡瀰漫著歡愉的聲音。我沒有口袋，於是很快把那張字條塞進我的內衣，祈禱沒有人會注意到這一幕。

我們的接待宴比第一個接待宴還久，可能是因爲我們的賓客太盡興了，不願離開。然而，這麼長的時間彷彿一眨眼就過了。

幾個小時過後，我回到房間，整個人快要累癱。我的心裝得太滿，無法思考晚餐的事。雖然現在才剛傍晚，直接去睡覺的想法眞的很吸引我。

只是，我還來不及看床鋪一眼，安便一臉驚訝地走向我。我倒抽一口氣，立刻從她手中接過信紙。我得好好嘉獎皇宮郵務中心的人員，他們的速度飛快。

我撕開信封並走向陽台，細細讀著父親的文字，同時享受最後幾抹夕陽。

親愛的亞美利加，

妳得快點寫封信給玟兒了，當她知道妳上一封信只有我能看的時候，整個人好沮喪。我必須說，我自己也有點嚇到呢。我不知道自己會收到什麼樣的信，當然也從沒想過妳會這樣問。

第一個問題的答案：是真的。我們去拜訪你們的時候，我和麥克森說過話，他很清楚自己對妳的感情。我不認為他是個虛情假意的人，而且我至今也相信他真的很在乎妳。我想如果整個程序簡單一點，他或許早就選妳了。我也認為你們進展慢的原因是在於妳，是我誤會了嗎？

簡單來說，答案是肯定的。我認同麥克森，如果妳想和他在一起，我支持；如果妳不想，我也支持。我愛妳，我希望妳開開心心，也許那表示妳會繼續住在我們破舊的小屋裡，而不是住在皇宮，但也沒關係，我不在意。

至於妳的另一個問題，我的回答同樣也是肯定的。

亞美利加，我知道妳看不出自己有多大的能耐，妳需要一個契機。有好幾年的時間，我們不斷告訴妳，妳很有才華，但妳一直到預約的客人增加，才肯相信我們。我記得那天妳發現整個星期都有工作，知道是因為妳的聲音和妳的演奏方式，那天妳是多麼驕傲。就好像妳突然間明白自己能做任何事情。長久以來，我們也一直覺得妳很美麗。但我猜想，一直到王妃競選之前，妳並不是這樣看待自己。

亞美利加，妳有領導的才能，有個好腦袋，願意學習，最重要的是妳表現出同理心。這個國家的人民，比妳想像中更渴望同理心。

亞美利加，如果妳想要那頂王冠，就去拿吧！因為那本來就該屬於妳。

但是……如果妳不想要這樣的負擔，我也絕對不會怪妳。我會張開雙手，歡迎妳回家，我愛妳。

爸爸

眼淚靜靜地流出眼眶。他眞的認爲我能勝任，他是唯一這樣想的人……喔，還有妮可塔。

妮可塔王后！

我差點忘了那張紙條。我在禮服內摸索，抽出紙條，上面寫著一個電話號碼。她甚至沒留下名字。

我無法想像，她這麼做冒著多大風險。

我把那張紙條和爸爸的信握在手中。我想起艾斯本，想起上次公民投票我得到最後一名，想起麥克森前幾天的神秘承諾……

我閉上雙眼，試著在內心尋找答案。

我眞的可以嗎？我可以成爲伊利亞王國下一任王妃嗎？

20

義大利外賓接待宴隔天的早餐後，我們聚集在仕女房。王后不在，我們沒有人知道這代表什麼意思。

「她可能在幫詩薇亞寫最終報告吧。」愛禮絲猜測。

「我不覺得她會有太多建議。」克莉絲持反面意見。

「也許她宿醉了。」娜塔莉說，一邊用手壓著她的額頭。

「妳自己宿醉，不代表別人也宿醉好嗎？」賽勒絲輕蔑地說。

「她可能身體不舒服，」我說。「她常常生病呀。」

克莉絲點點頭。「眞不懂怎麼會這樣。」

「她不是在南方長大的嗎？」愛禮絲問。「我聽說那裡的空氣和水質不是很乾淨。也許是因爲成長環境的緣故。」

「聽說南方每當夏天過後的情況會很糟糕。」賽勒絲附和說。

「她可能只是在休息，」我插話。「今天晚上有《報導》，她只是想做好準備。快十點了，我得小睡一下。」

「是啊，我們應該小睡一下。」娜塔莉疲憊地說。

一位侍女靜靜地拿著小托盤進入房間，動作非常靈巧，幾乎無聲無息。

「等等，」克莉絲說。「他們該不會在《報導》上談接待宴的事吧？」

賽勒絲怨聲連連。「我恨那件蠢事！妳和亞美利加只是運氣好罷了。」

「妳在開玩笑嗎？妳有沒有一點……」

一位侍女走到我左邊停下來，把放在托盤上的小紙條遞給我看。

每個人都盯著我看，我不確定地拿起那封信。

「是麥克森的信嗎？」克莉絲問，努力表現出一副不感興趣的樣子。

「是的。」我連頭都沒抬一下。

「上面寫什麼？」她直接問道。

「他說要見我，請我空出一段時間。」

賽勒絲笑出聲來。「聽起來就覺得麻煩大了。」

我嘆了一口氣，跟著那名侍女準備離開。「我想只有去了才會知道。」

「也許，他總算要把她踢出去了呢！」賽勒絲竊竊私語，但是音量大到我都聽得見。

「妳這麼覺得嗎？」娜塔莉問，她有點太興奮了。

一股寒意竄過我全身上下。也許他要把我踢出去！

麥克森在走廊上等著，我怯懦地走上前。他看起來心情還不錯，但是有點緊張。

我雙手環抱胸前。「所以，有什麼事嗎？」

他拉著我的手臂。「我們有十五分鐘。我帶妳去個地方，但妳不能對其他人說，明白嗎？」

我點點頭。

「好，那就來吧。」

我們快步走上樓梯，直接往三樓去，動作輕快。麥克森把我拉到走廊上，我們面對著一組白色雙開門。「十五分鐘。」他提醒我。

他從口袋掏出一把鑰匙，打開其中一扇門，他讓我先進去。那是個寬敞明亮的房間，牆壁邊有許多打開的窗戶和門，連接至外面陽台。房間裡有一張床，還有一個雕飾衣櫃、一張茶几和幾張椅子，但除了這些就沒有其他東西了。牆壁上沒有畫作，層架上沒有物品，就連牆壁上的油漆都單調無趣。

「這是王妃套房。」麥克森輕聲說。

我的雙眼倏地睜大。

「現在看起來很空洞，因爲這裡的裝潢擺設應該由王妃決定。自從母后搬到王后房起，這裡就空無一物了。」

安柏莉王后曾經睡在這裡。不知道爲什麼，這房間令我覺得很特別。

麥克森走到我的身後，開始指指點點地介紹。「這些門與陽台連接，還有那裡。」他指著房間的另一端說，「那些門通往王妃個人書房。這裡……」他指著我們右邊的一扇門，「通往我的房間，王妃可不能住得離我太遠。」

一想到麥克森就住在這麼近的地方，我的臉都紅了。

他走向雕飾衣櫃。「這個櫃子後面，有個通往安全密室的出入口。妳也可以走這條路到皇宮其他地方，但安全密室才是它主要的功能。」他嘆了一口氣。「現在有點被不當使用，但是我想是值得的。」

麥克森把手放在隱藏式的門閂上，雕飾衣櫃和後面的牆壁往前移動，我看見他對著後面的空間微笑。「時間正好。」

「我不會錯過的。」另一個聲音說。

我深吸一口氣。那個聲音的主人，肯定就是我心裡想的人，不會錯的。我往前走一步，看見麥克森微笑的臉，還有一個穿著非常樸素、紮了個包包頭的女人。是瑪琳。

「瑪琳？」我低聲說，以爲自己在作夢。「妳在這裡做什麼？」

「我好想念妳！」她大聲呼喊，張開手臂跑向我。我清楚看見她的手掌上有漸漸癒合的紅色傷痕，所以眞的是瑪琳。

她給我一個擁抱，我們倆倒在地上抱成一團。我好激動，不停地哭泣，反覆問她究竟在這裡做什麼。

等我們安靜下來一段時間後，麥克森示意我聽他說話。「就十分鐘，我在外面等妳。瑪琳，妳就從來的那條路離開吧。」

她答應了，然後麥克森便離開讓我們獨處。

「我不懂，」我說。「妳不是應該去南方嗎？妳不是被貶爲第八階級了？伍德沃克在哪裡？」

我的誤解令她莞爾一笑。「我們一直都在這裡。我才剛開始在廚房工作，伍德沃克還在休養，但我相信他的情況很快就會穩定下來了。」

「休養中？」我的心裡掠過好多問題，不知爲何我卻問了這一個。

「是的，他會走路，可以坐下來，也可以站著。但是繁重的工作對他而言還是很吃力。在他完全康復之前會先在廚房工作，總之，他會沒事的。妳看我，」她伸出兩隻手說，「他們把我們照顧得很好。傷口不是很好看，但至少已經不會痛了。」

我輕輕碰著她手掌上腫起來的線條。傷口當然不可能絲毫不痛，但是她並沒有畏懼。一會兒過後，我的手滑進她的手心。感覺好奇妙也好自然，瑪琳在這裡，而我正握著她的手。

「所以，這段時間以來，麥克森一直把妳留在皇宮裡？」

她點點頭。「鞭刑之後，他擔心我們會受到傷害，所以他把我們留在這兒，改派一對在帕拿馬有家人的兄妹去南方。我們有了新的名字，伍德沃克開始留起鬍子，所以過一陣子我們會悄悄離開。知道我們在宮中的人並不多，只有幾個和我一起工作的廚子、一位護士，還有麥克森。我想連衛兵們都不知道吧？因爲他們必須向國王回報，國王發現的話肯定會很不高興。」

她很快地接著說。「我們的公寓很小，基本上就只夠放我們的床鋪，還有一些層架，但至少很乾淨。我想爲我們倆縫件床單，但我不——」

「等等。我們的床鋪？所以說，你們睡同一張床？」

她漾起微笑。「兩天前，我們結婚了。我們被執鞭刑的那個早上，我告訴麥克森我愛伍德沃克，他是我想嫁的人。我向麥克森道歉，因爲我傷害了他。兩天前麥克森來找我，說最近有大事發生，如果我們想結婚就選日不如撞日吧！」

我往回倒數，兩天前就是德國聯邦來訪的那天。皇宮上上下下都在幫忙接待，或是準備招待第二天的義大利訪客。

「麥克森親手把我交給伍德沃克。我不確定自己是否能再見到父母，他們還是離我越遠越好。」

我看得出來，這麼說令她非常痛苦，但是我能理解。如果是我突然被降爲第八階級，對家人最好的做法就是消失。人們會逐漸淡忘，我的父母親也會慢慢從傷痛中恢復。

她揮揮左手，想拋棄哀傷的念頭。我第一次注意到繞在她手指上的東西，其實只是兩條交纏的麻線，但意思明顯就是：我結婚了。

「我想趕緊要他幫我做個新的戒指，這個已經磨損了。如果他在馬廄裡工作，我可能每天都得替他重新做呢。」她開玩笑地聳個肩說。「我也沒有多在意啦。」

我的心思跳到另一個問題。我擔心這麼問可能有點失禮，但我知道我絕對不可能和媽媽或妹妹討論這件事。「所以，妳已經……那個，妳知道我的意思吧？」

她隔了一會兒才弄懂我說在什麼，笑了出來。「喔！是啊！我們做了。」

我們倆呵呵發笑。「怎麼樣？」

「老實說嗎？剛開始的時候有點不舒服，第二次比較好。」

「喔？」我不知道自己該接什麼話。

「是啊。」

我們停頓片刻。

「沒有妳，我眞的好孤單，我好想妳。」我把玩著她手指上交纏的麻繩。

「我也很想妳。也許等到妳成爲王妃，我可以經常偷偷去找妳。」

我嘆了一聲。「我不太確定未來會怎麼樣。」

「什麼意思？」她問，神情轉爲嚴肅。「妳還是他的最愛，對吧？」

我聳聳肩。

「發生什麼事情了？」這個問句帶著一點擔憂。我並不想承認，現在的情況是從我失去她的那天開始的，畢竟這不是她的錯。

「就是，一些事情。」

「亞美利加，發生什麼事了？」

我嘆了一口氣。「妳被處鞭刑後，我很氣麥克森，我花了一些時間才了解，如果他能制止，他一定不會讓這種事情發生。」

瑪琳點點頭。「亞美利加，他眞的很努力。他無法制止，但是他盡一切的力量彌補，所以妳別生他的氣。」

「我已經不氣了，但是我也不確定自己是否想當王妃。我不知道自己能不能像他那樣淡定。賽勒絲拿了雜誌票選的結果給我看。瑪琳，人民不喜歡我，我是最後一名。

「我不確定自己是否有王妃特質，我感覺自己的情勢一直下滑。而且現在……現在……我想麥克森想娶的是克莉絲。」

「克莉絲？什麼時候發生的事？」

「我不知道，而且我不知道該如何是好。有時候我覺得這樣也不錯，克莉絲會是個更好的王妃。如果他真的喜歡她，我也希望他得到幸福。他應該很快又要刪人了，他今天叫我出來的時候，我眞的覺得自己可能要打包回家。」

瑪琳笑了出來。「妳也太好笑了吧！如果麥克森對妳沒有感覺，他老早就送妳回家了。妳還在這裡，是因爲他對妳還抱著一絲希望。」

我發出像噎到又像爆笑的聲音。

「眞希望我們能再多聊久一點，但是我該走了。」她說。「我們是趁衛兵在換班偷偷溜進來的。」

「沒關係，我不在意時間很倉促，知道妳沒事我就很高興了。」

她把我拉近，給我一個擁抱。「不要放棄，好嗎？」

「我不會的。也許妳有時可以傳個信息給我？」

「或許行得通，再看看情況吧。」她放開我說。「如果我也參加了調查，一定會投妳一票的。我一直覺得妳就是最適合的人。」

我的臉頰一陣泛紅。「快去吧，替我向妳丈夫問好。」

她微微笑著說：「我會的。」她動作靈巧地繞過雕飾衣櫥，找到門閂。不知道爲什麼，我以爲鞭刑會讓她崩潰，但現在的她更加堅強，表現出和以前截然不同的姿態。瑪琳轉過頭，送我一個飛吻，然後就消失無蹤了。

我迅速走出房間，麥克森正在走廊上等著。聽見開門的聲音，他從書中抬起頭來微笑，我走過去坐在他身旁。

「為什麼不早點告訴我？」

「我得先確定他們安全無虞。父王不知道我做了這件事，我必須保守秘密。我很想為妳們安排久一點的會面，但要等等。」

我感覺肩膀的重量減輕不少，彷彿那些擔憂的磚瓦被一次卸下了。看見瑪琳很幸福，知道麥克森還是和我想像中的那樣善良，加上並不是要把我送回家，讓我大大鬆了口氣。

「謝謝你。」我低聲說。

「別這麼說。」

我不知道能說什麼，一會兒過後，麥克森清清喉嚨。

「我知道妳對於這份工作的難處感到厭惡，但是這裡有很多機會表現，我認為妳能有一番作為。我看得出來，現在的妳認為我有當王子的才能，但是如果妳眞正處在我的位置上，就會知道這一切都是慢慢學習來的。」

我的雙眼看著他。「我知道。」

「我已經不懂妳了。剛開始妳沒那麼在意我，而我總是能讀出妳的心事。後來我們之間有了改變，妳看我的眼神不同了。有時我覺得妳的心還在，但有時妳的心又彷彿離得好遠。」

我點點頭。

「我不是要妳說愛我，也不會要求妳馬上下定決心當個王妃。我只想知道，妳究竟還願不願意留下？」

這就是最大的問題。我還是不知道自己是否能勝任這份工作，但我也不確定自己是否想放棄。看見如此體貼的麥克森，我的心又動搖了。還有很多事情得考慮，但是我不能放棄，至少不是現在。

我的手滑進麥克森放在腿上的雙手下方，他握緊我的手，表示善意。「如果你願意接納我，我想留在這裡。」

麥克森鬆了一口氣。「我非常願意。」

順道去了趟洗手間之後，我回到仕女房。直到我坐下來，才有人開口說話，大膽問我的人是克莉絲。

「是什麼事情？」

我看著她與每一雙盯著我的雙眼。「不是很方便透露。」

我的臉有點腫，看起來自然不像有好事發生。但如果這樣說能保護瑪琳，那我也無所謂。

眞正讓人覺得心痛的是，賽勒絲緊咬著雙唇，努力隱藏笑意；娜塔莉挑著眉毛，假裝在讀借來的雜誌；克莉絲和愛禮絲互看一眼，似乎覺得彼此很有希望。

競爭似乎比我想像中更激烈、深沉。

21

在這次《報導》節目中，我們不需要討論接待宴，免去被羞辱一番的可能性。他們只在節目上順道提及國外貴賓來訪一事，至於眞實情況就沒有公開了。直到隔天早上，詩薇亞和王后才來談談我們的表現。

「這次我們給了妳們一個非常嚇人的任務，原本很可能荒腔走板。不過我很高興，兩組的表現都可圈可點。」詩薇亞打量著我們每個人。

我們鬆了一口氣，克莉絲和我情不自禁地握起彼此的手。雖然我還是很困惑她跟麥克森究竟怎麼一回事，但是沒有她，我絕對不可能完成這些事。

「老實說，其中一場接待宴比另一場好一點點，但妳們都應該爲自己的表現感到驕傲。我們已經收到德國聯邦的老朋友們寄來的感謝信，謝謝妳們美好的招待。」詩薇亞看著賽勒絲、娜塔莉與愛禮絲說。「雖然有幾處不盡人意，而且我們也不喜歡場面這麼嚴肅，但他們顯然很喜歡。」

「至於妳們兩個，」詩薇亞轉向克莉絲和我。「來自義大利的女士們非常滿意。她們對妳們的造型、食物都印象深刻，還特別問了妳們是用什麼葡萄酒。所以，恭喜妳們出色的表現！如果伊利亞王國因爲這個美好的接待宴獲得新的同盟夥伴，我也不意外。這一切都得歸功妳們。」

克莉絲高興地咯咯笑，我則興奮地發出小小尖叫。很高興一切都告一段落，而且我們還打敗了另一組人。

詩薇亞繼續說她會寫一份正式報告，然後交給國王和麥克森，但也說我們都不需要爲此擔心。她正說話時，一名侍女快步跑向王后，在她的耳邊輕聲低語。

「當然，讓他們進來。」王后說，她突然站起身來。

侍女快步跑去替國王和麥克森開門。我一直都知道，沒有王后的允許，男性不能進來這裡，但是親眼看見這種情況，還眞有點好笑。

我們起身行禮，但他們似乎一點都不在意禮節。

「親愛的女士們，很抱歉打擾妳們，但是我們有緊急消息宣布。」國王說。

「在新亞細亞的戰爭，恐怕有了新的進展。」麥克森堅定地說。「現在情況非常緊迫，所以父王和我得在這個非常時刻離開，看看能不能幫上忙。」

「發生什麼事？」王后揪著自己的胸口問。

「親愛的，沒什麼好擔心的。」國王信心十足地說。但是這話並不眞誠，否則他們爲何突然就得馬上離開？

麥克森走向他的母后，簡短地輕聲地交談幾句後，她在他的額頭上落下一吻，他傾身擁抱了她。麥克森走過來與我們每個人一一道別，這時，國王對著王后急忙說出連串的指令與注意事項。

麥克森與娜塔莉道別時簡短而冷淡，娜塔莉似乎沒放在心上。我不知該如何理解，她是眞的不擔心麥克森對她一點感情也沒有，還是太過擔心，只好強迫自己冷靜？

賽勒絲倚在麥克森的身上，突然情緒爆發，假惺惺地號啕大哭。這是我見過最糟糕的一場演出，令我想起玫兒小時候總以為眼淚萬能，可以滿足一切的欲望。麥克森把自己抽離，這時她倏地在他的唇上印下一吻，他也盡力維持禮貌，轉過身後才馬上抹嘴。

愛禮絲和克莉絲就站在離我很近的地方，我聽見他向她們道別。

「先打通電話，請他們對我們手下留情吧！」他對愛禮絲說。我差點忘記她還留著的最大原因，就是她家與新亞細亞的領導階級關係良好。我在揣想，這場每況愈下的戰爭會不會影響她在這裡的地位？

若是伊利亞王國輸了這場戰爭，我們還會剩下什麼？我突然意識到自己對這個問題完全沒概念。

「你給我電話，我會和我父母親說。」她答應麥克森。

麥克森點點頭，親吻愛禮絲的手，然後走向克莉絲。

她的手指立刻緊緊抓住麥克森的手。

「會很危險嗎？」她輕聲問，聲音開始顫抖。

「我不知道。我們上次去新亞細亞的時候，情勢還不算緊張，但這次我不是很確定。」他的聲音好溫柔，我感覺他們私底下的對話也像這樣。克莉絲抬高視線看向天花板，嘆一口氣。那一秒鐘，麥克森很快看向我，我卻避開他的視線。

「請謹慎小心。」她低聲說，眼淚滑落她的臉頰。

「一定會，親愛的。」麥克森故意裝模作地對她行了個禮，把她逗笑了。他接著親吻她的臉頰，嘴唇靠在她的耳朵上說：「請好好照顧我母親，讓她開心一點。她很擔心我們。」

他回到原本的姿勢，凝視著克莉絲的雙眼。她點點頭並放開他的手，鬆開的那瞬間，她的身體輕輕顫抖，而麥克森的手微微一動，彷彿想擁抱她，但是又後退一步走向我。

麥克森上個星期對我說了那些話，難道還不夠嗎？他們現在還以行動證明彼此的關係。看到剛剛的畫面，我知道他們的關係很親密。我不經意瞥見克莉絲把頭埋在雙手裡，這證明了她有多麼在意他，不然她就是個出色的女演員了。

我試著評估，他看著我和克莉絲的表情是一樣的嗎？是不是少了一點溫暖的感覺？

「我離開的時候，請別惹上什麼麻煩，好嗎？」他揶揄說。

他並沒有和克莉絲開玩笑。這代表什麼？

我舉起右手。「我答應你一定乖乖聽話。」

他咯咯發笑。「太好了，少一件要擔心的事。」

「我們應該擔心嗎？」

麥克森搖搖頭。「無論是什麼情況，應該都能平安度過。父王的外交手腕很傑出，而且——」

「你有時候還真是個笨蛋。」我說。麥克森皺起眉頭。「我是說你，我們該擔心你嗎？」

他露出非常嚴肅的神情，這對我的恐懼一點幫助也沒有。

「起飛、降落，如果我們能安全抵達……」麥克森嚥了口口水，停頓一會兒，我看得出來他有多害怕。

我想問點其他的事情，但不知從何說起。

他清清喉嚨。「亞美利加，在我離開之前……」

我抬頭看著麥克森的臉，感覺眼淚就要流出來了。

「我必須讓妳知道一切——」

「麥克森！」國王大聲叫喚。麥克森抬起頭，等待他父親的指令。「我們得走了。」

麥克森點點頭。「再見，亞美利加。」他輕聲說，並將我的手舉至他的唇邊。這時，他注意到我佩戴著那個自製小手環。他的表情困惑，仍然溫柔地親吻了我的手。

這個輕如鴻毛的吻，讓我想起彷彿一萬年前的事：我在皇宮裡的第一晚，他也是這樣親吻我的手。那晚我對他大吼，但他還是讓我留下來了。

其他女孩的視線緊追著國王和麥克森，目送他們離開，但此時我看著王后。安柏莉王后眨了好幾次眼睛，做了幾次深呼吸，努力振作並打直身體。

「不好意思，各位小姐，這個消息太突然了，我有好多工作要做，現在最好回房間休息了。」她展現堅強的意志力。「不如，我請人把午餐送來這裡，妳們可以悠閒享用，今晚我們再一起吃晚餐好嗎？」

我們點點頭。「太好了，」她說，然後轉身離開。我知道她很堅強，她在貧窮省份的貧窮社區裡長大，一直在工廠裡工作，直到成為王妃候選者，然後成為王后。經歷一次又一次的流產，才終於有了孩子。她會優雅地回到房間，她的身分讓她必須如此。但是等到她一個人的時候，她會獨自哭泣。

王后離開之後，賽勒絲跟著離開，我也不需要待在這裡了。我走回房間，想一個人靜靜地思考一下。

我不停地想著克莉絲。爲什麼她跟麥克森的關係突飛猛進？不久之前，他還對我許下承諾，確定我們的未來。如果他能對我說那麼親密的話，那他不可能對她有興趣的，所以一定是之後發生的事。

那天過得很快。晚餐過後，我的侍女們悄悄地爲我鋪好床，這時天外飛來一句話，把我從思緒中抽離。

「小姐，妳知道今天早上我在這裡發現誰嗎？」安輕輕地梳著我的頭髮說。

「誰？」

「艾斯本軍官。」

我瞬間僵住，但只過一秒就說：「喔，是嗎？」我的視線繼續朝向鏡子，她們繼續幫我梳頭。

「是啊，」露西說。「他說在檢查妳的房間，是安全措施。」她看起來有點困惑。

「但還是很奇怪。」安說，這句話呼應露西的表情。「他穿著便服，不是制服。他不可能在休息時間執行安全檢查的任務。」

「他肯定很認眞工作。」我用客觀而疏離的語氣說。

「一定是這樣子。」露西崇敬地說。「無論我何時在皇宮內看見他，他總是在留意觀察。他是名優秀的衛兵。」

「是啊，」瑪莉客觀地說。「不像有些男人雖然進宮，卻完全不適合衛兵的工作。」

「而且，他穿便服也很好看，大部分人換下制服就很糟糕。」露西品頭論足地說。

瑪莉咯咯發笑、臉頰發紅，就連安都突然笑出聲來。她們好久沒有這麼輕鬆愜意了。或許改天跟她們八卦衛兵的事會很有趣，但不是今天。我現在只想到，我的房間裡有一封艾斯本的信。

我強迫自己耐心等待幾分鐘，確認她們不會再回來，才大步走到床邊，拿起罐子。當然，裡頭有張小紙條正等著我。

麥克森走了，一切都不同了。

22

「哈囉？」我低聲說。我循著艾斯本前一天留給我的指示找到這裡，小心翼翼地走進一個房間，室內只有從薄紗布幕透過來的微弱光線，但已經足以讓我看清楚艾斯本興奮期待的臉龐。

我關上門，他馬上跑向我，將我整個人一把抱起。

「我好想妳。」

「我也很想你。接待宴忙得我幾乎沒有時間呼吸。」

「很高興它結束了。妳費了好一番工夫才來到這裡吧？」他開玩笑說。

我呵呵地笑著。「說眞的，艾斯本，你眞的很擅長這份工作。」

王后對於皇宮事務的管理變得比較鬆散，可能她有其他事情煩心。無論如何，現在我們可以選擇在房間或是樓下用晚餐。我的侍女爲我準備好餐點，但是我並沒有到餐廳，而我穿過走廊到貝瑞兒以前的房間，這簡直易如反掌。

他聽著我的讚美，笑瞇瞇地看我，讓我坐到房間後面的角落，他已經在那裡堆好幾個枕頭了。「妳覺得舒服嗎？」

我點點頭，要他也坐下，但他先將一張沙發推去擋門，再拉過一張桌子擋住我們的頭頂。最後，他抓了包聞起來像食物的東西，坐在我旁邊。

「就像在家鄉一樣，對吧？」他移動到我身後，讓我坐進他的雙腿之間。這個姿勢好熟悉。

空間狹小，眞的很像我們以前的小樹屋。一切就像他將某個我以爲已經永遠消失的事物，完整奉送到我手中。

「這裡好太多了。」我嘆了一口氣，倚著他。一分鐘過後，我感覺到他的手指梳過我的頭髮，令我的身體顫抖了一下。

有段時間，我們只是靜靜坐著，我閉上雙眼專注聆聽艾斯本的呼吸。不久之前，我和麥克森也會這樣，但兩者並不相同。我想我能從人群中辨識出艾斯本的呼吸聲。我太了解他，而且他顯然也很了解我。我一直以來朝思暮想的就是這種平靜的時刻，艾斯本讓一切都成眞了。

「亞美，妳在想些什麼？」

「很多事情，」我嘆了口氣。「家鄉、你、麥克森、王妃競選，一切的事。」

「那關於這些事情，妳有什麼想法呢？」

「大部分是困惑。比方像是：我眞的了解發生在自己身上的事嗎？情況會有什麼轉變？我的感受會改變嗎？」

艾斯本靜默片刻，接著用很平靜的口吻問：「妳對我的感覺變了很多嗎？」

「不，」我說，並靠近他一點。「無論如何，你對我的意義都是一樣的。我知道就算整個世界顚倒過來，你還是會在一樣的地方。這裡的一切好瘋狂，所以我對你的愛或許已被藏在很深的地方，但是它還在，這樣說你可以接受嗎？」

「可以。我知道事情已經夠複雜了，我害妳的抉擇難上加難。但是我很高興，自己還沒完全被淘汰。」

艾斯本的手臂繞著我，彷彿這樣就能讓我永遠留在他身邊。

「我還沒忘了我們之間的感情。」我保證說。

「有時候，我感覺麥克森和我像在進行另一場王妃競賽。最後，我和他其中一人能得到妳的心。我看不出來誰的情勢較為勝出。麥克森並不知道我們是競爭關係，所以他可能不會盡全力拚搏，但是我必須躲躲藏藏，而且不像他能給妳一切。無論如何，這都不是一場公平的競爭。」

「你不應該這樣想的。」

「亞美，我不知道還能怎麼看待這件事。好吧，反正我不喜歡談論他。那妳到底在困惑些什麼？發生了什麼事？」

「你喜歡當衛兵嗎？」我轉向他，反問道。

他熱切點頭，打開那包食物。「亞美，我愛這份工作。我以為自己會度日如年，但其實有趣極了。」他掰下一塊麵包放進嘴裡，繼續說話。「有些理由很明顯，像是我總能吃得很飽，因為他們希望我們更強壯，還要注射營養劑，」他邊說邊修正想法。「這點其實也沒那麼討厭。而且我有零用津貼，在滿足一切所需之後還有錢可以拿。」

他停頓了一會兒，玩弄著橘子切片。「我想，妳一定知道能寄錢回家的感覺有多好。」

我看得出來，他在想他的母親和六個弟妹。他在家裡就像個父親的角色，不知道這個理由是否會讓他比我更想家？

他清清喉嚨，繼續說：「但也有些事情，是我以前沒想過自己會這麼喜歡的。就像我真的很享受這裡的紀律分明，還有按表操課的生活。知道自己在做重要的工作，我感覺……很滿足。這麼多年來，我從未感到滿足。現在，我感覺這才是我該做的事。」

「所以，答案是肯定的？你很愛這份工作？」

「非常愛。」

「但你不喜歡麥克森，也不喜歡伊利亞王國的運作方式。在家鄉的時候，我們總是在討論這些，還有南方人民被拔除階級，我知道這事也令你很煩惱。」

他點點頭。「我認爲那很殘酷。」

「那你怎麼可以認同、保護這個國家？你奮力作戰，打敗叛軍，確保國王和麥克森安全無虞，但他們就是造成這一切的人。你不喜歡他們的所作所爲，那你怎麼會喜歡你的工作？」

他邊聽邊思考。「我不知道，確實很不合理，但是……好吧，就像我說的，這份工作讓我有種使命感，感覺很有挑戰性，而且是團體重要的一分子。我感覺到自己的人生能做更多事。也許伊利亞王國不完美，應該說離完美還有一大段距離，但是……我對這個國家抱持希望。」他簡單扼要地說。

我倆雙雙沉默一陣子，字字句句流過我們的腦海。

「我感覺情況已經比以前好很多，但是我不夠了解我們的歷史，無法證實這點。我也覺得未來的情況會更好，還是有些可能性的。

「或許這麼說很傻，但這是我的國家，我知道這個國家殘破不堪，但也不表示那些叛亂分子就能過來強取豪奪。聽起來會很瘋狂嗎？」

我小口小口地咬著麵包，思考著艾斯本這番話。我彷彿回到在樹屋的時候，總是不停問他關於每件事的看法。即使不認同，這麼做也總是能幫助我釐清自己的意見。但是這次我並不反對他的看法，事實上，他說的話反而讓我更了解內心埋藏已久的念頭。

「一點都不瘋狂，聽起來完全合情合理。」

「無論如何，這些話有幫到妳的忙嗎？」

「有的。」

「妳願意告訴我嗎？」

我對他露出微笑。「還不行。」不過，聰明如艾斯本可能已經猜到了。他陷入沉思的眼神透露出他的猜測。

他看向遠方一會兒，把玩著我手腕上的鈕釦手環。「我們眞是難分難解，對吧？」

「一團混亂。」

「有時候，我感覺我們就像個糾結不清的死結。」

我點點頭。「對啊。我有好多煩惱都與你有關，但是沒有你的時候，又感覺迷失方向。」艾斯本將我拉近，用手撫過我的太陽穴、接著是臉頰。「那就讓我們繼續糾纏吧。」

他溫柔地親吻我，好似害怕太過用力會將這個時刻徹底粉碎。也許他是對的。他慢慢將我放到枕頭墊子上，不停地親吻我，摸索著我的身體曲線。一切都好熟悉、好安全。

我的手指梳過艾斯本剪短的頭髮，想起以前他親吻我時頭髮總會落下，輕掃過我的臉龐。我發現他的手臂肌肉比以前更結實有力，就連他抱我的方式都不同了，充滿著自信。成為第二階級、成為一名衛兵，肯定帶給他一些改變。

時間過得好快，又得離開了。艾斯本陪我走到門口，給我一個意猶未盡的吻。我有點飄飄然。「我很快會再送紙條給妳。」他向我保證。

「我會等你的。」我靠在他身上好一會兒。爲了確保安全，由我先離開房間。

侍女們爲我鋪床，我恍恍惚惚地上床睡覺。以前我總覺得王妃競選就是個選擇：麥克森或艾斯本。做決定似乎不難，卻又衍生出許許多多的疑問。我是第五階級還是第三階級？王妃競選結束的時候，我會是第二階級還是第一階級？我接下來的人生，會是軍官的妻子還是國王的妻子？我會很輕易融入低調的新生活，還是必須強迫自己生活在向來害怕的鎂光燈下？我眞的能快樂地度過其中一種餘生嗎？如果我選擇艾斯本，我可以祝福麥克森與另一個女孩嗎？如果我和麥克森在一起，我可以不憎恨艾斯本選擇的伴侶嗎？

我爬上床、關上燈，提醒自己留在這裡是我自己的決定。艾斯本或許問過我，我母親或許慫恿我，但是並沒有人強迫我塡寫王妃競選的申請表格。

無論接下來發生什麼事，我必須做的唯一一件事就是面對。

23

我走進餐廳時向王后行禮，但是她並沒有注意到。我看向唯一也在場的愛禮絲，她只是聳聳肩膀。我坐下來，這時娜塔莉和賽勒絲也走進來，王后依舊無視她們的存在。最後進來的是克莉絲，她坐在我旁邊，視線一直望著王后。王后沉浸在自己的思緒裡，一直低頭看地板，或是不時盯著麥克森和國王的椅子。

男侍們開始上菜，大部分的女孩都開動了，但克莉絲還是一直注意主桌。

「有人知道發生什麼事了嗎？」我低聲說。

克莉絲嘆了一口氣，轉向我。「愛禮絲打電話給她家人，想了解詳情，請她的親戚等麥克森和國王一抵達新亞細亞就跟他們碰面。但是愛禮絲的家人說，他們根本沒出現。」

「沒出現？」

克莉絲點點頭。「奇怪的是，國王降落時有打電話回來報平安，他和麥克森都有和安柏莉王后說話，還告訴王后他們在新亞細亞。但是愛禮絲的家人堅稱他們從未出現過。」

我用手緊緊壓著額頭，試著理解這個情況。「這代表什麼呢？」

「我不知道。」她坦白說。「他們說自己在新亞細亞，那他們會跑到哪裡去？這太不合理了。」

「嗯……」我不知道還能說什麼。爲什麼愛禮絲的家人不曉得他們的去向？還是說，他們其實不是到新亞細亞？那又會在哪裡？

克莉絲傾身靠近我，「我還有些事想跟妳談談。」她低聲說道。「早餐過後，我們能不能去花園散個步？」

「當然可以。」我回答她，我很想聽聽她還知道些什麼。

我們倆很快吃完。如果她要求在外面說話，內容顯然具有一定的隱私。王后太過心神不寧，甚至沒注意到我們離開。

走進陽光灑落的花園，真是件美好的事。「我有好一陣子沒到外面來了。」我閉上雙眼，抬頭對著陽光。

「妳通常是和麥克森一起來，對吧？」

「嗯。」一秒鐘過後，我開始納悶她怎麼會知道。這算是皇宮裡的常識嗎？

我清清喉嚨說：「所以，妳想談些什麼？」

她站在一棵樹的陰影下，轉過來面對著我。「我想，我們得談談麥克森的事。」

「關於他的什麼事情？」

她開始焦躁不安。「嗯，其實我已經有心理準備自己會輸。我們都這樣想過，除了賽勒絲之外。亞美利加，很顯然他想要的人是妳。但是經過瑪琳的事情之後，一切有了轉變。」

我不太確定自己該如何回應。「所以，妳是要告訴我，現在排名第一的是妳嗎？還是怎麼樣？」

「不！」她斷然地說。「我看得出來他還在乎妳，我不是瞎子。我只是想說，我覺得目前妳和我可能是旗鼓相當。我喜歡妳，也認爲妳眞的是個很好的女孩。不管結果如何，我都不希望這一切變得醜陋。」

「所以……」

她將雙手緊握在胸前，努力斟酌出正確的字句。「我想提議，我願意誠實告訴妳麥克森與我的關係，希望妳也能這麼做。」

我兩隻手臂交叉，脫口說出一直以來最大的疑問：「你們兩個什麼時候走那麼近的？」

克莉絲的眼神變得有些夢幻，手指把玩著自己淺棕色的頭髮。「應該是瑪琳發生那件事情之後。聽起來可能很蠢，但是我爲他做了張卡片。以前在家鄉時，只要有朋友傷心難過，我都會這麼做。總之他很喜歡，他說自己沒有收過任何人的禮物。」

什麼？喔……在他爲我付出那麼多之後，我眞的沒有給他任何回報嗎？

「他好高興，要我在他房間裡坐一會兒，然後——」

「妳看過他的房間？」我驚訝地問。

「是的，妳沒看過嗎？」

我的沉默就是答案。

「喔。」她尷尬地說。「沒關係，我會一五一十告訴妳。他的房間很暗，裡面有座槍架，牆壁上有一大堆照片，但沒什麼特別重要的。」她很有把握地說，並且擺了擺手。「總之，後來只要他一有空閒，就經常來找我。」她搖搖頭。「一切進展得非常快。」

我嘆了一口氣。「基本上，他跟我說過，」我坦白說。「他希望我們兩個人都在這裡。」

「所以……」她緊咬著嘴唇。「妳很確定他還喜歡妳？」

她剛剛不就在懷疑這件事了嗎？難道她只是想聽我親口說？「克莉絲，妳眞的想知道所有細節嗎？」

「想！我想知道自己處於什麼位置，我也會告訴妳任何妳想知道的事。我們的確處於競爭狀態，但不表示我們要殺紅了眼。」

我繞著圈圈走來走去，試圖理解這些話。我不確定自己有勇氣向麥克森詢問克莉絲的事情，就算對象是麥克森，我也沒辦法掏心掏肺。但是我一直覺得自己越來越弄不清楚事實，不確定自己的情勢，或許這是唯一能知道眞實情況的機會。

「我滿確定他還要我待在這裡一段時間，但我想他也希望妳留下。」

她點點頭。「我知道了。」

「他親過妳了嗎？」我突然問道。

她露出羞澀的微笑。「沒有。但我想如果不是我請他別這麼做，他可能已經吻我了。我們家族有個不成文傳統，就是男女要到訂婚時才能接吻。有時候我們會舉辦派對，宣布結婚日期，那時大家就會見證未婚夫妻的初吻。我希望自己也遵循傳統。」

「但他有企圖親吻妳嗎？」

「沒有。我們還沒發展到那麼親密之前，我就向他解釋過了。不過他常常親吻我的手，有時候是臉頰，感覺眞的很甜蜜。」她滔滔不絕地說。

我點點頭，看著草地。

「等等，」她說，然後猶豫地問：「他親過妳了嗎？」

其實我有點想炫耀自己是他的初吻對象，我們接吻時時間彷彿都暫停了。

「大概吧，有點難以解釋。」我輕描淡寫地回答。

她露出不悅的臉色。「不，這不算回答，他到底有沒有親過妳？」

「這很複雜。」

「亞美利加，如果妳不打算坦承，那我們是在浪費時間。我想與妳開誠布公地談，這對我們都有益，我們的關係也會比較和平。」

我不停扭動我的手，試著想出一種解釋。我喜歡克莉絲，若是有天我必須打道回府，我希望她能獲勝。

「克莉絲，我真的想和妳當朋友，我覺得我們或許已經是朋友了。」

「我也是這麼想的。」她溫柔地說。

「只是，我很難分享這麼私密的事情。我很感謝妳的誠實，但我不確定自己會想知道一切。雖然發問的人是我。」我看見她想開口說話，於是很快接著說：「我已經知道他對妳有感覺，我覺得自己現階段還是不要知道得太詳細比較好。」

她微笑著說：「我尊重妳的想法。但妳可以幫我一個忙嗎？」

「當然，如果我辦得到。」

她緊咬著嘴唇，視線轉過去一分鐘。等她回過頭來，我看見她的眼裡有淚水。「如果妳很確定他不要我，或許妳可以警告我，好嗎？我不知道妳怎麼想，但是我愛他。如果妳提前告訴我，我會很感激的，當然前提是妳很確定。」

她愛他。她大聲而毫無畏懼地這麼說。克莉絲愛著麥克森。

「如果他態度肯定地告訴我，我會跟妳說的。」

她點點頭。「然後，也許我們可以協議不要故意阻撓對方，好嗎？我並不想用卑鄙的手段獲勝，妳應該也是。」

「我又不是賽勒絲。」我假裝噁心地說，她笑出來了。「我答應妳，公平競爭。」

「好，一言爲定。」她輕擦眼角，順一順禮服。不難想像，她戴上皇冠會有多麼優雅。

「我必須走了，」我說了謊。「謝謝妳找我出來談。」

「也謝謝妳。如果我表現得太積極，請妳原諒。」

「沒關係的。」我邁開腳步。「晚點見囉。」

「好。」

在不失禮的前提下，我盡快轉身朝著皇宮走去。一進入皇宮，我便加快腳步、直接上樓，急切地想躲起來。

我上了二樓，朝著自己的房間走去。我注意到地板上有張字條，這在向來整潔無瑕的皇宮不大尋常。那張字條就在接連我房門的轉角處，所以我想應該是給我的，於是翻面閱讀。

今天早晨又發生另一起反叛行動，這次是在帕洛瑪。目前統計已經有超過三百人死亡，至少超過一百人受傷。同樣地，這次反叛行動的主要訴求是終止王妃競選，使皇室血脈無法延續。請指示我們最好的回應方式。

我渾身發冷，搜尋著字條的正反面，想找出日期。今天早晨又發生另一起反叛行動？假設這是幾天前寫下的，指的應該是第二起攻擊。同樣地，主要訴求是終止王妃競選，所以這是最近所有攻擊行動的訴求嗎？北方和南方叛軍都企圖終止王妃競選嗎？

我不知道該怎麼辦。我不該看到這張紙條，所以也沒辦法和誰討論。但是，應該知道這件事情的人收到訊息了嗎？我決定將字條放回地上，希望衛兵很快將它撿起、送往正確的地方。

至於現在，我只能樂觀期待有人已經做出回應了。

24

接下來兩天，我每餐都在房間享用，盡量避開克莉絲。直到星期三的晚餐，我想應該不會覺得尷尬，但是很遺憾地大錯特錯。我們對彼此淺淺微笑，我卻依舊無法鼓起勇氣和她說話。我差點就希望自己坐在房間另一端，坐在賽勒絲和愛禮絲的中間。

在甜點送來之前，踩著高跟鞋的詩薇亞以最快的速度跑進來，簡單行個禮，然後直接走向王后，在她耳邊低語。

王后倒抽一口氣，和詩薇亞一同跑出房間，留下我們。

我們一直以來都被教導聲量不能過大，但是當下完全無法克制。

「有人知道發生什麼事了嗎？」賽勒絲問道，反常地顯露擔心。

「他們該不會受傷了吧？」愛禮絲說。

「喔，不！」克莉絲用氣音說，整顆頭放在桌上。

「不會的，克莉絲。來，吃點派吧。」娜塔莉勸她說。

我發現自己無法言語，不敢想這代表什麼意思。

「如果他們被抓了怎麼辦？」克莉絲大聲說，語氣非常擔憂。

「我不認為新亞細亞的人會這麼做。」愛禮絲說，但我看得出來她很擔心。我不確定她是在為麥克森的安危擔心，還是在煩惱與她有關的人會做出任何侵略舉動，搞砸她的機會。

「如果是墜機呢？」賽勒絲小聲地說。

她的臉上竟然也會出現恐懼的表情，這就足以令我們所有人都沉默了。

如果麥克森死了呢？

安柏莉王后和詩薇亞手牽著手回來，我們殷切地看著她們。王后露出笑容，讓我們的緊張情緒頓時鬆懈。

「小姐們，是好消息，國王和王子今晚就會回來了！」她朗聲說。

娜塔莉緊握著雙手，克莉絲和我同時往椅背上靠，這時我才知道自己的身體在剛剛那幾分鐘多緊繃。

詩薇亞插話說：「有鑑於過去幾天情勢緊張，我們決定取消所有大型慶祝活動。另外，從他們離開新亞細亞的時間計算，我們就寢之前應該是見不到他們。」

「謝謝妳，詩薇亞。」王后溫和地說。「真的，人回來就好，誰還在乎那些瑣碎小事？「不好意思，小姐們，我還有一些工作要完成。請好好享用甜點。祝妳們有個愉快的夜晚。」她說完便轉身飛奔而去，幾乎沒看見她雙腳碰到地板。

幾秒鐘後，克莉絲也離開了，也許要去做張歡迎回家的卡片。

我很快用完晚餐，上樓回房間。半路上，我在走廊看見戴著一頂白帽、飄散幾綹金髮、穿著侍女黑色制服的身影閃過，跑向遠方的階梯。那是露西，聽起來像在哭泣。我猜她決定趁著沒人注意暫時離開一下，所以就沒喊她了。我拐個彎回到房間，房門是打開的，所以我在走廊上就聽見安和瑪莉的聲音，所有對話一清二楚。

「爲什麼妳總是對她那麼嚴厲？」瑪莉埋怨說。

「不然我該跟她說什麼？說她想怎樣就能怎樣嗎？」安厲聲回應。

「沒錯！鼓勵她、給她一點信心很困難嗎？」

發生什麼事了？這就是她們最近看起來很疏離的原因嗎？

「她的目標太高了！」安指責說。「給她錯誤的期待，並不是一件好事。」

瑪莉帶著諷刺指控說：「喔，那妳的所做所爲還眞是爲她好，我看妳只是吃味吧！」

「什麼？」安馬上回應。

「妳只是酸葡萄心理，無法忍受她比妳更接近妳內心眞正的渴望。」瑪莉大吼說。「妳一直看不起露西，因爲她不像妳從小在皇宮裡長大。妳也嫉妒我，因爲我在這裡出生。爲什麼妳總不滿意自己的出身？別再爲了讓妳自己好過，而拚命阻礙她了！」

「根本不是這樣！」安激動地說。

這時，一陣壓抑的啜泣讓瑪莉啞然無言了。換作是我也會呆住，安看起來不像會掉淚的人。

「要求多有那麼糟糕嗎？」她問，淚水讓她的聲音變得濃濁。「我知道我的位置是個榮譽，我也很高興能做這份工作，但我眞的不希望以後的人生都這樣過，我想要更多，我想有個丈夫，還想有……」她總算戰勝自己的悲傷。

我的心破碎一地。安脫離這個工作唯一的方法，就是結婚。皇宮裡有許多第三、第四階級的男子來來去去，但是他們不大可能娶侍女爲妻。她等於被困在這裡了。

我嘆了一口氣，調整一下呼吸後進入房間。

「亞美利加小姐。」瑪莉行個禮說，安也照辦。我瞥見她猛力擦去臉上的淚水。爲她留點尊嚴吧，開門見山並不是個好主意。我大步走過她們，到鏡子前面。

「您還好嗎？」瑪莉繼續說。

「我眞的好累，想倒頭大睡。」我邊說邊專心處理頭上的髮夾。「我覺得妳們應該去休息，我可以照顧自己。」

「確定嗎？小姐。」安問，她很努力讓聲音平穩。

「絕對沒問題。我們明天見吧。」

我只勸了幾句，她們就離開了，眞是謝天謝地。我並不想讓她們在心情不好的時候還得照顧我。努力脫下禮服之後，我躺在床上，好長一段時間都在想麥克森。

我甚至不確定自己在想他的哪一部分。我的思緒模糊不明，但我不停地想起得知他安全無虞並在回家路上時，心裡那股無法言喻的幸福感受。我偶爾也會想到，他離開的期間是否也有想我？

我翻來覆去好幾個小時，心神不寧。大約凌晨一點的時候，我決定既然睡不著就來讀書。我打開檯燈，拿出葛雷格利的日記，略過剛開始的秋天，挑了二月的某一篇。

有時候，想到這一切有多麼簡單就令我發笑。如果有一本教科書的主題是「如何推翻國家」，我肯定會是書中最佳男主角。或許我可以自己寫這本書。我不大確定第一個步驟是什麼，因為你無法真的強迫另一個國家發動侵略，或是讓白痴負責管理現有的國家。但是我一定會鼓勵可能成為領導者的人，竭盡必要手段取得巨大財富。

然而，迷戀金錢還不夠，你必須擁有金錢、掌握權力、統治其他人。雖然我沒有什麼政治背景，但不成問題，我還是能夠獲得擁戴、主宰人民。老實說，避開政治可能是我最強而有力的優勢。沒有人相信政治家。這麼多年以來，瓦利斯只會開空頭支票，但是他的承諾最後連個影子都沒有。我不一樣，我只是提出想法，不做任何保證。我只給予人民樂觀的微弱幻影，告訴他們未來可能會有所改變。他們如此絕望，他們不在乎，他們甚至不想過問。

也許重點就是在其他人慌張失措時，依然保持冷靜。現在，瓦利斯的內心充滿憎恨，他就要把統治權交給我了，卻沒有任何人出聲埋怨。在周圍所有人向下沉淪、歇斯底里的時候，我不說話、不行動，只是和顏悅色地微笑。看看身旁的普羅大眾，他們肯定認為我至少上得了檯面，適合與其他元首打交道。就讓瓦利斯去絕望吧，誰叫他的身邊有個人民愛戴的人。我很確定，只要提出兩、三個措詞低調的政策，就能統治一切。

這個國家是我的。我覺得自己就像是一個下西洋棋的小男孩，知道這盤棋我贏定了。我比瓦利斯聰明、富有，不知為何，全國人民也更崇拜我。等到有人真正開始思考原因的時候，一切都不重要了。我可以為所欲為，沒有人能阻礙我。所以接下來呢？

應該開始癱瘓整個政治系統了。這個可憐的共和國已經搖晃不穩，幾乎無法運作。問題是我該與誰結盟？我該如何讓整件事情看起來像是大眾求之不得的結果？

我有個想法，我的女兒可能不會喜歡，但我並不會很擔心這點。是讓她有機會貢獻小我的時候了。

我把書本闔上，既困惑又難過。癱瘓整個政治系統？主宰人民？我們國家的結構，只是某個人便宜行事的手段嗎？

我想直接找到書中關於他女兒下落的部分，但是我真的很疑惑該不該知道眞相。我走到陽台上，想呼吸點新鮮空氣，希望有助於讓我的心思專注於剛才讀到的文字。

我看向天空，試著想清楚這一切，但是甚至不知道該從何開始。我嘆口氣，視線飄到花園，停駐在一抹白色人影上。是麥克森獨自一人在花園裡。他終於回家了。他的襯衫沒紮好，也沒有打領帶或穿外套。他這麼晚還在外面做什麼？我看見他拿著一台相機，今晚，他肯定打算獨自一人隨處走走。

我猶豫了半晌，但我還能跟誰討論這些事呢？

他的手到處移動，尋找拍攝的題材。我連續揮了幾次手，直到他看見我。他的臉上閃現一抹驚喜的微笑，也揮手回應。我拉拉耳朵，希望他有看見，然後他也以相同的動作回應。我指著他，然後指向我房間。他點點頭，舉起一隻手指，意思是馬上就來。我點頭回應，回到房間，他也跟著我開始動。

我穿上長袍，用手梳了梳頭髮，希望自己看起來像他一樣有點隨性，但不至於無精打采。我不確定該怎麼開口，因爲我要問麥克森的問題，說穿了就是：雖然他處於上位，但似乎並不符合利他主義的原則？而且與大眾接收到的、相信的事實有出入。正當我在想他動作怎麼那麼慢的時候，他便敲敲我的房門。

我跑過去打開門，迎面而來的正是他的相機鏡頭，喀嚓一聲，記錄下我驚喜的微笑凍結的瞬間。我的表情瞬間垮下，因爲這小小驚嚇而感到不悅，這一幕的表情也被捕捉了，然後他哈哈大笑。

「你太好笑了，快點進來！」我抓住他的手臂命令說。

他跟著我進來。「抱歉，我忍不住。」

「你倒是挺悠哉的嘛。」我指控說。我們並肩坐在床邊，距離遠得足以面對彼此。

「我得先回我房間。」他將他的相機安穩地放在我床邊的桌子上，拍了拍放在罐子裡面的一分錢幣，發出聲音。他沒解釋爲什麼要回自己房間。

「喔，所以這趟旅行怎麼樣？」

「很詭異。」他坦白說。「我們最後到了新亞細亞的農村地區，父王說當地有些動亂，但是我們抵達時已經沒事了。」他搖搖頭。「說眞的，這有點詭異。我們花了好幾天的時間走過老舊的城鎭，試著和當地人說話。我對語言的掌握能力令父王大失所望，他堅持我多讀一些書，好像我這陣子還不夠努力似的。」他嘆一口氣說。

「這眞的有點奇怪。」

「我在猜這可能是某種測試，最近他不時會給我考驗，而且我常常沒有發現。也許是某種決定，也許是處理一些始料未及的狀況。」他聳聳肩膀。「無論如何，我確定自己失敗了。」

他玩弄著自己的雙手，坐立難安。「他也跟我談了王妃競選的事，他認爲跟妳保持距離對我比較好，可以讓我客觀思考什麼的。說眞的，我已經受夠每個人都告訴我該做什麼決定。」

我確定國王的想法是把我趕出麥克森的腦袋。他在餐桌上會對其他女孩微笑，在走廊上會對其他女孩點頭致意，但是他從未同等對待我。我覺得不大舒服，不知該如何回應。

麥克森顯然也不知道該如何緩和氣氛。

我決定先不問麥克森日記的事情，畢竟從他領導眾人的方式，和他想成爲的那種國王看來，他是個非常謙卑的人。我心中擔心的感覺揮之不去，我怕他知道的其實比他透露的多，但是我必須更深入了解才能發問。

麥克森清清喉嚨，從他的口袋掏出一小串珠飾。

「如同我先前所說，我們走過許多小鎮，我在街上一家比較偏成熟女性的店鋪裡看見這個。是藍色的，」他補充說道，並直接說出理由，「妳似乎很喜歡藍色。」

「我愛藍色。」我低聲說。

我看著那條小手環。幾天前，麥克森走在這個世界的另一端，他無意間在一家小店裡看見這個手環……然後想起了我。

「我沒有帶禮物給其他人，所以妳可以替我保守秘密嗎？」我點點頭同意。「我知道妳從來就不是個會大聲張揚的人。」他喃喃自語地說。

我一直凝視著那條小手環，它好低調，上頭有抛光的石頭，但不太像寶石。我伸出手，一隻手指繞過一個橢圓小珠。麥克森擺動手鍊，逗得我發笑。

「需要我替妳戴上嗎？」他提議說。

我點點頭，伸出沒有艾斯本的鈕釦手環的那隻手。麥克森將冷冷的石頭手環放在我的肌膚上，最後繫好緞帶。

「眞好看。」他說。

就這樣，一切的煩惱都煙消雲散，因爲希望又回來了。

這份禮物使我內心陰霾的部分雨過天晴，也令我更加思念他了。我想抹去萬聖節以來的所有事情，回到那個晚上，讓我倆永遠停留在共舞時刻。一想到這，我的心又深深地沉入谷底。如果能回到萬聖節那天，我不會對麥克森的眞心有任何懷疑。

即便我無庸置疑地相信爸爸的看法，也相信艾斯本認爲我可以勝任王妃的原因……我還是不可能成爲克莉絲。克莉絲就是比我好。

我感覺好疲倦、壓力好大、好困惑，忍不住開始哭泣。

「亞美利加？」他猶豫地問。「發生什麼事情？」

「我不懂。」

「不懂什麼？」他輕輕地問。我心想，他近來似乎比較懂得面對淚流滿面的女孩。

「不懂你。」我坦承說。「現在，我眞的覺得很不了解你。」我擦去臉上一邊的淚水，然後麥克森無比溫柔地把我另一邊的淚水拭去。

這樣的碰觸讓我感覺陌生，同時卻又理所當然，彷彿他如果不這麼做就罪大惡極。拂去眼淚後，他捧起我的臉龐。

「亞美利加，」他眞誠地說。「如果妳想知道任何與我有關的事情，比方說對我來說什麼最重要，或是我的眞面目，妳儘管開口問就好。」

他看起來好眞摯，我幾乎要開口求他說出眞相：克莉絲是否一直是他的考慮人選之一？他知道日記的事嗎？這條美麗的小手環爲什麼令他想起我？

但我怎麼知道他的答案是不是眞的？而且艾斯本該怎麼辦？我漸漸明白，艾斯本是比較安全的選擇。

「我不知道自己是否準備好了。」

麥克森想了一會兒後看著我。「我了解，但至少我已經準備好了。我們應該很快就必須談一些嚴肅的問題。我就在這裡，隨時等妳準備好。」

他沒有給我壓力，只是站在原地，對我微微一鞠躬。他拿起相機，走向房門，最後回頭再看我一眼，才消失在走廊上。看見他離去，我很驚訝自己竟然有種心痛的感覺。

25

「私人課程？」詩薇亞問道。「每個星期幾次嗎？」

「當然。」我回答說。

這是我來到這裡之後，第一次眞正對詩薇亞心懷感激。我很確定，如果有人願意遵從她每個指令，她一定不會拒絕這樣的學生。如果她多指派一點工作給我，就表示我可以保持忙碌，不去胡思亂想。

思考麥克森、艾斯本、那本日記以及克莉絲的事情，對現在的我而言負荷太重。擬定草案是白紙黑字的工作，有一套正當程序要依循，學習這些事務是我現在應該努力的方向。

詩薇亞有點震驚地看著我，然後露出一個大大的微笑。她擁抱著我，大呼小叫地說：「喔，眞是太好了！總算有個人了解這些事情有多重要！」她緊握著我的手臂。「妳希望什麼時候開始呢？」

「現在好嗎？」

她高興地說：「讓我先去拿幾本書過來。」

我專心研讀她爲我準備的教材，感激她幫助我將這些文字、事實以及數據記在腦中。這段時間，我不是跟著詩薇亞學習，就是閱讀她指定的教材，因此減少了與其他女孩交流的時間。

我努力精進，期待著下次我們五個人一起上課。

下次上課的時候，詩薇亞問我們對什麼事物抱持熱情？我迅速寫下「家庭、音樂以及正義」，冥冥之中有種力量，要我寫下「正義」兩個字。

「我會這麼問的原因是，身爲王后，通常也得負責管理對國家有助益的某個委員會。拿安柏莉王后來說，由她起頭負責的一項計畫是『訓練人民照顧家中的身心障礙者』。以往人們無力照顧家中病患，以至於許多病患被棄置在大街上，使得第八階級的人數無限增加。根據過去十年的統計數據，王后的計畫已經使第八階級的人數下降，進而保障一般民眾的安全。」

「所以，我們也要想出類似的新計畫嗎？」愛禮絲問，聽起來很緊張。

「是的，這是妳們的新工作。」詩薇亞說。「兩週後的《首都報導》上，妳們必須呈現自己的想法，並提出具體方案。」

娜塔莉小聲驚叫，賽勒絲翻了個白眼，克莉絲看起來彷彿已經開始構思。她突然興致勃勃的態度，令我緊張不已。

我想起麥克森提過接下來刪除候選者的事，感覺克莉絲和我略占優勢，但我還是有點擔心。

「這對我們有什麼幫助嗎？」賽勒絲問。「我寧可學習一些眞正用得上的東西。」

從她擔心的語氣聽來，她不是覺得無聊，就是害怕接受挑戰。

詩薇亞變了臉色。「妳們都會用得上的！無論誰成爲新任王妃，都必須負責慈善計畫。」

賽勒絲壓低聲音喃喃自語，一邊甩著筆。我討厭她想要坐上王妃的位置，卻不想擔任何責任的心態。

比起她，我會是更好的王妃。我明白這個想法極具眞實性。我沒有賽勒絲的人脈，沒有克莉絲的儀表，但至少我在乎人民，難道這不夠重要嗎？

頭一次，一股眞實的熱情流竄我的全身上下。眼前的這個任務，正好可以彰顯我與其他人的不同。我下定決心埋首苦幹，希望能帶給大家不一樣的觀感。也許我最後會輸，也許我獲勝的意願根本不高，但我盡可能讓自己接近一個王妃該有的樣子，透過王妃競選找到自己的平靜。

沒指望了。我想破了頭，就是想不出什麼慈善計畫的點子。我先自行思考，又讀了更多資料，然後又花更多時間思考。我問了我的侍女，但她們也沒什麼想法。我已經好幾天沒聽到艾斯本的消息，我想是因爲麥克森回來了，他必須格外小心謹愼。

更糟糕的是，克莉絲很顯然正在專心準備簡報，一天總有好幾個小時不在仕女房，而她在仕女房的時候，也總是埋頭苦讀，或是忙著寫筆記。

可惡。

到了星期五那天，我感覺自己死定了，因爲我只剩下一個星期的時間，卻完全沒有頭緒。在今天的《報導》上，蓋佛瑞預告下個星期的節目大綱。他說會先有幾則簡短的宣布事項，接下來整晚就由候選者發表簡報。

我的額頭落下一小滴汗水。

我發現麥克森正看著我，他拉拉自己的耳朵。我不確定該怎麼反應，既不是很想答應，卻也不想無視他，於是我也拉拉耳朵，他看起來鬆了一口氣。

我在等待他的空檔坐立難安，不停玩弄自己的髮梢，並在房間內走來走去。

麥克森簡短地敲了門，跟以往不大一樣。我站起來，感覺自己應該要比平常更正式一些。我知道自己的樣子很好笑，但無法停止這種焦慮的舉止。

「妳好嗎？」他問我。

他做了個同情的表情，令我發笑。「大部分是因爲那個慈善計畫。」

「喔，」他說，並在我的小桌旁坐下。「如果妳想，可以在我面前練習發表簡報，克莉絲就是這麼做的。」

我覺得自己像個洩氣的輪胎。她當然已經完成了。「我連八字都還沒一撇呢。」我坦白說，在他的對面坐下。

「是喔？我大概明白妳壓力有多大了。」

我看了他一眼，意思是說：你才不懂。

「對妳而言，最重要的是什麼？一定有什麼事情是妳覺得無比重要，但其他人可能會忽略的。」麥克森舒服地靠著椅背，一隻手擱在桌上。

他怎麼能夠如此輕鬆愜意？他看不出來我有多緊張嗎？

「我已經想了一個星期，什麼也想出不來。」

他輕輕地笑著說：「我以爲這對妳來說輕而易舉。妳人生中見過的苦難，比其他四個人的總和還多。」

「確實是，但我從來不知道該如何改變這些苦難，這就是問題所在。」我盯著桌子，腦海中浮現卡洛林納省清晰的景象。「我眞的見過……第七階級的人因爲從事重度勞動而受傷，卻因爲沒辦法再工作，突然被降爲第八階級。在宵禁時間，一些女孩在街上四處遊蕩，跟陌生男子上床，想也知道是爲了什麼。那些永遠匱乏的孩子們，吃不飽、穿不暖、沒人愛，只因爲他們的父母親必須勞動至死。這些在我最難熬的生涯當中，根本司空見慣。但是要我想出一個可行的解決辦法？」我搖搖頭。

我看著他，希望他眼裡有答案，但是我失望了。

「妳說得很對。」他接下來就沉默不語。

我想著自己所說的話和他的反應，難道這表示他對於葛雷格利計畫，比我想像的知道更多？又或許他只是有罪惡感，因爲他擁有的如此多，別人卻那麼少？

他嘆了一口氣。「今晚我眞的不希望談這個話題。」

「那你在想什麼？」

麥克森看著我，好像我瘋了似的。「當然是妳。」

我把頭髮塞進耳朵後方。「想我的什麼事？」

他將椅子轉向，讓我們更靠近彼此，並傾身向前，彷彿要說什麼秘密。「我以爲妳看見瑪琳過得很好之後，事情會好轉。我原本確信，妳會再次把我放在心上，但是沒有。就連今晚，妳雖然答應見我，卻是這麼冷淡。」

所以，他眞的注意到了。

我的手滑過桌子，沒有直視他的雙眼。「這不是你的問題，是現在的情勢影響。」我聳聳肩。「我以爲你知道的。」

「但是在瑪琳的事情之後——」

我倏地抬起頭。「瑪琳的事之後，又發生許多事情，我了解到當個王妃意謂著我可能這一刻還擁有一切、下一刻就一無所有。我不像其他女孩，我是這裡出身階級最低的。愛禮絲或許是第四階級，但她的家人那麼富裕，我很訝異他們竟然沒有花錢買階級。而你又是在這樣的環境下長大的，這對我來說是很重大的改變。」

他點點頭，還沒失去那份似乎永無止盡的耐心。「亞美利加，我眞的了解，這就是我爲什麼也希望給妳更多時間，但是妳也得把我考慮進去啊。」

「我有。」

「不，不是那種一般的同理心。妳想想我的處境，我剩下的時間並不多。這次的慈善計畫是刪減人選的前哨戰，我想妳一定也猜到了。」

我低下頭去，當然猜到了。

「所以等人數降到四人時，我該怎麼辦？再多給妳一些時間嗎？等到剩下三個人的時候，我必須做出抉擇。如果到時候妳還在思考自己是否願意承擔責任、是否能夠承受這種工作量、是否想跟我在一起……那我該怎麼辦？」

我緊咬著嘴唇。「我不知道。」

麥克森搖搖頭。「這樣不行，我需要答案，因爲我不能讓眞正想得到這一切……想得到我的人回家去。萬一妳最後想放棄，那怎麼辦？」

我的呼吸變得很大聲。「所以，我現在必須給你一個答案？我甚至不曉得自己該對誰交代。難道說，我想留在這裡就等於我想成為王妃嗎？我就是搞不清楚這些。」我感覺全身肌肉都繃緊了，彷彿準備跑步離開。

「妳現在什麼都不必說，但是到了《報導》當天，妳得弄清楚究竟想不想要這一切。我不想對妳下最後通牒，但是妳對於我人生中唯一的機會似乎漠不關心。」

他嘆了一口氣，繼續說：「我不想談這些。也許我該走了。」我聽得出來他希望我開口挽留，告訴他橋到船頭自然直，一切都會沒事的。

「我想你應該離開了。」我低聲說。

他搖搖頭，惱怒地站起來。「好。」他踩著生氣的步伐，迅速離開房間。「我去看看克莉絲在做什麼。」

26

我下樓吃早餐，刻意坐在遲到的那一側。我不想冒一個人撞見麥克森或其他女孩的風險。在我走到階梯之前，艾斯本出現在走廊上。我不耐煩地發出吼聲，他環顧四周，然後朝我走過來。

「你去哪兒了？」我低聲問道。

「亞美，我在工作。我是個衛兵，無法掌控自己的行程。我已經不再輪守妳的房間了。」

我想問爲什麼，但現在時機不對。「我得和你談談。」

他想了一會兒。「兩點鐘，走到一樓走廊的盡頭，下去穿過醫療中心，我可以去那裡，但沒辦法待太久。」我點點頭。他對我快速行了個禮，趁著還沒有人發現我們正在交談趕緊離開，我走下樓，覺得很不滿。

我想要大聲尖叫。每個星期六在仕女房接受整日折磨，眞是不公平。造訪此地的人們多半是來見王后的，不是我們。或許等我們其中一人成爲王妃，情況就會改變，但是現在我就只能被困在這裡，看克莉絲再一次表演她的簡報。其他人也在閱讀、書寫或是寫報告。我覺得胃好痛，必須盡快得到靈感。艾斯本一定能幫我想出辦法。無論如何，我今晚都得有個開頭。

詩薇亞彷彿有讀心術，她來找王后，也順道過來看我。

「我的得意門生如何啊？」她用極小的音量問，以免其他人聽見。

「我很好。」

「妳的計畫進行得如何？要不要我幫忙看看或是調整？」她提議說。

調整？連個影子都沒有，要調整什麼？

「很順利，我確定妳會喜歡的。」我說了謊。

她歪著頭，「我們是不是該保密呢？」

「確實是。」我微笑說道。

「沒關係，妳最近的表現都不錯，我確定這次也會很棒的。」詩薇亞拍拍我的肩膀，然後走出房間。

完蛋了。

每分每秒過得如此緩慢，我坐如針氈。快到兩點的時候，我藉故出去，走到走廊的盡頭，大扇窗戶下有座酒紅色沙發，我坐下來等待。我沒看時鐘，只覺得時間慢到讓我渾身不舒服。接著，艾斯本終於出現在轉角處。

「剛好準時。」我嘆氣說。

「怎麼啦？」他站在沙發旁邊問我，一副正經八百的樣子。

好多事情，我心想。好多事情，一言難盡。

「我們有個作業，我不知道該怎麼辦，毫無靈感，壓力大得睡不著。」我顫抖著說。

他呵呵笑了。「是什麼樣的作業？設計皇冠？」

「不是！」我說，挫敗地瞪著他看，「我們得想出一個對國家有益的慈善計畫，就像安柏莉王后的身心障礙者照顧計畫那樣。」

「妳們最近就是在忙這個啊？」他問，並搖搖頭。「怎麼會壓力大呢？聽起來很有趣啊。」

「我原本也是這麼想的，但我卻一點頭緒也沒有。換成你的話，你有什麼點子？」

艾斯本想了一會兒。「我知道了！妳應該做個階級交換計畫。」他說，眼神中閃爍著興奮。

「什麼？」

「階級交換計畫。上層階級的人和下層階級的人交換生活，這樣他們才會設身處地爲我們著想。」

「艾斯本，我不認爲這個計畫行得通，至少這次不行。」

「這個想法很棒啊！」他堅持說。「妳可以想像賽勒絲那種人，整理貨架到指甲斷裂嗎？」

「發生什麼事了嗎？難道沒有衛兵本來就出身第二階級家庭？他們現在不是你的朋友嗎？」

「我沒變。」他的語氣充滿防衛。「我向來如此，是妳忘了住在沒有暖爐的房子裡是什麼滋味。」

我打直背脊。「我沒有忘記。我正努力想出一個公益計畫，防止那些情況繼續發生。即便最後我回家了，其他人依舊能透過我的想法受惠，所以我希望這是個好計畫，我想幫助人民。」

「亞美，別忘記了，」艾斯本的眼神流露出憤怒。「你們家糧食耗盡的時候，這個政府只會坐視不管。他們還讓我弟弟在廣場上受鞭刑。說再多也改變不了我們的身分，他們把我們逼到永遠無法自行逃出的死胡同，卻一點都不急著拉我們出來。亞美，他們不會明白的。」

我好生氣，只能不發一語。

「妳要去哪？」他問。

「回去仕女房。」我回答並邁開步伐。

艾斯本跟在我後面。「我們眞的要爲了這個愚蠢的計畫吵架嗎?」

我轉過去面對他。「不。我們吵架是因爲你也不懂。我現在是個第三階級,你是個第二階級。除了回顧我們以前如何被對待,你爲什麼搞不清楚自己擁有怎麼樣的機會?你可以改變家人的生活,你或許也能改變許許多多人的生活,你卻一心一意只想拚個死活,這樣狀況不會有進展的。」

艾斯本沉默不語。我說完便離開了。他的熱情只用於達成自己的願望。我盡力平息自己的怒氣,畢竟熱情是一種令人敬佩的特質。但是他的話讓我不斷思考關於階級的問題。爲什麼不能去階級化呢?想著想著,整個情況開始令我感到憤怒而無力。

反正不會有什麼改變,何必想那麼多?

我演奏了一段小提琴,泡了個澡,試著小睡一下。整個傍晚我都坐在安靜的房間裡,或是陽台上。

一切都不重要了。在這場比賽中,時間越來越緊迫,情況越來越危急,而我的計畫還是一點起色也沒有。

我躺在床上好幾個小時,試著入睡卻失敗了。我不停回想起艾斯本憤怒的字字句句。他總不斷在與命運拚搏。我想起麥克森和他的最後通牒，他要求我許下承諾。這一切真的那麼重要嗎？反正星期五那天生不出簡報來，我肯定會被送回家的。

我嘆了一口氣，拉高毯子。我一直避免再次翻開葛雷格利的日記，擔心那本日記會帶給我更多困惑，而不是答案。但是或許裡面的內容能給我一些指引，讓我在《報導》上有東西能說。

而且，即使我無法幫助自己，我也必須知道他女兒發生什麼事。我確定她的名字是凱薩琳，所以我快速翻頁，直接跳到提及她的部分，然後發現了一張照片。照片中的女孩站在一個男人旁邊，那個男人的年紀顯然大她很多。也許是我想像力豐富，但是她看起來好像在哭泣。

凱薩琳今天終於嫁給史汪登威王國的艾米爾．迪．蒙佩薩特。到教堂的路上，她一直哭哭啼啼的，直到我把話講明白：如果她不振作起來完成婚禮，之後她得為此付出代價。她母親很不高興，我懷疑史賓塞現在也很生氣，因為他知道姊姊不想出嫁。但史賓塞是個聰明的孩子，一旦他了解我為他創造的機會，很快就會遵從我了。至於戴蒙，他全心全意支持我。無論如何，我都希望能將他的系統用在其他人民身上。年輕的一代很重要，史賓塞和戴蒙的世代對於我取得今日的地位幫助是最大的。任何人都無法動搖他們的熱情，他們也更受群眾歡迎，所以人們更願意聆聽他們的意見。與那些堅持我們走錯路的風中殘燭大不相同。我一直在想，有沒有辦法讓他們永遠閉上嘴，卻又不會傷害我的名聲？

否則，明天的加冕典禮上，我們勢必會受到抨擊。現在史汪登威王國已經與強大的北美聯邦結盟，我終於能得到最想要的皇冠。我認為這是個公平交易。如果我能成為伊利亞王國的國王，為什麼要當個總統？因為我的女兒，我們一家注定成為皇室。

萬事俱備，只欠東風。明天就大勢抵定了。

他出賣了她。那個豬玀把自己的女兒賣給一個她討厭的男人，如此一來他就能滿足一切的欲望。

我下意識地用力闔上書本，想大聲把這件事情公諸於世。但是，我強迫自己迅速重新思考，再隨意閱讀內容。某個地方畫了一個階級系統的圖表，原本的構想是六個階級，而非八個階級。另外一頁則說明他計畫改變人民的姓氏，將人民與過去的連結斬斷。書中有一句話讓我明確知道：他想要懲罰敵人，所以將他們設爲較低階級；爲表揚忠心人士，則將他們設爲較高階級。

我懷疑我的曾祖父母們是眞的沒有能力幫助這個國家，或只是拒絕服從這一切？我希望是後者。

我原本的姓氏應該是什麼？爸爸知道嗎？

在截至目前爲止的人生當中，我一直相信葛雷格利·伊利亞是個英雄，在我們幾乎沉淪的時候拯救了我們的國家。但是，很顯然他什麼也不是，只是一個塡滿權力欲望的怪獸。是什麼樣的一個人，會如此樂於操縱人民？是什麼樣的一個人，會將自己的女兒獻祭，只爲了獲取權勢？

我以全新的觀點再次閱讀開頭。他從未說過想當個顧家的好男人，他只說希望自己看起來像那樣。從現在開始，他要遵照瓦利斯的遊戲規則了。他利用自己兒子同儕的力量獲得支持，打從一開始就不懷好意。

我感到噁心至極。我站起來在房間裡走動，試著阻隔外界。完整的歷史是怎麼被遺忘的？為什麼沒有人談論過去那個國家的事？這些資訊都到哪裡去了？為什麼沒有人知道？

我睜開雙眼，看著天空。不可能，一定會有人無法認同，會告訴他們的孩子事實。我又想到，也許他們試過。我常常想，為什麼爸爸從不和我討論他藏在房間裡的那些老舊史書？為什麼我認知中的伊利亞王國歷史從未出版成書？也許是因為，如果把葛雷格利．伊利亞寫成英雄，人民會群起暴動。但如果這點是具有爭議性的，總會有人堅持，也會有人否認，真相怎麼可能被保護得如此完備？

我很納悶，麥克森知道這一切嗎？

突然，我想起一件事。不久之前，麥克森和我第一次接吻的時候，因為太出乎意料了，我把他推開，讓他覺得很尷尬。然後我才發現自己其實很希望他吻我，我提議我們只要抹去原本的記憶、塗上新的故事就行了。

「亞美利加，」他說，「我不覺得妳能改變歷史。」當時我回答，「我們當然可以，況且，除了你和我，還有誰會知道呢？」

那只是一番玩笑話。如果最後我們在一起，我們當然會記得真正發生過什麼事情。我們並不會因為追求完美的演出，就用一個聽起來很美好的故事取代事實。

但王妃競選這件事情本身就是**演出**。如果麥克森和我被問到關於初吻，我們會對所有人據實回答嗎？也許我們會把那個小插曲，當作屬於我們之間的小秘密？等我們死去，就沒有人知道真相了。而對我們而言如此重要的片刻記憶，也會煙消雲散。

有可能是這麼簡單的道理嗎？告訴一個世代某個故事，不斷重複，直到大家認爲這個故事就是事實。我有時會詢問那些比父母親年長的人，問他們知道些什麼？或是他們的父母親看過些什麼？過去的我好自負，總是不信任年長者的記憶。我覺得自己好笨。

我可能終其一生都被困在這個階級社會裡。因爲我喜歡音樂，所以我沒有怨言。但我一直想與艾斯本在一起，而且因爲他是第六階級，讓事情變得困難重重。如果那麼多年以前，葛雷格利．伊利亞沒有舒服地坐在辦公桌前、冷血制定現在的法律，那麼艾斯本和我就不會爭吵，我永遠不會在意麥克森，麥克森甚至不會是個王子……瑪琳的雙手還會完好如初，她和伍德沃克也不會住在只夠放床的房子裡。傑拉德，我那可愛的小弟弟，他可以研讀所有感興趣的科學書籍，而不是強迫自己投入藝術。

葛雷格利．伊利亞住在美侖美奐的房子裡，過著優渥的生活，卻奪去大多數人的權利，讓他們無法靠自己的能力改善生活。

麥克森說，如果我想知道他是什麼樣的人，只管去問就對了。我很害怕自己必須面對他可能是個獨裁君主的事實。但我必須知道。要在繼續參與競選或打道回府當中擇一，就必須知道他是什麼樣的人。

我套上室內鞋和外袍，走出房間，路上遇見一個不知名的衛兵。

「妳還好嗎，小姐？」他問。

「很好，我很快就回來。」

他似乎欲言又止，但我很快離開，沒有給他機會開口。我走上階梯到三樓。這層樓與其他樓層不同，衛兵站在階梯入口的地方，防止我走進麥克森的房間。

「我有話要和王子說。」我努力讓自己的聲音聽起來堅定。

「小姐，現在很晚了。」左邊的警衛說。

「麥克森不會在意的。」我肯定地說。

右邊的衛兵嘻嘻笑著。「小姐，我不認爲他這時希望有人陪伴。」

我思考這句話的意思，隨即皺起眉頭。

他和另一個女孩在一起。

我假設他和克莉絲在一起，坐在他的房裡有說有笑的，甚至連她訂婚前不接吻的規則都放棄了。

我思考是不是應該推開衛兵闖關，但還是算了。正當我準備再度開口時，衛兵打斷我的話：

「小姐，妳應該回去睡覺了。」

我想對他們大吼大叫，但是這樣不會有幫助的，於是我決定離開。我聽見那個竊笑的衛兵在我走開時喃喃自語了些什麼，讓我感覺更糟糕了。他在取笑我嗎？還是爲我感到惋惜？我不需要他的同情，我已經覺得自己夠可憐的了。

一名侍女手裡拿著托盤，下樓梯時經過我的身旁。我站到一邊，她低聲對我說：「他不在房間裡面。」

誰？麥克森嗎？

她點點頭。「可以去樓下找找看。」

我微微一笑，不可置信地搖著頭。「謝謝妳。」

她聳聳肩。「他不會躲起來的，只要妳找找看，就一定找得到。而且，」她的眼神裡帶著崇拜的光芒，「我們喜歡妳。」

她說完便走開，迅速往一樓移動。我很想知道她說的「我們」究竟是誰，但是現在這麼一個簡單的善意之舉，就夠讓我感動了。我站在原地好一會兒，然後下樓去。

活動大廳的門是開著的，但是裡面空無一人。餐廳也一樣。我確認了仕女房，心想他若是在那裡約會可就有趣了，但是也沒有人。我問了門邊的衛兵，他們向我保證麥克森沒有進去花園，所以我又查看了幾間書房和起居室。我猜他要不是跟克莉絲分開了，就是回去自己的房間了。

放棄吧。我繞過轉角，朝後面的階梯走去。比起主要的階梯，這個階梯離我比較近。雖然我沒看見什麼，但我聽見清楚的低語呢喃聲。我放慢腳步，不想打草驚蛇，也完全不確定聲音來自哪裡。

又一聲低語。

還有調情的嬉笑聲。

溫暖的嘆息聲。

聲音很清楚，我現在確定聲音是從哪個方向傳來的。我再向前走一步，看向左邊，發現陰影之下有兩個人抱在一起。影像越來越清晰，我的雙眼也適應了光線，但是眼前的畫面令人詫異。

毫無疑問，金色頭髮的人是麥克森，即使在夜裡也不會看錯。我曾經在花園微光下，見過多少次他的頭髮？但是我以前從沒看過，甚至想都沒想過，他的頭髮會纏繞在賽勒絲的雙手之中。她鮮紅色的指甲，梳進他豐盈的頭髮。

麥克森整個人被賽勒絲的身體貼在牆壁上，她的雙手在他的胸膛恣意遊走，雙腿纏繞著他。她的開衩禮服下露出一雙長腿，在黑暗的走廊下看起來像是淺藍色。她輕輕往後倒，看起來正在挑逗他。

我希望他開口要求她離開，告訴她，她並不是他想要的人。但是等了好久，他什麼也沒說，甚至還吻了她。她貪婪地享受著他流露出的情感，一臉笑盈盈的。他在她耳邊說了幾句話，賽勒絲靠在他身上擁吻他，這次比之前更深刻、激情。她禮服的一邊肩帶掉了下來，露出大片後背，但兩個人都懶得將它拉好。

我愣在原地，好想大聲尖叫或大哭一場，但是喉嚨塞住了。爲什麼在我們所有人之中，偏偏是她？

賽勒絲的唇從麥克森的唇上移開，落在他的脖子上，接著又發出討人厭的、銀鈴般的笑聲，再度親吻他。麥克森閉上雙眼，露出微笑。賽勒絲挪動了位置，所以我直視就能看見麥克森。

我應該要跑走，應該要消失，應該要蒸發。但是我站在原地，動也不動。

所以當麥克森一睜開雙眼，就看見我了。

正當賽勒絲上上下下親吻他脖子的時候，麥克森和我就這樣看著彼此。他的微笑消失了，瞬間呆若木雞。他眼裡的震驚使我移動腳步。賽勒絲沒注意到我，我悄悄往回走，連呼吸都不敢太大聲。

走到他們聽不見的距離，我才開始狂奔，飛快跑過值夜班的衛兵和男侍。涔涔的淚水陪伴我走上主要階梯。

我打起精神，很快走回房間。我推開門口看起來很擔心的衛兵，直接走進房間，坐在床上，面對陽台。在靜謐的房間裡，我感覺到自己的心在抽痛。太笨了，亞美利加，妳太笨了。

我要回家。我會忘記這一切。我會嫁給艾斯本。

艾斯本是我唯一信任的人。

不久之後，傳來一陣敲門聲。不等我應門，麥克森便逕自入內。他如同一陣旋風般走過房間，看起來就像我一樣生氣。

他什麼話都還沒說，我就走上前面對著他。

「你騙我。」

「我什麼時候騙過妳？騙了妳什麼？」

「你哪個時候不是在騙我？口口聲聲說要向我求婚，怎麼會被我撞見和那種人在走廊上做那種事？」

「我和她做的事情，和我對妳的感覺一點關係也沒有。」

「你在開玩笑吧？還是因為你是下任國王，任何半裸女子黏在你身上都很正常，只要你高興就好？」

麥克森看起來很受傷。「不，我從來沒有那樣想過。」

「為什麼是她？」我看著天花板問。「為什麼世界上那麼多女人，你偏偏選她？」

當我看著麥克森，催促他回答，他只是搖一搖頭。

「麥克森，她是個演員。你必須看清那個藏在妝容、魔術內衣之下的人，她什麼都不是，她只想操縱你，滿足她的欲望。」

麥克森火冒三丈，大笑著說：「其實我知道。」

他的鎮定出乎我的意料之外。「那你為什麼——」

我已經有答案了。

他知道，他當然知道。他從小在這裡長大，葛雷格利．伊利亞的日記說不定還是他的床邊故事，我怎麼會以為他不知情？

我到底有多天真？當我思考或許有人比我更適合當王妃時，我想到的是克莉絲，她既可愛又有耐心，還有一切我沒有的優點。但是我必須看著她跟另一個不同的麥克森在一起。這個男人必須追尋葛雷格利．伊利亞的腳步，這裡唯一與他相配的人只有賽勒絲。她最樂於把整個國家玩弄於股掌之上。

「就這樣吧。」我說，手揉著雙眼。「你想要我做決定是不是？現在就告訴你：結束了，我退出王妃競選。我受夠這些謊言，也受夠你了。天哪，我不敢相信自己竟然如此愚蠢。」

「亞美利加，還沒結束。」他馬上反駁我，態度和話語一樣堅定。「我說結束，妳才能結束。妳現在很生氣，但是妳沒有權利退出。」

我抓著頭髮，再過幾秒就要把所有頭髮連根拔起。「你有什麼問題？你被沖昏頭了嗎？你為什麼覺得我看見那些畫面沒關係？我恨那個女人，然後你剛剛在親吻她。我和你沒什麼好說的了。」

「好極了。天啊，妳這個女人，完全不讓我爲自己辯護！」

「還有什麼好解釋的？把我送回家就是了。我不想再留在這裡了。」

我們剛才的一來一往、針鋒相對，讓此時的沉默顯得特別嚇人。

「不行。」

我怒氣沖天。這不就是他一直以來想要的嗎？「麥克森．席理弗，你什麼都不是，只是個小孩子。即使手上的玩具你並不想要，你也不肯讓給別人。」

麥克森輕聲說：「我知道妳在氣頭上，但是——」

我推開他。「我不只是生氣！」

麥克森依舊保持鎮定。「亞美利加，別說我是小孩子，別激我。」

我再次推開他。「否則你會怎麼樣？」

麥克森抓著我的手腕，把我的手臂壓在背部下方。我看見他眼裡的怒火。我很高興，我希望他挑釁我。我需要傷害他的理由，好讓我把他碎屍萬段。

但是他的怒意並非伴隨著憎恨。我感覺到一股溫暖的電流，那是已經消失好長一段時間的感覺。麥克森的臉距離我只有兩、三公分，他的眼神正搜索著我的臉龐，也許在想我怎麼看待他，也許根本一點也不在乎。雖然這一切都錯得離譜，但我居然還是想要他。

我搖頭晃腦，想擺脫所有情緒。我後退著向陽台移動。雖然我推開他，但他並未因此與我爭吵。我深吸了幾口氣，穩定呼吸，然後才轉向他。

「你要把我送回家嗎？」我輕聲問。

麥克森搖搖頭，可能無法說話，也可能是不願多說。

我把他送我的手鍊扯下來，丟得遠遠的。「那就快走。」我低聲說。

我轉過身去，看著陽台外面。過了一段時間，我聽見房門闔上的聲音。他一離開，我便倒臥在地板上嗚咽、啜泣。

他和賽勒絲是如此相像，他們的人生就是一場演出。我知道在他接下來的人生裡，他會不停以甜言蜜語哄騙人民，讓大家相信他是良善之士，卻使人民永遠困在原地。就像葛雷格利做的那樣。

我坐在地板上，雙腿交叉。比起我對麥克森的憤怒，我更氣自己。我應該更努力反抗的。我應該做更多事。我不應該像隻喪家之犬一樣坐在這裡。

我把眼淚擦乾，評估現在的狀況。我和麥克森已經結束了，王妃競選對我來說也結束了，但是我還有一個簡報要交。艾斯本可能不覺得我夠強悍，足以擔任王妃，但是他對我有信心。我知道我父親也是，妮可塔王后也是。

我已經不需要贏得什麼獎品了，所以我該如何以震撼人心的方式退場？

27

詩薇亞問我簡報需要什麼工具時，我告訴她需要一張桌子，用來放一些書，還有一個畫板，放置我設計的海報。她對我創作了海報尤其興奮，因爲我是這裡所有女孩之中唯一眞正有創作藝術經驗的人。

我花了數小時將演講稿騰到筆記本上，這樣才不會遺漏任何細節。我在書本中標記的段落是簡報的資料來源。當我對著鏡子演練時，講到這個部分就會特別艱難。我試著不去想自己到底在做什麼，不然就會全身顫抖。

我要求安爲我準備一件看起來天眞純潔的禮服，對此她皺了一下眉頭。

「妳這樣說，好像我們以前幫妳準備的衣服都是性感睡衣似的。」她打趣地說。

我咯咯發笑。「完全不是這個意思。妳知道，我喜愛所有妳們替我準備的禮服。只是這次我想要看起來……像個天使一樣。」

安低頭微笑著。「我們應該有想法了。」

她們肯定瘋狂地工作，因爲我後來就沒見過安、瑪莉或是露西，直到《報導》播出的前一個小時，她們才進房，手忙腳亂地幫我穿禮服。那是套全白的薄紗禮服，穿起來很輕盈，用一條長形綠色束帶裝飾，還有藍色薄紗輕輕地加在右側。下襬的垂墜感，讓禮服看起來像雲朵。帝國式的高腰設計，增添高貴與優雅的氣息。穿上這件禮服，我感覺自己可愛脫俗。在她們爲我設計的禮服當中，這是我目前爲止最喜愛的一件。我很高興這件禮服呈現出的完美樣貌，而這可能是我最後一次穿她們爲我設計的禮服。

絕口不提這次的計畫眞的很困難，但我做到了。每次女孩們問我準備什麼主題，我都說是驚喜。這種回答招來了一些懷疑的表情，但我並不在乎。我請侍女們別碰我桌子上的東西，甚至別清理雜物。她們照我的話做，我的筆記本也一直面朝下地擺在桌上。

沒有人知道我的計畫。

我最想傾訴一切的人是艾斯本，但我克制住自己。一方面，我害怕被他說服，我可能會舉白旗投降。另一方面，我又害怕他會熱心過頭。

侍女們繼續妝扮的工作。看著鏡子裡的自己，我知道必須獨自面對接下來的事，這樣才是最好的。我不想讓任何人——我的侍女、其他女孩，尤其是艾斯本——因爲我的行動而惹上麻煩。

剩下來的任務，就是按部就班完成這件事了。

「安、瑪莉，可以請妳們幫我拿點茶過來嗎？」

她們面面相覷。「我們兩個人嗎？」瑪莉再確認一次。

「是的，麻煩妳們。」

她們一臉狐疑，但依舊行禮離開。我轉向露西說：

「過來坐在我旁邊，」我拉著她坐在長椅上，她照著我的話坐下，我簡短地問她：「妳快樂嗎？」

「小姐，妳說什麼？」

「妳最近總是很哀傷的樣子，我有點擔心妳們。」

她低下頭。「有這麼明顯嗎？」

「有一點。」我老實說。我用手臂環抱著她，讓她更靠近。她嘆了一口氣，將頭靠在我的肩膀上。我很高興她能暫時忘記我們之間那道無形的界線。

「小姐，您有什麼想要卻無法擁有的東西嗎？」

我哼了一聲。「露西，到這裡之前我是第五階級，這樣的情況多到我都懶得算了。」

一滴眼淚滑落她的臉頰，非常不像露西的表現。「我不知道該怎麼辦，我被困在這裡了。」

我打直背脊，讓她面對著我。「露西，我希望妳知道，我認爲妳可以做任何事情。妳的潛力無窮，妳是一個令人驚艷的女孩。」

她對我露出一抹微弱的笑容。「謝謝妳，小姐。」

我知道我們的時間不多。「聽著，我需要妳替我做一件事。其他人我不確定信不信得過，但我信任妳。」

雖然她一臉困惑，但我感覺得出來她很堅定。她說：「任何事情都在所不辭。」

我伸手拉出一格抽屜，取出一封信。「妳可以把這個轉交給艾斯本軍官嗎？」

「艾斯本軍官？」

「我想謝謝他向來如此友善，但自己拿給他可能不恰當，妳懂的。」這是個很爛的藉口，但我只能用這個方法，向艾斯本說明爲什麼接下來我要這麼做，並且向他道別。過了今晚，我想我待在皇宮的時間也不長了。

「我一個小時之內會把這封信交給他。」她熱切地說。

「謝謝妳。」眼看淚水就要落下，但我努力憋住。我很害怕，但是有太多原因促使我完成這件事。

我們都值得更好的生活。就因爲葛雷格利的計畫，我的家人、瑪琳、伍德沃克、艾斯本甚至侍女們，都被困在不合邏輯的人生中。

我走進《報導》的攝影棚，腋下夾著幾本做了標記的書，以及裝著海報的資料夾。棚內一如往常，國王、王后和麥克森的座位在右側靠近門的地方，王妃候選者的座位在左側。往常中間擺放的是國王演說時的講台，或是爲來賓準備的椅子，但現在成了我們發表簡報的地方。我看見一張書桌和我的小畫板，還有一個螢幕。有人要放投影片，眞是令人驚訝！是誰找到這個的？竟然做到這個地步。

我走到剩下唯一一個位置，賽勒絲旁邊。衰爆了……我將文件夾放在身旁，書本放在膝蓋上。娜塔莉也帶了幾本書。愛禮絲在反覆背誦她的筆記。克莉絲看向天空，看起來像是在默背簡報內容。賽勒絲在檢查妝容。

詩薇亞也在。今天她看起來異常興奮。這或許是我們目前爲止最艱鉅的挑戰，成果也會反映出她的努力。

我猛力吸一口氣。我完全沒想到詩薇亞的處境，但現在也來不及了。

「小姐們，妳們看起來好美，太棒了！」她邊說邊靠近我們。「既然妳們都在場，我想說明幾件事情。首先，國王會上來宣布幾件事情。接著，蓋佛瑞會介紹今晚的主題：妳們的慈善計畫簡報。」

向來頭腦冷靜、像個冷冰冰的皇宮機器人的詩薇亞，現在卻激動又亢奮，說話時還不斷跳動。「我知道妳們都練習了很久，現在妳們各自有八分鐘，如果任何人對接下來的節目有任何問題，蓋佛瑞會爲妳們解答。記得保持警覺，看起來要自信而自在。全國觀眾都在看妳們！如果突然忘詞，可以深呼吸一口氣，然後繼續往下說。妳們會表現得很好的。還有，上台順序就照座位順序，所以娜塔莉小姐是第一個，亞美利加小姐是最後一個。女孩們，祝妳們好運了！」

詩薇亞離開去重新檢查一些細節。我試著鎮定下來。最後一位，我猜這是一件好事。娜塔莉肯定覺得第一個上台糟透了。我看過去，發現她已經開始冒汗，一副專注的模樣，這對她來說肯定是場折磨。我忍不住盯著賽勒絲看，她並不知道我撞見她和麥克森在一起。我不停地想，爲什麼她沒有對任何人提起這件事？既然她選擇保守秘密，我猜那可能也不是第一次了。

想到這裡，我覺得糟透了。

「緊張嗎？」我問正在挑指甲屑的她。

「不會，這太蠢了，根本沒人眞正在意這件事。但是結束時我一定會很開心。我是個模特兒，」她最後看著我說：「我天生就擅長面對群眾。」

「妳確實很擅長裝模作樣。」我喃喃自語地說。

我看得出來她試著轉化我話中的侮辱之意。她最後翻個白眼，轉到另外一邊。

就在這時，國王走進來，王后就在他身旁。他們交頭接耳，看起來表情凝重。一會兒過後，麥克森也進來了。他調整了一下袖釦，走向座位。身穿西裝的他是那麼純潔、清白。我得提醒自己，我比其他人更了解他的真面目。

他看著我，起先我把頭轉開，但我不會被他嚇到的，於是我也瞪著他看。接著，麥克森試探性地拉拉耳朵。我緩緩搖頭，表情像在說：我們沒有任何關係，也沒什麼好說的了。

簡報開始，我全身直冒冷汗。娜塔莉的提案很簡短，而且方向有點錯誤。

她堅稱叛軍的所作所為是錯的，充滿怨恨，應該被取締，以確保伊利亞王國各省的安全。結束時我們全都瞪大眼睛看著她。難道她不曉得，叛軍的所作所為本來就是違法的嗎？

娜塔莉回到位置上坐下時，王后臉上的表情尤其哀傷。

愛禮絲提出一個計畫，內容是：上層階級人士應該以書信的方式，與新亞細亞的人建立友好的關係。她提到此舉能加強雙邊國家的友誼，有助於結束戰爭。我不確定這麼做究竟有沒有幫助，但她的簡報再一次提醒麥克森和民眾們，她今天還在這裡的原因。王后問愛禮絲在新亞細亞有沒有認識的人，能夠協助展開這個計畫，她肯定地說有。

克莉絲的簡報相當出色，計畫是重新修改公立學校系統。我知道這個計畫和王后及麥克森的想法很接近。身為一名教授的女兒，我想，她這一生肯定都抱著這個想法。她利用螢幕，呈現家鄉省份的學校照片，這是她父母親寄給她的。不難發現，照片中的老師看起來疲憊不堪。另一張照片中有四個孩子坐在地板上，只因為椅子不夠。王后詢問了十多個問題，克莉絲都能夠很快回覆。她影印了我們讀過的財務問題的報告，作為參考資料，甚至還找到了可借貸資金的單位，她也有想到繼續募資的方法。

她坐下來的時候，我看見麥克森對她微微一笑，點頭示意。她低頭看著禮服的蕾絲，以羞紅了臉作為回應。一想到他和賽勒絲那麼親密的舉動，再看看被他玩弄的克莉絲，這實在太殘酷了。但是我已經不想干涉，他愛怎樣就怎樣吧。

賽勒絲的簡報很有趣，應該說有點天真。她提議針對某些較低階級的人士，提供最低薪資標準。此標準根據工作者持有的合格證書而遞增或遞減。然而，要取得這些合格證書，第五、第六與第七階級都必須去上學，也必須負擔學費。關於這點，第三階級將是最大獲利者，因為他們是當局認可的教師。由於賽勒絲是第二階級，她完全不知道我們每天必須多麼努力工作，才能過著收支平衡的生活。沒有人有時間去考證照，也意謂他們的薪資不會產生改變。她的計畫表面上聽起來很美好，卻完全不可行。

賽勒絲回到座位上。我顫抖著起身，那一瞬間眞想假裝昏倒，不敢面對接下來的情況。

我將畫著階級圖表的海報固定在畫板上，並將書本按照順序排放在桌面。我深呼吸一口氣，緊抓著提示小卡。令人訝異的是，當我開始報告後根本不需要看筆記。

「伊利亞王國的人民們，晚安。今晚在你們面前的我，並不是菁英候選者，不是第三階級，也不是第五階級，我是一位公民，就和大家一樣。依據各自的階級出身，每個人在伊利亞王國所得到的經驗其實相當侷限，這點是無庸置疑的。直到最近，我都如此深愛著伊利亞王國。

「即使成長過程中偶爾糧食匱乏、無電可用，即使看見我們深愛的人心裡懷抱希望，卻必須被迫過一出生就注定好的人生。我看見自己和其他人中間隔著巨大的鴻溝，但我們其實相差無幾。」我望向其他女孩們。「即使如此，我發現自己仍然深愛這個國家。」

我在這裡停頓，並且反射地更換下一張卡片。「我的提案並不容易，甚至會帶來痛苦，但我確實相信這對我們的王國是有益的。」我深呼吸一口氣。「我想，我們應該取消階級制度。」

我聽見不只一人倒抽一口氣，但我選擇忽略。

「我知道過去有段時間，當我們國家還很年輕、一無所有的時候，指派階級工作有助於建立國家、組織，但現在情況不同了，我們已經進步很多。只因為古老的階級制度，讓沒有才華之人享有至高無上的特權，或是壓迫那些可能為世界帶來深遠影響的人，這種制度不但殘酷，而且只會阻礙我們成為最好的國家。」

我從賽勒絲丟棄的雜誌，找到一篇在我們談論關於志願軍隊的事之後所做的民意調查，有百分之六十五的人認為志願軍隊是個很棒的想法。那為什麼要限制人民的職業？我也引用我們讀過的關於公立學校的標準考試的報告。那篇文章的觀點很偏頗，內容講述只有百分之三的第六階級與第七階級，經考試後證明擁有較高智商。由於人數太少，所以讓他們保持原本的生活顯然是最好的方法。不過我的論點是，我們應該覺得慚愧，那些少數人或許能行醫救人，卻無法發揮所長。

終於，這個駭人的任務要結束了。「我們的國家也許並非完美，但我們無法否認它的力量。令我害怕的是，若不改變，我們的力量會逐漸消沉、腐敗。我如此深愛這個國家，無法容忍這種事情發生。我對祖國抱持非常大的希望。」

我嚥了口口水，感謝現在至少結束了。「謝謝你們撥空聽取這番意見。」我稍微轉身，面對著皇室成員。

糟糕透了。麥克森的臉色再次像石頭一樣僵硬，就像瑪琳受鞭刑時他臉上的表情。王后翻了個白眼，看起來非常失望。而國王怒視我的眼神，幾乎將我擊倒。

國王專注看著我，眼睛連眨都不眨。「那妳認爲該如何去除階級制度？」國王對我下了戰書。「說取消就取消嗎？」

「喔……我不知道。」

「妳不認爲那樣會發生抗爭，或是全面暴動嗎？妳不覺得，民眾一片混亂時，叛軍正好有機可乘嗎？」

我還沒有細想過這個部分，我想到的只有制度如何不平等。

「我想，階級制度建立時曾經造成一場混亂，我們也努力撐過來了。事實上，」我伸手拿我帶來的一疊書，「這裡面有些描述。」

我尋找葛雷格利的日記中提及那場混亂的頁面。

「今天就到此爲止！」國王怒吼說。

「是的，陛下。」某個人大聲說。

我抬頭一看，顯示攝影機運作的燈光正漸漸暗下。我還來不及反應，國王就結束了《報導》錄影。

國王站了起來。「鏡頭朝向地面。」每一台攝影機都照做。

他像旋風一般快步走向我，搶走那本日記。

「妳從哪裡拿來的？」他大聲質問。

「父王，別這樣！」麥克森緊張地輕拉他的手。

「她從哪裡拿的？回答我！」

麥克森據實以答。「是我給她的。我們在查萬聖節的由來，他的日記裡面有寫，我想可以給她參考。」

「你這個白痴！」國王口出惡言。「我就知道應該早點讓你讀這些的，你完全搞不清楚狀況，完全不知道自己的責任是什麼！」

喔，不。不、不、不。

「她必須今晚就給我離開。」克拉克森國王下令說。「我受夠她了。」

我試著盡量不引起注意，拉遠自己與國王的距離。我甚至試著讓自己的呼吸別太大聲。我把頭轉向其他女孩，不經意看見賽勒絲，我預計她大概會面露微笑，沒想到她卻一臉緊張，大概因爲國王從來沒有像這樣過。

「你不能送她回家！她是我選的，我要她留下來。」麥克森冷靜答話。

「麥克森·卡利斯·席理弗，我是伊利亞王國的國王，我說——」

「就這五分鐘，你可以當我父親，暫時忘記國王的身分嗎？」麥克森大吼說。「這是我的選擇。你可以有你的選擇，但我也有我的選擇。沒有我的命令，誰都不許離開！」

我看見娜塔莉靠著愛禮絲，兩個人看起來都像在顫抖。

「安柏莉，把這些書收回原來的地方。」他說，並將書本往她手上塞。她站在原地，點點頭但沒有移動。「麥克森，等等進來我辦公室。」

我看著麥克森，也許是我的想像，但他的雙眼彷彿短暫閃過一抹恐懼。

「或者，」國王提出另一個選擇，「我也可以只和她談話。」他指著我。

「不行。」麥克森很快舉起一隻手表示反對。「不需要這麼麻煩。小姐們，」他轉過來對我們補充，「妳們應該上樓了，今天的晚餐會送進妳們房間。」他停頓一下。「亞美利加，也許妳應該回房收拾東西，以防萬一。」

國王面露微笑，在剛才那場大爆發之後，這個神情令人覺得毛骨悚然。「太好了。兒子，你先請吧。」

我看著麥克森，他一副挫敗的模樣，讓我感到羞愧無比。麥克森張開嘴巴，但欲言又止，最後只搖了搖頭便走開了。

克莉絲扭著雙手，看著麥克森走遠。難怪她會害怕，這一切看起來太駭人了。

「克拉克森？」安柏莉王后輕聲說。「另一件事怎麼辦？」

「什麼事？」他憤怒地問。

「那個消息啊？」她提醒他。

「喔，對了。」他回頭對著我們。我離他很近，所以我決定往後靠著椅子，以免再次承受怒氣。克拉克森國王的聲音穩定而平靜。「娜塔莉，我們原本就打算在《報導》之後告訴妳這件事。我們收到一些壞消息。」

「壞消息？」她把玩著項鍊，神情相當緊張。

國王靠近一些。「是的，我很遺憾你們家失去了一名成員，叛軍今天早上將妳妹妹帶走了。」

「什麼?」她低聲說。

「然後，今天下午找到她的遺體了。我們很遺憾。」他的語氣彷彿有些同情的成分，不過聽起來像是訓練出來的，而不是眞情流露。

他很快回到麥克森身邊，壓著他走向門外。此時，娜塔莉發出震耳欲聾的尖叫聲。王后快步跑到她身邊，安撫地摸著她的頭髮，試著讓她鎭定下來。向來沒什麼同情心的賽勒絲靜靜地離開。已經承受不了的愛禮絲，也跟在後面離開了。克莉絲留下來試著安慰娜塔莉，但很快便發現自己愛莫能助，於是也選擇離開。王后告訴娜塔莉，基於安全考量，會有衛兵隨侍在她父母親的身邊，她可以暫時離開去參加葬禮，我們會等她的。

一切都暗了下來，我發現自己僵硬地坐在位置上。

有隻手出現在我面前，我被嚇到了，膽怯地避開。

「我不會傷害妳的，」蓋佛瑞說。「我只是想幫忙拉妳起來。」他領子上的別針閃閃發亮，反射著光線。

我將手交給他，很驚訝自己的雙腿如此不穩。

「他肯定很愛妳。」我站穩之後，蓋佛瑞對我說。

我無法看他。「你爲什麼這麼說?」

蓋佛瑞嘆了一口氣。「從麥克森還是個孩子，我就認識他了。他從來沒有像今天這樣正面對抗他父王。」

蓋佛瑞說完便走開，要現場工作人員絕口不提今晚聽見的事。

我走到娜塔莉身邊。也許我不是很了解她，但是她愛她妹妹的程度，或許就像我愛玫兒一樣，我無法想像她有多麼心痛。

「娜塔莉，我很遺憾。」我低聲說。她點點頭，這是她盡最大努力能給我的回應。王后同情地看著我，我不確定該如何完整表達自己的內疚和悲傷。「然後……我也對妳感到非常抱歉。我只是想……我只是……」

「親愛的，我懂。」

以娜塔莉現在的狀況而言，我最多只能簡單向王后道別，否則就太自私了。所以我對著王后最後一次深深行禮，慢慢離開房間，沉溺在自己釀成的災難之中。

28

我怎麼也料想不到，走進房門的瞬間，幾個侍女竟然齊聲鼓掌。

我愣在原地半晌。她們的支持著實令我感動，她們臉上閃耀的驕傲，也令我感到欣慰。等她們停止拍手，我不再臉紅時，安拉起我的手。

「妳說的很有道理，小姐。」她溫柔地握緊我的手，眼神閃爍著欣喜，就因爲我說的那番話。霎時，我感覺沒那麼糟糕了。

「我不敢相信妳眞的那麼做！從來沒有人爲我們發聲！」瑪莉補充說。

「麥克森一定得選妳才行。」露西哭喊著說。「妳是唯一能給我希望的人。」

我得好好思考一下，而最適合思考的地方就是花園。侍女們堅持我留下，但我還是離開了。我走了一段路，從走廊另一邊的樓梯下去。除了臨時衛兵之外，一樓既空曠又安靜。過去半個小時發生了這麼多事，皇宮上上下下卻沒有意料中的忙碌。

我走過醫療中心，門忽然飄開，出現了麥克森。我們倆撞個正著，他手裡拿的金屬密封盒掉到地上。相撞的力量其實不大，他卻發出呻吟聲。

「這麼晚，妳不在房間，跑到這裡做什麼？」他問，並慢慢彎腰撿起盒子。我注意到盒子側邊有他的名字。很納悶他在醫療中心藏了什麼東西。

「我要去花園思考一下，自己是不是做了什麼蠢事。」

麥克森好像連站起來都有些困難。「喔，我可以向妳保證那件事確實很蠢。」

「你需要幫忙嗎？」

「不用。」他很快回答，避開我的雙眼。「我要回房間，我建議妳也回自己房間。」

「麥克森。」我的聲音流露微弱的哀求，於是他看著我。「我很抱歉。我眞的很氣，而且我想要……我甚至連想要什麼都不知道。而且你說過，身爲第一階級的人擁有額外特權，可以改變一些事。」

他轉動眼珠。「妳不是第一階級。」我倆沉默不語。「就算妳是第一階級好了，妳沒注意到我做每件事情的方法嗎？我總是很低調，至少現在必須這樣。妳不能在電視上大聲抱怨這個國家的運作方式，還期待得到我父王或任何人的支持。」

「我很抱歉！」我哭喊著說。「我很抱歉，眞的很抱歉。」

他停頓了一下。「我不確定——」

就在此時，我們聽見尖叫的聲音。麥克森轉身並開始移動，我跟在他身後，試著想弄清楚是什麼狀況。有人在打架嗎？當我們越來越接近大走廊和花園門的交叉點，我們看見衛兵們湧入這個區域。

「按下警報器！」有人大聲說。「他們正從大門進來！」

「準備開槍！」另一名衛兵大聲呼喊，蓋過其他尖叫聲。

「快去通知國王！」

忽然之間，一個個小黑影飛快掠過眼前，彷彿一隻隻準備降落的蜜蜂。一名衛兵被擊中，往後倒下，他的頭撞到大理石地面，發出好大的聲響。血液從他的胸腔汩汩流出，這一幕讓我大聲尖叫。

麥克森本能地將我拉開，但動作不是很快，或許他也很驚訝。

「王子殿下！」一名衛兵邊大叫邊跑向我們。「您必須到樓下去，馬上！」

衛兵用力推擠麥克森，他發出大叫，金屬盒又掉到地上。從麥克森哀叫的聲音聽來，像是衛兵用刀插入麥克森的背部。但我只看見衛兵的拇指上戴著白鑞戒指。我勾到金屬盒側邊的把手，將它撿起，希望裡面的東西沒有壞掉，然後朝著衛兵帶領的方向跑過去。

「我走不到那裡。」麥克森說。

我轉過身，看見麥克森已經開始冒汗。他真的跟平常不太一樣。

「好的，了解。」衛兵嚴肅地說。「請走這邊。」

他將麥克森拉到角落，那個地方看起來像個死胡同，他該不會要把我們丟在這裡吧？這時，他按下牆壁上某個隱形機關，一扇神秘的門打開了。裡面非常暗，我看不出這扇門通往哪裡，但是麥克森不假思索地走進去，並往前移動。

「先告訴母后，亞美利加和我很安全，這是最重要的事。」他說。

「當然，遵命。等到一切結束之後，我會再來找您。」

這時候警鈴響起，我希望衛兵們來得及救所有人。

麥克森點點頭，門便關了起來，把我們留在全然的黑暗之中。這道門相當緊密，感覺很安全，甚至隔絕了警鈴的聲音。我聽見麥克森的手與牆壁摩擦的聲音，然後他總算找到一個開關，微微點亮房間。我環顧四周，檢查整個空間。

這裡有幾個層架，一個上頭擺了幾捆深色的塑膠包裹，另一個則放了幾條薄毯子。在這個小空間的正中央，有一張木製長椅，大小足夠四個人坐。對面的角落邊有個小水槽，還有一個外觀簡陋的馬桶。其中一面牆上掛了整排鉤子，但是鉤子上什麼東西也沒有。整個房間充滿金屬味，四周牆壁像用金屬打造而成。

「至少算是不幸中的大幸了。」麥克森說，蹣跚地走到長椅上坐下來。

「發生什麼事了？」

「沒什麼事。」他輕聲說，將頭枕在手臂上。

我坐在他身邊，將金屬盒放在長椅上，再次環顧房間。

「我猜，那些人應該是南方叛軍吧？」

麥克森點點頭。我試著放慢呼吸，努力從腦海中抹去剛剛看見的畫面。那名衛兵會幸運活下來嗎？有人能在這樣的災難中存活嗎？

不知道在我們尋找藏身處的時候，叛軍們侵入到什麼程度？警鈴響起的速度夠快嗎？

「我們在這裡安全嗎？」

「安全。這裡是僕人躲藏的地方，如果他們正好在廚房或倉庫時，躲在這裡算是滿安全的。但如果正在四處走動、處理雜事，可能就來不及逃到這裡。這裡不像皇室成員的大房間那麼安全，而且下方還有補給物資，足夠撐一段時間。我們如果被困在這裡，皮就得繃緊一點了。」

「叛軍知道這個地方嗎？」

「可能知道。」他說，並將身體打直點，這時臉部表情一陣猙獰。「但是如果房間有人使用，他們就進不來。只有三種辦法能出去：有鑰匙的人從外面或是裡面啓動門鎖，」麥克森拍拍他的口袋，表示他有鑰匙能讓我們倆出去，「或者是等待四十八小時，門會自動打開。危機警報解除之後，衛兵們會檢查每一扇安全門，但他們也可能會遺漏。若是沒有延遲解鎖的機制，某個人可能會永遠被困在這裡。」

他花了一些力氣才說完這些話，看起來非常痛苦，似乎也想藉著說話分散注意力。他傾身向前，但是動作讓他身上不知名的痛楚加深，他發出咬牙的聲響。

「麥克森？」

「我不行了……我受不了了。亞美利加，幫我脫下外套好嗎？」

他伸出手臂哀求。我跳了起來，讓外套沿著他的背部滑下，他自己開始解釦子。我想幫他的忙，但是他停下來緊緊握住我的手。

「妳保守秘密的能力已經無法令人信服，但是這秘密絕對不能說出去，只能跟著妳進墳墓。妳了解了嗎？」

雖然不是很了解他的意思，我點了點頭。麥克森放開我的手，我慢慢解開他的釦子，不知道他是否曾經想像我做這個動作。我承認我想過。萬聖節那晚，我躺在床上，夢想著我們未來的重要時刻。我覺得那會非常特別，一股興奮感流竄我全身上下。

雖然從小學的是音樂，但我的身邊都是藝術家。我曾經看過一座有數百年歷史的雕像，是一個運動員在投擲鐵餅。我當時心想，只有藝術家才能完成這樣的作品，將人體如此美麗地呈現。

但是麥克森的胸膛，就像我看過的雕像那樣線條分明。

但是，一切忽然都變調了。我發現襯衫粘在他的身上，我試著拉扯，卻只覺得黏黏滑滑的。

「慢一點。」他說。我點點頭並走到他身後，試著從後面拉。

麥克森背後的襯衫，已經浸在血泊裡了。

我倒抽一口氣，無法動彈好一陣子。但我發覺這樣瞪著他看只會讓事情更糟糕，於是繼續手邊工作。脫下襯衫後，我將它丟到掛鉤上，讓自己鎮定一下情緒。

我轉過身去，好好看清楚麥克森的背。他肩上的傷口正流著血，往下延伸至腰際，與另外一道才癒合不久的傷口交錯，那道傷又與另一道交疊。最舊的傷已經呈現蜈蚣狀，應該是好幾年前形成的了。麥克森的背部總共有六道鞭痕，應該是不久前才被鞭打的，而這些清晰的鞭痕下蓋著無數傷痕。

怎麼可能有這種事？麥克森貴爲王子，是皇室家族的一分子，是最高統治階級，與平凡百姓不同。他身處萬人之上，有時甚至凌駕於法律之上，他的身上怎麼會有這些疤痕？

我想起今天晚上國王的眼神，以及麥克森如何努力隱藏恐懼。怎麼會有人對自己的兒子下此毒手？

我再度轉身，找到一條小毛巾。我走到水槽邊，很高興還有水流出，雖然它是冰冷的。爲了他，我得保持冷靜。「可能會有點刺痛。」

「沒關係，」他低聲說。「我習慣了。」

我拿著濕毛巾，沿著他肩膀上長長的傷口，以輕柔的方式由上往下擦拭。他有點抗拒，但還是靜靜地忍耐一切。當我移到第二道傷口時，麥克森開口說話：

「我為了今晚準備了好幾年，妳知道嗎？我一直在等待自己變得夠堅強、能夠承受他的作為。」

麥克森陷入了沉默。這時我想通了一些事：為什麼一個成天坐在辦公桌前的人，卻擁有如此結實的肌肉？為什麼他總是做半正式的打扮，好像隨時準備離開？為什麼女孩子叫他小孩或是把他推開，會讓他非常生氣？

我清清喉嚨。「為什麼不反抗？」

他頓了一下。「我怕如果反抗，他會傷害妳。」

我難過得無法言語，眼淚就要潰堤，但還是努力忍下來，我哭只會讓事情更糟糕。

「其他人知道這件事嗎？」我問。

「不知道。」

「連醫生也不知道？你母親也不知道？」

「醫生肯定知道，但是他口風很緊。至於母后，我絕對不會讓她知道，也不會讓她有機會懷疑。她知道父王對我很嚴格，但我不想讓她擔心，而且我還能承受。」

我不停輕擦他的傷口。

「他不會這樣對她。」他迅速而肯定地說。「他肯定也用某種方式虐待她，但不是像這樣子。」

「嗯。」我不確定自己還能說什麼。

我再次擦拭，麥克森發出咬牙的聲音。「該死的，痛！」

我暫時停下動作，休息幾分鐘，他則放慢呼吸。一會兒過後，他輕輕點頭，我才再開始動作。

「妳不知道我有多同情瑪琳和伍德沃克。」他努力讓語氣聽起來很輕鬆。「總得花些時間才能忘記傷痛。」

我停頓了一會兒，深感震驚。瑪琳一次被鞭打十五下，我想如果要我選，我希望在毫無心理準備的情況下面對這一切。

「其他的傷是怎麼造成的？」我邊問邊搖頭。

「別在意了，很殘酷的。」他聳聳沒有受傷的那邊肩膀。「針對我說的或做的事情，或是我知道的事情。」

「麥克森，我好……」我的呼吸突然停止，覺得自己快要昏過去了。我也是害麥克森受鞭刑的元兇之一。

他並沒有轉過來，但是他的手四處摸索，找到我的膝蓋。「如果妳在哭泣，要怎麼爲我處理傷口呢？」

雖然眼淚還沒乾，但我露出微弱的笑容。我擦擦臉龐，清潔完所有傷口，努力保持輕柔。

「你覺得這裡會有繃帶嗎？」我問，並四處張望。

「那個盒子。」他說。

我打開盒子上的扣蓋，裡頭充滿了補給用品。

「爲什麼你的房間裡沒有繃帶呢？」

「只是因爲自尊，我下定決心永遠不再依賴那些東西。」

我輕輕地嘆口氣。我讀著用品上的標籤，找出消毒液、看似能舒緩疼痛的藥品，還有繃帶。

我移動到他身後，準備爲他擦藥。「這可能會痛。」

他點點頭。藥碰觸他肌膚的時候，他發出呼嚕一聲，然後又安靜下來。我加快動作地大面積塗抹，盡可能讓他好過一點。

我把藥膏擦在他的傷口上，不管擦的是什麼藥顯然都有幫助，他緊繃的肩膀漸漸放鬆下來。我很高興，似乎爲自己造成的麻煩帶來些許彌補。

他哼的一聲發出輕笑。「我知道這個秘密總會被揭穿的。這幾年來，我一直努力想編個好故事，希望能在婚禮前想出可信的說詞，畢竟我未來的妻子一定會看見這些傷。但是我還沒有什麼想法，妳有好點子嗎？」

我思考了一會兒。「誠實爲上策。」

他點點頭。「這不是我偏好的選項，至少在這件事情上不是。」

「差不多好了。」

麥克森小心翼翼地移動，轉過頭來看我，表情充滿感謝。「謝謝妳，亞美利加，比我自己處理的還好。」

「不客氣。」

他看著我好一會兒，沉默持續著。我現在該說些什麼？

我的視線不停地往他的胸膛看，我得停止這個動作。

「我來洗你的襯衫。」我躲進角落，擦洗他的襯衫。鏽紅色的水流進水管。我知道不可能洗得乾淨，襯衫上肯定會留下血漬，但至少讓我有事可做。

洗完後，我把襯衫擰乾，掛在後面的鉤子上。我轉過去，麥克森正直勾勾地看著我。

「爲什麼妳從來不問我那些我想回答的問題？」

如果我坐在長椅上，肯定會很想碰觸他，所以我在地板坐下，與他面對面。

「我不知道你在說什麼。」

「妳知道的。」

「那你希望我問、我卻沒問的問題是什麼？」

他嘆出長長的一口氣，輕輕將身體往前傾，手肘靠在膝蓋上。

「妳不希望我解釋克莉絲和賽勒絲的事嗎？妳不覺得自己有權利知道嗎？」

29

我雙手交叉在胸前。「我聽過克莉絲的版本，她有告訴我發生什麼事情，而且我想她並沒有誇大事實。至於賽勒絲，我寧可再也不要提起這件事。」

他笑了笑。「我會想念妳的頑固的。」

我沉默了幾分鐘。「所以，已經結束了？我被趕出去了？」

麥克森歪頭想想。「我不確定自己能否阻止這件事。這不正是妳想要的？」

我搖搖頭。「我很生氣，」我低聲說。「我太生氣了。」

我看向遠方，並不想示弱。麥克森顯然認爲我必須聽他說完接下來的話，他總算逮到我了。

「我以爲妳已經屬於我了。」他說。我窺看著他，他正盯著天花板。「如果萬聖節那晚我可以向妳求婚，我一定會那麼做。其實，我應該先正式向父王母后說明，但他們特別准許我先私下詢問。加上要準備接待宴，所以我當時才沒有求婚。我從來沒告訴妳這些，對吧？」

麥克森看向我，我輕輕搖搖頭，他苦澀地笑著，邊回想邊說。

「我已經準備好演說稿，裡面有所有想對妳許下的承諾。我記不得內容了，眞是個笨蛋。不過……喔，我又想起來了。」他嘆了一口氣說：「就是——我會把妳寵壞。」

他頓了一下。「妳推開我的那一刻，我好驚恐。我本來覺得已經受夠這場瘋狂的競選，卻發現自己又回到競選的一開頭，只是選擇變得更少。那週之前，我和其他女孩子一起消磨時光，努力找出可以超越妳、讓我更愛的人，但我失敗了，我很絕望。

「然後克莉絲來找我，她是那麼謙遜，只想看見我快樂，我很納悶自己怎麼沒有發現這點。我知道她是個好女孩，也很美麗。這段時間以來，她扮演了很重要的角色。

「我想自己只是沒有認眞觀察她們。反正有妳在，我何必太認眞呢？」

我用雙臂環抱自己，試著隱藏心痛。他的心裡已經沒有我的位置了，我搞砸了一切。

「你愛她嗎？」我怯懦地問。我不想看他的臉，但是冗長的沉默讓我知道他們之間有著深刻的情誼。

「那和妳我之間的感覺不同，比較平靜，或許更像朋友吧。我可以相信克莉絲，她對我的忠誠無庸置疑。如妳所見，我的世界總在變動，但是克莉絲非常不同。」

我點點頭，還是避免彼此視線接觸。此刻令我在意的是，在陳述我們的事情時，他總是用過去式，而對於克莉絲卻是忙不迭地稱讚。我希望我可以說她的壞話、扯她後腿，但我無話可說。克莉絲是個優雅的淑女，從一開始就表現優秀。我反而很驚訝他曾經那麼喜歡我，克莉絲對他而言才是完美的人選。

「賽勒絲又是怎麼回事？」我問，總算正眼看他。「克莉絲這麼好……」

麥克森點點頭，這個話題似乎令他尷尬，但既然是他開頭的，他心裡肯定已經有答案。他站了起來，試著伸展一下背部，在這小小空間裡踱步。

「妳也知道，我的生活充滿壓力，但我選擇不跟別人分享這些壓力來源。我總是處於緊張狀態，總是被監視、被評斷。我的父母、顧問大臣……我的生活裡到處都是攝影機，而且現在妳們又在這裡。」他轉向我。「我想，妳肯定覺得自己的人生被困在階級裡了，對吧？但請妳想像一下我的感受。亞美利加，我看過一些事，知道一些事，但我並不認爲自己可以改變這些事。

「妳也察覺到了吧？我父王其實在我二十歲時就該退休了，但是妳覺得他會停止操縱我的人生嗎？只要他還活著，我就絕對不可能自由。他很糟糕，但我並不希望他死……他是我的父親。」

我點點頭。

「說到這點，他從很早的時候就開始掌控王妃競選。看看留下來的人，妳就會明白了。」他開始指出一些人。「娜塔莉爲人圓滑、順從，因此是我父王的最愛。父王覺得我太過任性、固執。因爲父王太喜歡她了，我得努力壓抑自我才不至於討厭她。

「愛禮絲在新亞細亞有親友挺她，但我現在不確定這點還有沒有用。那場戰爭……」麥克森邊思忖邊搖搖頭。我看得出來，他並不想和我分享這場戰爭的某些細節。「而且她好……我甚至不知道該如何形容。從一開始，我就知道自己不會喜歡一味附和、唯唯諾諾，或是只會崇拜我的女孩。我試著跟她唱反調，她馬上又改變論點，每次都這樣！讓人火大！好像她沒有自己的靈魂、想法。」

他深深地吸一口氣。我以前並不了解愛禮絲的個性令他討厭，畢竟她對我們總是那麼有耐心。最後，他看著我。

「妳是我唯一親自挑選的人。我父親對妳沒有太大興趣，但妳並沒有惹過他生氣，所以妳只要安靜、低調，他並不在意我把妳留下。事實上，他當時對此完全沒有意見，只要妳乖乖的就好。他今晚利用妳最近的行為舉止，指出我的判斷有問題，所以堅持一切他說了算。」

他搖搖頭。「我有點離題。至於其他人——瑪琳、克莉絲、賽勒絲，都是顧問大臣選的。瑪琳是大家的最愛，克莉絲也很受歡迎。」他嘆口氣說。「克莉絲是不錯的人選，我想知道我們之間會不會有……火花，至少讓我有個底。

「至於賽勒絲，她非常具有影響力，她本身就是個名人，在電視上很上相。和我背景、條件比較相近的她，或許也會是個正確的選擇。我喜歡她，至少她是個有骨氣的人。但我看得出來，她喜歡掌控別人，而且會無所不用其極地達成目標。我知道當她抱著我的時候，心裡想的是離皇冠又更近一步了。」

他閉上雙眼，彷彿接下來要說的話才是最差勁的部分。「她在利用我，所以我對於自己利用她並不感到愧疚。如果她對我投懷送抱，我也不會太驚訝。我尊重克莉絲堅持的界線，而且我更希望自己跟妳發展親密關係，但是妳幾乎不和我說話……

「我希望人生中有十五分鐘可以什麼都不管，只是享受一下，假裝被某個人愛，這樣很過分嗎？妳可以罵我，但是我無法為正常的需求道歉。」

他眞摰地瞪著我看，等著我指責他，同時卻又不希望我這麼做。

「我了解了。」

我想起緊抱著我許下承諾的艾斯本，我自己不也做了一樣的事情？我彷彿能看見麥克森的腦袋不停轉動，想知道我的回答是不是字面上的意思。我不能與他分享這個秘密，雖然對我而言，這一切已經結束了，但我不能讓麥克森這樣看待我。

「你會選擇賽勒絲嗎？」

他走過來坐在我身邊，動作非常小心謹慎。我無法想像他的背有多痛。

「有必要的話。我寧可選她，也不想選娜塔莉或愛禮絲。但這種事不會發生的，除非克莉絲決定要走。」

我點點頭。「克莉絲是個不錯的選擇，相較於我，她一定會是更好的王妃。」

他咯咯地笑著。「至少她不是什麼煽動者。天知道要是哪天妳在上位，會發生什麼事情？」

我不停發笑，因爲他說的沒錯。「我大概會搞砸一切吧！」

麥克森笑著說：「但是，也許這個國家需要被破壞一下。」

我們坐著沉默好一會兒，我想知道經過破壞之後，我們的國家會變成什麼樣子。我們無法捨棄皇室——我們怎麼可能改變這個制度？——但也許我們可以改變某些事情的運作方式。官員可以採選拔制度，而非世襲制度。至於階級……我眞的很希望親眼看見這個制度永遠消失。

「今晚我們可以放鬆一下嗎？」麥克森問。

「什麼意思？」

「嗯，今晚我和妳分享了許多事情，對我來說這些是很難坦承的。我在想，妳能不能回答我一個問題？」

他的表情好誠懇。我並不想拒絕他，我希望這個問題不會讓我感到後悔。他對我如此誠實，即便我並不値得他這麼做。

「好，你說吧。」

他嚥了口口水。「妳愛過我嗎？」

麥克森看著我的雙眼，不知道他能否讀出我的答案。我曾經以爲他是另一種人，所以奮力抵抗自己對他的情感，但其實他並非我想像中那樣壞。我低下頭去。

「我認爲你應該爲瑪琳受的傷負責時，那種感覺幾乎讓我崩潰。不只是同情朋友，也因爲我並不希望你是那種人。當你談論克莉絲，或是我想到你親吻賽勒絲的畫面……會讓我嫉妒得不能呼吸。我們在討論萬聖節時，我想像過我們的未來。如果當時你向我求婚，我一定會答應的。」

說到最後，我的聲音輕如耳語。這些話太難說出口，我無法持續思考。

「我知道自己無法忍受你和其他人約會，也無法設身處地去思考你身爲王子的立場。即使今晚你告訴我一切事情，我想你還是有所保留……」

「但是，儘管如此……」我無法大聲說出那個字，如果我說了，我怎麼捨得離開？

「謝謝妳。」他低聲說。「至少我能肯定，在我們相處的短暫時光裡，我們的感覺是相同的。」

我的雙眼刺痛，眼淚就要決堤而出。他從來沒眞的說過愛我，現在也沒有明白說出口，但這些話語已經非常接近愛。

「我好笨，」我無法順暢呼吸，已經阻擋不了眼淚湧出。「我一直害怕戴上皇冠，怕到主動遠離你。我告訴自己你對我沒那麼重要，你在欺騙我，這是你的把戲，其實你根本不信任我，也不在乎我。我說服自己我對你而言什麼都不是……」

我看著他英俊的臉龐。「看看你的背，你幾乎爲了我付出一切，但我卻把這份感情踩在腳底下……」

他張開雙臂，我順勢倒入他懷中。麥克森靜靜地抱著我，手指梳過我的頭髮。我希望可以拭去一切，將時間停駐在這一刻。在這短暫的瞬間，他和我都知道自己對彼此來說有多麼重要。

「親愛的，請不要哭。如果可以的話，我希望未來都不再讓妳流淚了。」

我呼吸不穩地開口說話：「我不會再見到你了，全都是我的錯。」

他把我抱得更靠近。「不，都怪我沒有對妳更坦白。」

「我應該更有耐心點。」

「那天晚上在妳房間，我就應該向妳求婚的。」

「我應該給你求婚的機會的。」

他發出笑聲。我抬頭看他的臉，不確定自己還有多少次機會看見他的微笑。他輕輕拂去我臉頰上的淚水，凝視我的雙眼，我也回望著他，想好好記住這一刻。

「亞美利加……我不知道我們還剩下多少時間，但我不想把它浪費在後悔我們沒做的事情上面。」

「我也是。」我親吻著他的掌心，然後是每隻手指的根部。他的手滑進我的頭髮，讓我抵靠近他的唇。

我好懷念他的吻，如此安靜、篤定。我知道，如果我往後嫁給了艾斯本或其他人，不會再有人能給我相同的感覺。這不是那種「我讓他的世界更美好」的愛情，比較像「我就是他的世界」。不是爆炸，而是煙火，是由裡向外慢慢燃燒的火焰。

我們換個姿勢後往下滑，我躺在地板，麥克森在我身上。他的鼻子畫過我的下巴線條，來到我的頸子、掠過我的肩膀，然後循著同樣路線回到我的嘴唇親吻。我的手不停地在他頭髮裡摸索，他的髮絲柔軟得幾乎讓我的掌心發癢。

一段時間之後，我們拿出毯子，鋪在臨時床鋪上。他抱著我好長一段時間，看進我的雙眼。如果不是我太傻，我們本來能夠享受好幾年這樣的時光。

麥克森的襯衫晾乾後，他穿回去，再用外套遮住風乾的血跡，然後蜷縮著身體靠在我的身旁。我們都累了，於是開始說話。我一分一秒都不想入睡，我感覺他也不想。

「妳想，妳會回到前男友身邊嗎？」

我現在並不想談艾斯本，但我還是思考了一下。「他會是個很好的伴侶。聰明、勇敢，也許是這個世界上唯一比我固執的人。」

麥克森輕輕笑了。我閉上雙眼，仍然繼續說話。「不過，我需要一點時間，才能思考這些問題。」

「嗯。」

我們保持沉默。麥克森用拇指搓揉我的手。

「我可以寫信給妳嗎？」他問。

我想了一下。「也許你應該等幾個月。你可能根本不會想我。」

他露出一個不確定是否是笑的表情。

「如果你要寫信給我……一定要告訴克莉絲。」

「妳說的沒錯。」

他並沒有解釋這句話的意思是他會告訴克莉絲，還是他不會馬上寫信。但是在這個時刻，我也不是那麼想知道了。

我無法相信發生的一切，都只因爲一本愚蠢的書。

我倒抽一口氣，雙眼倏地睜開。一本書！

「麥克森，如果北方叛軍在找的是那本日記，那該怎麼辦？」

他換個姿勢，還沒意會過來。「什麼意思？」

「那天，我從皇宮花園逃跑出去之後，有叛軍經過我躲的樹下。有個女孩掉了一大袋書，她同行的人也拿了好幾袋。萬一他們在找的是某本特定的書，該怎麼辦？」

麥克森睜開眼睛，歪著頭思考。「亞美利加……那本日記裡究竟寫了什麼？」

「很多事情，有關葛雷格利基本上如何偷走這個國家，如何強迫人民接受階級制度……麥克森，他非常惡劣。」

「但是《報導》被中斷了。」他說。「就算他們在尋找那本日記，他們也無法從電視上認出來的。相信我，簡報之後，我父親就已經把那些東西藏進戒備更森嚴的地方。」

「完了。」我摀住我的臉，發出哀號。「我就知道！」

他說。「別緊張。至少我們知道，他們眞的很喜歡閱讀了。」

他試著說笑。

「我眞的覺得，自己已經把事情徹底搞砸了。」

「噓！」他說，更靠近我，強壯的手臂將我壓住。「別擔心了，妳現在應該睡覺。」

「但是我不想睡。」我低聲說，身體縮得越來越小，越靠近他。

麥克森再次閉上雙眼，雙手還抱著我。「我也不想睡。就算是個和平的日子，睡覺也令我緊張。」

這句話令我心痛。我無法想像他總是處於擔心的狀態，尤其把他逼得那麼緊的人不是別人，是他親生父親。

他放開我，把手伸進口袋裡。我的眼皮微微張開，發現他一直閉著雙眼，我們兩人其實都快睡著了。他找到我的手，把某樣東西戴在我的手腕上，我認出那個觸感是他在新亞細亞替我買的手鍊。

「我一直把它放在口袋裡。我還眞是無可救藥地浪漫，對吧？我本來想留著它的，但我也希望妳能保留一些我送的東西。」

他將那條手鍊繞過艾斯本送的手鍊，我感覺到鈕釦壓進我的皮膚。

「謝謝你，我很高興。」

「那我也很高興。」

然後，我們就沒再說話了。

30

門板咯吱咯吱的聲音把我吵醒，光線射進房間，亮得我必須擋住雙眼。

「王子殿下？」有人問道。「喔，天哪！我找到他了！」那個聲音大叫說。「他還活著！」

突然之間，衛兵和男侍湧入我們所在的地方，周圍一陣混亂。

「王子殿下，您當時無法趕到樓下嗎？」其中一名衛兵問道。我瞄了一眼他的名字：馬克森。我不大確定，但他看起來像衛兵中的高階人物。

「情況不允許，但我請一名衛兵去通知父王和母后。」麥克森解釋說。他試著將頭髮撫平，瞬間露出的表情顯示那個動作令他多麼痛苦。

「哪一名軍官？」

麥克森嘆氣說，「我沒看見他的名字。」他看向我，尋求確認。

「我也沒看見，但是他的大拇指戴著戒指，灰色的，材質像是白鐵之類的。」

馬克森軍官點點頭說，「是泰納，他不幸犧牲了。我們損失了約莫二十五名衛兵，還有十多名工作人員。」

「什麼？」我摀住嘴巴。

艾斯本呢？

我祈禱他安全無恙。我昨天晚上腦裡都是其他事情，完全沒想到他。

「父王和母后呢？其他的菁英候選者呢？」

「報告王子，他們都很好，不過王后的情緒有些激動。」

「她也出來了嗎？」我們開始移動，麥克森走在前頭。

「大家都出來了。我們遺漏了幾間小型安全密室，所以做第二輪的清查，希望能找到您和亞美利加小姐。」

「天啊！」麥克森說。「我先去找王后。」走著走著，他突然停下，一動也不動。

我循著他的視線，看見被破壞的建築物。整面牆壁上，潦草的字跡寫著與上次相同的那句話：

我們來了。

他們一次又一次、無所不用其極地破壞，警告話語寫滿整面牆壁。這次的破壞程度，又比上次更加嚴重。我沒看見叛軍如何肆虐一樓，只看見房間附近的走廊地毯上留下大範圍的汙漬，說明了某個人——也許是無助的侍女或無懼的衛兵死在這個地方。窗戶全被砸碎，窗框只留下鋸齒狀的玻璃。

有些燈壞了，有些燈還閃爍著，拒絕認輸。令人覺得害怕的是，牆壁被鑿了個大洞，我不禁納悶：他們是否看過有人進入密室？他們在搜尋什麼？昨天晚上，麥克森和我有多麼靠近死亡？

「小姐？」一名衛兵說，把我拉回現實。「我們連絡了所有候選者的家屬，得知娜塔莉小姐的家人受到攻擊，對方的目的顯然是爲了終止王妃競選。研判敵方將會攻擊妳們的家人。」

我摀住嘴巴。「不……」

「我們已經派出皇宮衛兵去保護他們。國王堅持所有女孩都必須留下。」

「如果她們想回家呢？」麥克森反問。「我們不能強迫她們留在這兒，無視家人的安危。」

「王子殿下。請您和國王溝通。」那名衛兵看起來很尷尬，不知該如何處理國王和王子之間的意見分歧。

「我家人需要保護的時間不會太長。」我試圖緩和緊張感。「請通知他們，我很快就會回家了。」

「是的，小姐。」衛兵鞠個躬說。

麥克森插話說：「我母后在她房間嗎？」

「是的，王子殿下。」

「通知她我要過去，然後你可以退下了。」

接著，又剩下我們兩人。

麥克森握住我的手。「別急，跟妳的女傭、朋友好好道別，多吃點東西，妳一向最愛這裡的食物。」

我微笑說：「我會的。」

麥克森舔舔嘴唇，幾乎坐立難安。就這樣，道別的時刻到了。

「妳改變了我，我不會忘記妳的。」

我將空著的那隻手放在他的胸膛上，又拉直他的外套。「你不許對其他人拉耳朵，那是我的專利。」我對他露出一抹苦澀的微笑。

「亞美利加，太多事情都是妳的專利。」

我嚥了口口水。「我得走了。」

他點點頭。

麥克森迅速地親吻我的嘴唇，然後往走廊跑去。我看著他，直到他從我的視線消失，才走回自己的房間。

我踏上主要樓梯，步步折磨人心，因爲我有預感即將失去什麼。萬一我搖鈴之後，露西沒有出現呢？那瑪莉呢？安呢？如果我仔細觀察每個衛兵，卻找不到艾斯本呢？

我走到二樓，每個轉彎處都被破壞殆盡。我還認得這裡原本的樣貌，這是我見過最美的地方，即使現在已經殘破不堪。修復這裡所需要的時間和金錢，想必遠遠超乎我的想像。叛軍做得很徹底。我更靠近房間，聽見清楚的哭泣聲，那是露西。

我吁出一口氣，很高興她還活著。但也很害怕，不知道她爲什麼哭泣。我雙手抱胸，轉彎進入房間。

瑪莉和安帶著紅通通的臉頰和腫脹的雙眼，正在整理被砸碎的陽台門板碎片。瑪莉停下手邊工作，深呼一口氣，試著讓自己平靜。角落邊，露西正靠在艾斯本的胸口，哭得像個淚人兒。

「別哭了，」他安慰說。「他們肯定會找到她的。」

我鬆了一口氣，眼淚快要奪眶而出。「露西，妳沒事！」

艾斯本大大鬆了一口氣，緊繃的肩膀也放鬆了。

「是我的小姐嗎？」露西說。一秒鐘後，她朝我奔跑而來。瑪莉和安也沒有落後太多，她們用擁抱將我團團包圍。

「喔，這太不像話了！」安抱著我說。

「天啊，妳能不能停止說教？」瑪莉反駁。

我們好高興彼此安全無恙，感覺所有事都可以一笑置之了。

艾斯本站在後面，靜靜地微笑著看我們，帶著一臉感激。

「妳躲到哪裡去了？他們到處都找遍了。」瑪莉拉著我到床邊坐下，不過這裡還眞是一團混亂：蓋被變成破布，枕頭被刺開，裡頭的羽毛都露了出來。

「他們遺漏了一間安全密室。麥克森也很好。」我說。

「感謝上帝！」安說。

「麥克森救了我一命。叛軍來的時候，我正好要去花園。如果我在外面……」

「喔，小姐！」瑪莉哭著說。

「請妳放心，」安說。「我們會馬上將房間恢復原狀，而且我們有一件全新的禮服，等妳準備好，我們可以──」

「沒關係，不用了，我今天就要回家了。幾個小時之後，我會穿上簡便的衣物離開。」

「什麼？」瑪莉驚呼說。「爲什麼？」

我聳聳肩說，「沒辦法。」我抬頭看艾斯本，但無法解讀他的表情。我只看見他感謝我還活著的神情。

「我眞的認爲，妳應該成爲王妃的。」露西說。「從一剛開始，到妳昨晚說的那番話……我眞不敢相信妳要回家了。」

「很高興聽到妳這麼說，但是沒關係的。從現在起，請盡妳們的力量幫助克莉絲，就當是爲了我。」

「當然。」安說。

「爲了妳，在所不辭！」瑪莉贊同地說。

艾斯本清清喉嚨。「小姐們，請容我打斷談話。如果亞美利加今天就要離開，我必須花點時間和她核對一次安全措施。保護了她這麼久，最後也得安全送她回家。

「安，或許妳可以去拿些新的毛巾或日用品。她回家的時候應該要像個優雅的淑女。瑪莉，妳去拿些食物來好嗎？」她們同時點點頭。「還有露西，妳需要休息一下嗎？」

「不用！」她哭著說，抬頭挺胸。「我可以工作。」

艾斯本微微笑著。「非常好。」

「露西，那妳去工作房完成那件禮服吧！我們很快就過去幫忙，我不在意其他人說什麼閒話。亞美利加小姐，妳必須優雅地離開。」安最後對我說。

「是的，大總管。」我回答說。她們關上門，離開房間。

艾斯本走近我，我站起來面對他。

「我以爲妳死了。我以爲我失去妳了。」

「時候還沒到。」我露出怯懦地微笑。現在的情況糟到不能再糟，保持平靜的唯一方法就是打哈哈帶過去。

「我收到妳的信了。真不敢相信，妳沒告訴我關於那本日記的事。」

「我不能說。」

他縮短我們之間的距離，手由上而下梳過我的頭髮。「亞美，如果妳不能讓我知道那本書的存在，那妳真的不該告訴全國觀眾。還有消除階級的計畫……妳知道自己瘋了嗎？」

「喔，我知道。」我看著地板，想著前一天所有瘋狂的事。

「所以，麥克森因爲這樣把妳踢出去？」

我嘆口氣說，「不完全是。命令我回家的人是國王。就算麥克森在這個關頭向我求婚也沒用，國王說不准，我就得離開。」

「喔。」他的回答很簡短。「妳不在這兒有點奇怪。」

「我知道。」我又嘆了口氣。

「我會寫信給妳的。」他馬上向我保證。「如果妳需要，我也可以寄錢給妳。我賺了不少。等我回家之後，我們可以結婚。我知道還得等上一陣子——」

「艾斯本，」我打斷他，不知該如何向他解釋我的心才剛碎落一地。「等我離開之後，我想一個人靜靜，好嗎？我想恢復正常的生活，放下這裡的一切。」

他往後退一步，好像很受傷。「所以呢？我可以寫信或是打電話嗎？」

「也許別這麼快。」我試著用輕描淡寫的語氣說。「我只是想花些時間和家人相處，重新面對生活的壓力。在經歷這一切之後，我沒辦法——」

「等等。」他說，並舉起一隻手。他沉默了好一會兒，端詳著我的臉。「妳還是喜歡他。」

他指控說。「在他做出那些事——瑪琳的事之後——即使妳已經沒有希望，妳還是想著他。」

「艾斯本，他沒做錯什麼。我希望能向你說明瑪琳的事，但是我已經答應絕口不提。我對麥克森沒有怨言，我也知道一切都結束了，這種感覺就像你和我分手的時候一樣。」

他冷笑著，不可置信地把頭往後仰，彷彿不敢相信自己聽見的話。

「我是認眞的。當你結束這段感情時，王妃競選成了我生活的重心，因爲我知道有很多時間讓我忘記對你的感情。然後你出現在這裡，一切都變了。從你在樹屋離開我的那一刻起，就改變了我們的關係。但是你一直覺得，只要你多努力一點，就能讓一切回到過去。事情不是這樣的，你該給我機會選擇你。」

這些話脫口而出的時候，我才知道自己過去的掙扎錯得離譜。我曾經愛著艾斯本好長一段時間，所以我們把某些事視爲理所當然。但是現在一切都不同了，我們已經不是卡洛林納省沒沒無聞的平凡人，我們見識了太多大風大浪，無法回到過去，假裝像一般人一樣快樂。

「亞美，爲什麼妳不選擇我？我難道不是妳唯一的選擇嗎？」他的聲音流露出一絲悲傷。

「沒錯，我不想只是因爲沒辦法跟另一個人廝守，而你又在身旁守候，我就跟你在一起。你眞的希望用這種空虛的方式得到我嗎？」

他激動地說：「亞美，我不在乎用什麼方式得到妳！」

艾斯本突然衝向我，雙手捧起我的臉，狠狠地吻著我，逼我記起他對我的意義。

我無法回吻他。

等他終於放棄時，他試著解讀我的表情。

「亞美利加，妳在這裡發生了什麼事情？」

「我的心碎了，就是這樣！我現在好困惑，我只剩下你了，但是你卻讓我無法呼吸！」

我開始哭泣，而他終於平靜下來。

「亞美，我很抱歉。」他低聲說。「我一直覺得自己可能因爲某些因素失去妳，所以我的本能反應就是努力奮鬥、爭取妳，我只懂得這種方式。」

我看著地板，試圖強打起精神。

「我可以等妳。」他答應我。「等妳準備好，就寫信給我。我當然愛妳，我會給妳空間呼吸的。經過昨晚，我只希望妳平平安安就好。」

我讓他擁抱我，但是感覺就是不同。以前，我覺得艾斯本會一直存在於我的生命，這是我第一次懷疑這個想法的眞實性。

「謝謝你。」我低聲說。「保重，艾斯本，別逞英雄，好好照顧自己。」

他往後退，對我點點頭，但是沒說任何話。他親吻我的額頭，然後走向門口。

我站在那裡良久，不確定該做些什麼。我等著侍女們回到身邊，最後一次幫我振奮起來。

31

我拉拉身上的禮服。「在這種時候，這件禮服會不會太隆重了啊？」

「完全不會！」瑪莉堅持說。

還不到傍晚時分，她們卻替我穿上晚禮服。禮服是紫色的，高雅端莊，袖子長及手肘，因爲等我回到卡洛林納省，天氣會變冷許多。飛機降落的時候，我會再披上飄揚的紫色高領連帽斗篷，保護我的脖子不受強風吹拂。她們將我的頭髮優雅地挽起，這肯定是我在皇宮裡打扮得最美的一次。我好希望能去探望安柏莉王后，相信她也會眼睛一亮。

「我不想拖拖拉拉的，」我堅持說。「這個過程已經夠讓人難受了。我只想讓妳們都知道，我很感激妳們爲我做的一切。不只是替我沐浴更衣，妳們和我共度所有的時光，時時刻刻關心我。我絕對不會忘記妳們的。」

「小姐，我們也會永遠記得妳。」安保證說。

我點點頭，並用手搧著臉頰。「好啦、好啦，我今天已經流夠多眼淚了。麻煩妳們告訴司機我一會兒就下去，請他等等好嗎？」

「當然可以，小姐。」

「現在擁抱還是很不像話嗎？」瑪莉問道，她先看看我，再看看安。

「誰會在意這些呢？」安說，然後她們最後一次圍繞在我身邊。

「好好照顧自己。」

「妳也是，小姐。」瑪莉說。

「妳永遠都是最優雅的小姐。」安補充說道。

她們往後退，但露西依舊抱著我。「謝謝妳，」她吸著氣說，我聽得出來她在哭。「我會想念妳的。」

「我也是。」

她們走到門口，站成一排，最後一次對我行禮。她們離開後，就只剩我一人了。

過去幾個星期，我曾經好幾次渴望離開，現在只差幾秒鐘，我的希望就即將成眞了，但是我卻非常害怕。我走上陽台，俯看花園，凝望著那張長椅——麥克森和我第一次相遇的地方。不知道爲什麼，我猜他可能會在那兒。

但是他不在。他有更多重要的事情要做，沒空坐著思念我。我觸摸著手腕上的鍊子。他是想念我的，雖然只是偶爾，但一想到這裡就令我欣慰。無論如何，他對我的感覺是眞實的。

我轉過身去，關上門，往走廊上走。我緩緩移動，最後一次好好欣賞皇宮的美麗。雖然破碎的鏡子和斷落的框架，稍稍折損了它的美。

記得第一天走下這個壯麗的階梯時，我覺得好困惑，但也充滿了感激。那時候還有好多女孩跟我競爭。

走到前門時，我停頓了一會兒。我已經習慣身處這扇巨大的木門後方，要走出這扇門感覺居然不大對勁。

我深呼吸一口氣，伸手握住門把。

「亞美利加？」

我轉過去。麥克森正站在走廊的另一端。

「嗨。」我無力地說，沒想到自己能再見他一面。

他快步朝我走過來。「妳看起來眞是亮麗。」

「謝謝你。」我撫摸著最後一件禮服的布料。

我們站在那裡，只有沉默的呼吸聲。我們看著彼此，心裡想著：或許就這樣了吧，這是我們最後一次見面了。

他突然清清喉嚨，似乎想起來找我的目的。「我已經和父王談過了。」

「喔？」

「是的，他很高興我昨天晚上沒有遭到殺害。我想妳也知道，延續皇室的血脈對他而言有多麼重要。我跟他說，如果不是因爲他發脾氣，如果不是因爲妳帶著我躲進那個藏身處，我眞的差點就會死了。」

「但是我沒有——」

「我知道，但是他不需要知道。」

我露出淺淺的笑容。

「我告訴他，我已經導正妳的一些行爲。當然，他不需要知道這並非事實。但是，妳可以表現出眞的改變了，如果妳願意的話。」

我都要離開了，眞不知道爲何還要裝模作樣？但我還是點頭答應。

「就他所知，我欠妳一條命，因此他同意我把妳留下來，只要妳保持良好的行爲，了解自己的處境。」

我瞪著他看，不確定自己聽見的話是否是眞的。

「說眞的，最好的結果是讓娜塔莉離開，她不適合待在這裡，而且她的家人也處於悲傷狀態，她最好的去處就是家。我們已經聊過了。」

我還是一頭霧水。

「需要我再詳細說明嗎？」

「請繼續說。」

麥克森伸出手握住我。「妳會以王妃競選候選者的身分，繼續留在這裡。妳還是競選的一分子，但情況會有點不同，我父王或許會對妳很嚴格，竭盡所能地讓妳失敗。我想應該有辦法能抵抗他，但需要一些時間。妳也知道他有多冷面無情，妳得做好心理準備。」

我點點頭。「我想我辦得到。」

「不只如此，」麥克森看著地毯，試著釐清他的想法。「亞美利加，妳從一開始就得到我的心了，這是無庸置疑的。現在，妳必須更清楚知道這一點。」

他抬起視線，看著我的眼睛。無論是他的表現，或是我的感受，都眞切地證明了這一點。

「我知道。」

「但是，妳並沒有得到我的信任。」

真是晴天霹靂。

「我和妳分享了這麼多的秘密，盡我所能地保護妳，但只要妳對我有所不滿就衝動行事，逃避我、責怪我，或者更令人驚訝地想改變整個國家。」

喔，天哪，這些話還真不堪入耳。

「我必須知道自己能相信妳，而妳能保守我的秘密、相信我的判斷，並且不會對我有所保留。我需要妳對我全然地誠實，停止質疑我做的決定。我需要妳相信我，亞美利加。」

這些話還眞傷人。「我相信你。我希望你了解我想和你在一起，但你也應該對我誠實一點。」

他點點頭。「我眞的很想告訴妳，但是我知道的許多事情本質上是無法分享的。只要有任何一點妳無法守住秘密的機率，我就不能說出口。我必須知道妳辦得到這點，而且對我全然坦承。」

我深吸一口氣想作答，但什麼都說不出來。

「麥克森，你在這裡啊。」克莉絲繞過轉角出現。「稍早的時候，我忘記問你，我們今天還要一起吃晚餐嗎？」

「當然，我們在妳房間吃。」答話時，麥克森依然看著我。

「太好了！」

眞是傷人。

「亞美利加，妳眞的要走了嗎？」她朝我們走過來。我可以看見她眼裡閃爍著希望的火花。

我看著麥克森，他的表情像是在說：這就是我剛剛說的，妳必須承擔自己行為的後果。妳必須相信我的選擇。

「還沒，克莉絲，不是今天。」

「很好。」她嘆了一口氣，走過來擁抱我。我猜想這個擁抱有多少成分是看在麥克森的面子上？但也不重要了。克莉絲是我最強勁的競爭對手，也是我在這裡最親密的朋友。「昨天晚上我眞的很擔心妳，我很高興妳平安無事。」

「謝謝。昨天很幸運——」我幾乎要脫口而出說，很幸運有麥克森的陪伴。但是炫耀這些事，可能會毀了我十秒鐘前建立起的一點點信任感。「幸好衛兵很快就到了。」

「眞是謝天謝地。嗯，那我們晚點見囉。」她轉向麥克森。「我們今晚見。」

克莉絲蹦蹦跳跳地穿越走廊上，我從沒見過她這種心花怒放的樣子。如果我愛慕的男人待我勝過他以前的最愛，我應該也會蹦蹦跳跳吧！

「我知道妳不喜歡這樣，但我需要她。如果妳讓我失望了，她會是我最有利的賭注。」

「沒關係，」我聳聳肩說，「我不會讓你失望的。」

我迅速在他的臉頰落下一吻，然後頭也不回地往二樓走去。幾個小時以前，我以為自己將永遠失去麥克森，但現在我知道他對我的意義，我要為他奮鬥，讓其他女孩措手不及。

我走在美麗的大階梯上，充滿信心。也許我應該擔心眼前的挑戰，但我只想到自己最終會克服一切。

也許國王感受到我快樂的氣息，也許他只是在等誰，當我步上二樓時，我看見國王就站在走廊中央。

他慢慢靠近我，一副一切都在他掌握之中的樣子。當他在我面前停下，我對他行禮。

「國王陛下。」我說。

「亞美利加小姐。看樣子，妳還是與我們同在啊。」

「看起來是的。」

一群衛兵經過我們，深深一鞠躬。「廢話不多說，」他的語氣嚴厲。「妳覺得我的妻子是個什麼樣的人？」

我的眉頭皺了起來，對話的方向令我吃驚，不過我還是誠實回答：「我覺得王后很了不起，我無法形容自己對她的仰慕。」

他點點頭。「她是個難能可貴的女人。美麗當然是肯定的，而且還很謙遜，膽小但不至於懦弱，順從、幽默、能言善道。雖然出身貧寒，但她注定要成為王后。」

他停頓一下，看著我臉上欣羨的表情。「但是妳完全不同。」

他繼續說，我努力保持冷靜。「妳的相貌平平，紅髮、有點蒼白、身材差強人意，妳站在賽勒絲旁邊，根本一無是處。至於妳的脾氣……」他用力吸口氣。「沒教養、滑稽可笑，一犯錯就丟盡全國的臉，做事完全不經大腦。我還沒說妳的儀態跟走路的姿勢有多糟糕，克莉絲比妳可愛多了，大家也比較喜愛她。」

我緊緊閉著嘴唇，用意志力強迫自己別哭。我提醒自己，這些事情我老早就知道了。

「還有，妳出身的家庭完全沒有政治優勢，妳的階級也沒有低到足以振奮人心，完全沒有任何人脈關係。相較之下，愛禮絲爲我們的新亞細亞之旅出了不少力。」

我懷疑他說的話有幾分眞實性，畢竟他們完全沒和她的親戚連絡。也許眞的發生了什麼事，只是我不知道。又或許這番誇張的言詞，只是爲了讓我無地自容，如果這是他的目的，那他成功了。

他冷漠的雙眼專注地看著我。「所以，妳到底在這裡做什麼？」

我嚥了口口水。「我想，您應該問麥克森。」

「我在問妳話。」

「他要我留在這裡。」我堅定地說。「而我也想待在這裡，只要這兩件事沒有改變，我就會繼續留下。」

國王露齒一笑。「妳幾歲？十六歲？還是十七歲？」

「十七歲。」

「我想妳不是很了解男人。但如果妳想留在這裡，就應該了解男人。容我說句實話，男人是很反覆無常的。妳可能全副心思都在他的身上，但是一個不注意，妳會發現他的心已經離妳非常遙遠。」

我瞇起雙眼，不大確定他在說什麼。

「皇宮裡到處都是我的眼線。我知道許多女孩對他投懷送抱，超乎妳的想像。妳確定像妳這樣平凡的人，能跟她們一拚高下嗎？」

許多女孩？不只一個？他的意思是說，比我在走廊上看見麥克森和賽勒絲發生的事情更超過嗎？我們昨晚親吻了好幾個小時，但跟麥克森所經歷的相比，只是平淡無奇的小事嗎？

麥克森說過，他想對我誠實，這些就是他的秘密嗎？

我必須下定決心相信麥克森。

「若眞是這樣，麥克森會在適當的時間讓我離開的，您不需要擔心。」

「我可是非常擔心！」他怒吼說，然後放低音量：「如果麥克森做了蠢事，眞的選了妳，妳那些令人害怕的小伎倆會害我們賠上一切的。這幾十年、幾個世代的努力都將灰飛煙滅，就因爲妳自以爲是英雄！」

他靠近我的臉，我不禁往後退一步，但是他又向前逼近，我們之間幾乎沒距離。他的聲音低沉、嚴厲，比大聲怒吼的時候更駭人。

「妳得學會管管妳的嘴巴，如果辦不到，妳我就是敵人。妳不會想與我爲敵的，千萬別懷疑這點。」

他憤怒的手指壓進我的兩頰，好似他現在就能把我碎屍萬段。即使附近有其他人，他們能怎麼樣？沒人會站出來反抗國王、保護我的。

我努力讓聲音聽起來平靜。「我明白了。」

「非常好。」他的語氣突然轉爲愉悅。「那就讓妳回房間好好安頓一下，享受這個下午。」

我站在原地，等他離開之後才發現自己在顫抖。當他說要我管管我的嘴巴時，我想他的意思是別跟麥克森告狀。至少現在我不會說。我猜他只是想對我施壓，看我還能撐多久。我用意志力告訴自己要堅強。

我覺得自己改變了。我的確很緊張，但同時也很生氣。這個男人究竟是誰？憑什麼命令我？是的，他是國王，但說穿了也不過就是個暴君。他壓迫身邊所有人，強迫他們安安靜靜，說服自己是在幫我們的忙。被強迫居於社會的角落，怎麼會幸福呢？除了他之外，伊利亞王國的每個人都受到限制，這樣的生活好在哪裡？

我想到麥克森將瑪琳偷渡進人多的廚房。即使我在這裡的時間不長，也看得出來麥克森會是比他父親更好的國王，至少他富有同情心。

我慢慢調整呼吸，等到覺得冷靜下來了，才繼續往前走。

我走進房間，急忙按下按鈕，招喚我的侍女們。安、瑪莉、露西氣喘吁吁地跑進來，速度之快令人意想不到。

「小姐？」安說。「發生什麼事了嗎？」

我露出微笑。「沒什麼事，除非妳們覺得我留下來是個壞消息。」

露西尖叫出聲。「眞的嗎？」

「當然。」

「但是，怎麼會？」安問。「妳不是說——」

「我知道，一言難盡啊！我只能說，他們又給了我一次機會。麥克森對我來說很重要，我會爲他努力的。」

「眞是太浪漫了！」瑪莉大叫說，露西在一旁拍著手。

「噓！小聲點！」安嚴厲地說。我以爲她會很高興，不大明白爲何她的態度突然轉變。

「如果她要贏，我們必須擬定計畫。」她露出小惡魔般的笑容，害我也跟著露齒一笑。我從來沒遇過像她們這樣的夥伴，如此有條不紊，勇於迎擊。只要有她們在，我就不會輸。

國家圖書館出版品預行編目資料

決戰王妃2：背叛之吻／綺拉．凱斯（Kiera Cass）著；賴婷婷 譯.
-- 初版. -- 臺北市：圓神，2014.02
280面；14.8×20.8公分. --（當代文學；118）
譯自：The selection book 2： the Elite
ISBN 978-986-133-486-8（平裝）

874.57　　102026599

The Eurasian Publishing Group
圓神出版事業機構
圓神出版社
Eurasian Press

http://www.booklife.com.tw　　reader@mail.eurasian.com.tw

當代文學 118

決戰王妃2——背叛之吻

作　　者／綺拉．凱斯
譯　　者／賴婷婷
發 行 人／簡志忠
出 版 者／圓神出版社有限公司
地　　址／台北市南京東路四段50號6樓之1
電　　話／（02）2579-6600．2579-8800．2570-3939
傳　　真／（02）2579-0338．2577-3220．2570-3636
郵撥帳號／ 18598712　圓神出版社有限公司
總 編 輯／陳秋月
主　　編／林慈敏
責任編輯／林平惠
美術編輯／金益健
行銷企畫／吳幸芳．凃姿宇
印務統籌／林永潔
監　　印／高榮祥
校　　對／莊淑涵．林平惠
排　　版／陳采淇
經 銷 商／叩應股份有限公司
法律顧問／圓神出版事業機構法律顧問　蕭雄淋律師
印　　刷／祥峰印刷廠
2014年2月　初版
2021年12月　25刷

定價 310 元　　ISBN 978-986-133-486-8　